滇东文学：历史与个案

DIANDONG WENXUE
LISHI YU GEAN

张永刚 著

云南人民出版社

目　录

我所理解的滇东文学

（代序）

这是一本表达个人视野的著作。

将这句话作为本书序言的开头，我并不是想特别强调我所选择的个案、我所作的文学文本与现象分析相对于滇东文学来说存在面上的差距，我必须为这些关于滇东文学的有限认识寻找合理性依据。我想谈论的是一些更具建设性的愿望或方法，以表明滇东文学在理论视域中的可能方式。

在文学的历时状态中，任何一个试图界定某种文学现象的范畴，几乎都会使相关的意义阐述显出狭隘，即使你选择了宏大的、全知全觉式的话语作为基本方式也不例外。伽达默尔认为，文学史方法论中起作用的是“效果史意识”，它注重的是个人历史经验分析，形成“问与答”的逻辑，被许多人看重的所谓文学的社会因素往往隐而不显。按我理解，被当作历史现象描述和总结的文学，只能是个人化的，甚至是个性化的存在。文学理论的科学性在文学史的任何梳理与写作之中均会受到挑战，它要么作为方法被运用，要么仅仅以观念的方式存在，使文学史成为“这样的”文学史。无论何种方式，其实并不会增添文学作品的价值砝码。罗伯特·尧斯意识到了这种挑战，他说："包含在一部作品的影响之中的是在作品的消费中以及在作品自身中完成的东西。"①。也就是说，一个文学研究者，首先是一个读者，其价值判断的起点并不像人们通常认为那样，是他的纯粹的主观意愿，而是由作品决定的审美接受，只有这种审美接受才会为阅读兴趣提供合理依据。即使在文学的普遍性意义研究中，也很难出现普遍性的阅读。因此，可以肯定，只有作品本身才构成某一种具有现实意义的文本研究的起点。

这使我意识到，任何人（包括我自己）所做的有关滇东文学的个案研究均可能具有文学的历史意义。文学理解的个人化状态中必然包含着由作品本身连带着的时代、区域和具有普适性的某种审美共通性，它们具有召唤约定和认同其他约定的构建之力，而不是纯理论范畴那种冷静的排他性。正因此，我将我的这本书定名为《滇东文学：历史与个案》，其中涉及三个重要概念，但我并不想费力去探讨它们作为基本范畴的内涵与外延。当然，一些人可能会"极为自然"地追问，什么是"滇东文学"？它在理论上的合法性和在现实中的可能性状态如何？在这些人的经验感受里，有着看上去十分理性的逻辑，即必须首先有一个"滇东文学"的存在，才会使那些有关它的历史叙述和个案分析获得逻辑起点。但是问题在于，由什么人来界定那个必须"先在"的总体性概念？它真有一个既成的内涵吗？它的边界又在那里？什么样的概括才会准确涵容令人满意的"滇东文学"的众多现象？无疑，理论的锐性在这些问题中激发的将是无法摆脱

① 罗伯特·尧斯．文学史作为向文学理论的挑战．见：接受美学与接受理论．辽宁人民出版社，1987．23 页

的疑虑，结果，即使最初步的关于滇东文学的理论言说也可能会遭遇质疑。这是我们需要的状态吗？那种看似理性的思路能够把我们带上滇东文学的理论之路吗？结论当然是否定的。对于依然处在成长过程中的“滇东文学”，我认为个人化理解的价值肯定超过了严格定义所具有的意义。因为前者追求的是使之不断丰富的活力，后者则会停留于某种历史状态，将滇东文学鲜活的生长点与延展性固化为某种停滞的成论。这样的理论结果，至少在今天，并不是十分必要的。

因此更进一步，我也不想为滇东文学的“历史”的准确性与完整过程寻找答案，虽然我使用了“历史”这个富有吸引力的词语。历史从来就是被叙述的历史，你想接近的历史真相，永远只会是一种预设的、观念的真相。为了追寻这种真相，我们可能将失去某些更为可贵的东西。知识的权力因素在这类行为中会显示出巨大的支配力量。“文学史不只是描述某一时期的作品反映出的一般历史过程”，它的更重要的使命是经由“文学演变”，实现跨越文学与历史之间、美学与历史知识之间的鸿沟。罗伯特·尧斯的这些认识，实际上已经暗示了我们应该做什么。除了作者和他的作品之外，没有什么东西能够跨越文学与历史之间、美学与历史知识之间的鸿沟。滇东文学自有其历史过程，但它在其亲历者或者研究者眼中，永远仅只是一些个案，或者现象。这些个案曾经在某个特定的“现实”中鲜活地存在，在时间之流中熠熠生辉，然后积淀，隐入历史深处。我们回溯这个过程，有意义的选择只能是：尽自己所能，捕捉它们闪烁的辉光，捡拾那些历史的碎片，逐步完成一种可能的叙述，使其鲜活的姿态得以在记忆之中有限地复现，而不是在逻辑的干燥状态中被拉长为所谓完整过程。只有这样，对于仍然在前进着的滇东文学，我们提供的才会是一种心灵的启示，而非理性的自足。

这种选择符合我对滇东文学的热爱，虽然更多时候，在我进行的文学的原理性研究中，我经常努力排除这类情感，以保持理解的深入性。但在这里我必须表明，这种感情恰好是支撑本书写作的重要力量，是维系我进行深入思考的心理动力。我有幸出生并成长于云南东部这块土地，20世纪80年代，在人所共知的写作热潮中，我被今天我们称之为“滇东文学”的艺术氛围所吸引，被那个时代的激情所吸引，我写作并观察那些我熟悉的作者，我在思考他们的作品之时获得了提升自己的力量。今天，我把这些感受与理解尽量完整地呈现出来，使之保持着个案的鲜活与细腻，也许倒切合了我对滇东文学构成规律的认识：在没有完整的历史叙述之前，个案的存在肯定具有某种历史意味。我感到遗憾的只是不能更多、更充分地品读另外那些我同样熟悉、成就也同样骄人的滇东作家的作品，使我的个案选择和作品分析变得更为丰富。

说到这里，我忽然意识到我表达的实际上是一种渴望。关于滇东文学，我并不是在完成一种结论性的工作，而是在开启一种建设性的意愿。在21世纪初期，审视我们走过的文学之路，“滇东文学”这一概念，无论在实践上还是在理论上，都是应该得到更多认同和赞扬的概念。这个美丽的云南东部，这个我们生活着的云南东部，给与了我们多少心灵的启迪和想象的灵韵！中国的第三大河流珠江，发源于沾益马雄山下；罗平美丽的地貌之中，万顷花海流光溢彩；林木蓊郁、山势俊秀的翠山，静卧于曲靖城西，曾使徐霞客驻足流连……寥廓长天，辉映着滇东悠久的历史和文化，这里有古老的旧石器与新石器文化遗址，这里公元前14世纪就开始了稻作农业，五尺古道在秦代就将曲靖与内地联在一起，诸葛南征，修和孟获，历史的佳话从一个侧面把曲靖的重要定格在时光的镜像中，爨碑书法闪现瑰丽光彩，长久映照梦幻般的爨文化和我们的怀念之情；众多军事上的会盟与征战，经济上的耕作与治炼，以及20世纪上半叶那次伟大的长征，都在这块神奇的土地上留下了辉煌的印迹。它们构成了滇东丰厚的历史画卷与人文精神。

20世纪80年代以来，逐渐成长壮大的“滇东文学”，正是滇东自然与人文滋育的结果。它满含山水灵气，带着滇东特有的品格。它热情奔放又充满理性精神，它关注现实和历史又极富浪漫情怀。探索的先锋性和思想的敏锐犀利在它的许多作品里闪耀，某些重要时段，它甚至开风气之先，释放出巨大的活力与影响，在云南文学的整体格局中获得重要位置。可以自豪地说，多元多样的创作取向和丰富的艺术成就，鲜明的区域色彩和对区域意识的精神化超越，正在使滇东文学成为不能忽视的一种文学，一种真正属于“我们”的文学。在这本书的思考与写作过程中，我感到我很难用一个简单化的价值标准框定它，也很难用一种统一的口吻叙述它。当然，这种困惑并未使我无所适从，我知道，在美学和文学理论领域，地方审美经验的存在实际上正是以无数具体的个别的现象体现出来的，牵强地统一了它们，也就终止了它们的活性与价值。在此意义上，可以说，如果我们在滇东文学面前已经感受到了知解力和概括力的困窘，那么，我们实际上已经进入了一种理论方式的逻辑力量之中，滇东文学的另一种内蕴和存在价值正在开始浮现。

张永刚

2007年12月23日于滇东曲靖

第一编

起点：超越地域意识

一　滇东文学之源

20 世纪 80 年代，关于滇东文学及其生长的背景，我从一条河流的源头获得理解与叙述的入口。

这就是珠江源，千百年来默默滋育着滇东高原并赋予这块土地以辽阔想象的自然与人文之源。它的平静与执拗，在我们所处的那个躁动的时代，为我们的心灵和写作提供了最初的力量；也为那个时代里我们刚刚开始的文学思考提供了最初的理论启示。

一　滇东文学之源

回想20世纪80年代，在我们的文学记忆里，不断变化的开放的生活使沉寂中醒来的文学难以按部就班找到一条平稳的前行之路，巨人的神灯逐渐暗淡，在辽阔的天幕上，群星熠熠生辉。越来越绚烂的生活，使单色的文学大旗丧失了袭卷风云的气势。在思想解放和文化交融的冲击下，20世纪80年代的中国文学经历了一次次醒悟，同时也经历了一次次迷惘。对于世界文学的观照和来自本民族文化的强烈诉求，无不使人感到文学应该承担更大的使命。

文学如何承担更大的使命？我们看到，在整体上趋时与崇洋成为最佳选择。这是20世纪80年代文学热衷的追求。但事实证明，盲目模仿和漫无边际的趋新求变往往会使这种时髦的追求丧失力量，浮云一样绚丽地涌现又无声地消散，我们脚下的土地仍然凝重沉寂。这种情形导致80年代的写作必须发生新的变化。一次重要的整体性转折开始了——文学的目光由羡慕西方而转为不满，最后不无忧愤地转向脚下，深深渗入我们脚下这块生长过灾难和欢乐，承载过历史与文化的厚土。人们想从悠远的岁月里找到这个古老民族的心灵积淀和文化原型，作为根，作为壮胆提神的良方，作为于芸芸乱军之中迅捷取胜的强弓硬弩。在这种新的选择下，历来为人们所认可的统一的民族文化，被以地域为限分割。在这些支离破碎的文化土壤上，共性被故意忽视，或者摒弃。人们津津乐道地域文化的奇异个性，不断捕捉和张扬它们，甚至将之作为写作的起点与归宿。

这种以回溯历史为进取的文学写作热潮，被称为“寻根”。

那时，在文学世界中，有众多的文化之“根”拔地而出，比如蜀汉文化、中原文化、荆楚文化、吴越文化、湘西文化、边地文化、盆地文化等等，它们为写作提供了特别的韵味与厚度。地域积淀开始具有越来越多的文学启示与提升价值，文学因此显出前所未有的地域性，形成独特的多样化形态与繁荣景观。仿佛文化之根越苍老越能于文学的土壤中发出新枝，几乎没有作家不去贴近地域和历史，没有作家不去表现属于自己的文化积累。在此背景下，历史感、地域性等等自然要成为作品力度的准绳。无论在肉体还是心灵层面，对历史深处的蛮荒淫威和野性搏斗的追求成为激烈竞技的必要武器。当然，这种文学中的历史回归在许多重要作品中决不是单纯的返璞归真，而是一种基于现代意识之上的反思。正因此，20 世纪 80 年代的文学显得更为深沉滞重，当然也更为激进。

这是漫长的历史与久远的文化所产生的必然效果。中国历史本身就具有这样的力量，它蕴藉着抗暴之力的奔放和内敛人性的沉静，但缺少指向未来的理性化文化设计和追求力量，人们内心的希望往往变成情绪化的想象，甚至幻想。在这种观念的局限下，文学之中的希望图景和未来状态很少有人顾及，也很少有人形象而透彻地表现。

这使这个时代的文学寻根之路走向了空旷。

这便是20世纪80年代中国地域文化之根上面生长出来的诱人的文学绿叶，它同时又是使人困窘的绿叶。中国的文化守望者深深体会了这一激动和痛苦的过程。绿叶并不代表参天的树木。在文化意义上，这个时代的焦躁是必然的。它在等待那些伟大的文学之树出现，不然它的文学景观将会违背甚至远离这个激情时代苍凉幽邃的文化诉求。

确实，任何地域文化如果仅仅停留于永无突破的地域，那么，这种文化永远不可能再次激荡新的波澜。在云南东部，比喻是现成而直观的，那就是珠江之源，它在马雄山的丛林、鲜花和岩石中孕育而生，一线弱水，如果不汇同珠江水系无数河流，能以浩然气势化身为江奔腾入海吗？在中国文化的源头，历来，人们认为儒家热心世俗，追求功利，道家注重玄鉴，傲视利禄，入世和出世两种截然不同的人生哲学促成先秦时代两大文化体系，地域色彩可谓浓矣。然而如果两种文化永远割据一方，互不渗透，中国文化便绝不会形成浩然之势，中国的人文性格也绝不是现在的样子。现当代中国文化，甚至中国人，正是儒道两种文化的混血后代。儒道互补，其后又有佛禅神学的渗入，塑造了汉民族文化心理性格，显示了文化融合壮阔有力的发展浪潮。相比之下，我们的寻根文学正好反其道而行。在经过几千年合而不同、多元共通、不断发展的今天，仅仅溯时间之流而上，以地域为限把文化和历史细致地切分，使之体现为考古资料一样的古旧而散碎状态，必然会有意无意造就相互隔膜的文化据点，形成利弊杂陈的文学势态。在此背景下，虽然各有各的物证可以大量引证，但或许有一天地下的东西掘完，根露土表，源无新流，文学之树会有怎样的形态呢？

其实，我们早已感到了某种程度的茫然困惑。文化的老根于时代并无多少裨益，那些古老的东西一处不同一处奇异地陈列着，虽然使人看到了现实和历史是何等地相似（有时是不同），自己的文化何等古老、丰富、敦厚，但同时又是何等的可悲！因为事实上我们的作品无法造就一种充盈召唤力的希望之光。

所以，可以肯定，这样的希望和崇拜使人茫然，也使人失望。寻根一味寻入历史的小胡同里去，便难以再回到一条文学的大路之上。

在源远流长、群山雄峻的滇东高原，我们更为直接地感到了这一点。驻足于群峰之间，谁愿意总是回头顾影自怜？那种使人沉重的思维常常导致自卑；谁又愿意老是比较今天比昨天多了点什么？那种使人自满的思维常常勾引惰性。

开放的时代精神正在释放无穷的诱惑，把人们的文学目光引向前方。

在20世纪80年代，我们强烈地感到，中国文学需要一种更开阔的意识，这也可以说是一种放眼未来和世界的浪漫情怀。在竞争日炽的时代，纷繁的地域文化之根必须要整合成一条民族文化的主根。强健的中国精神、气质和心理，只能塑造而得，决不是挖掘可得，这在五四运动之中已经获得证明。没有这种意识就没有创造的前提，而没有综合融汇的行为就没有创造本身。这种创造是糅合古代历史、文化、地域、传统诸因素而能包容来自世界的冲击的民族精神。以它为基点，进行历史和未来的关照，必然体现出一种哲学的深远意味。

当然这种整合决不意味取消民族特点和地域特色。谁能说唐诗是单一地域文化的产物呢？它承袭汉魏的强悍，吸取齐梁的柔媚，借鉴佛乘的玄思心法，既有漠风羌笛的粗犷，又有杨柳依依的柔媚，一个青春激荡的亮丽主旋照亮了一个时代。这种启示才是历史的馈赠。值得欣慰的是，20 世纪 80 年代末，终于有探索的足迹离开寻根的主潮，进入另一个层次。在创作领域，西方重理性考辨与心理分析的方法开始影响中国文学，大量展示主观感受和想象世界的作品出现，反传统的现代主义手法推进了人们对生活与历史的哲学思考，同时也拓宽了文学表现的视野，一切都在显示：文学之路是多样而丰富的。

由此，我想到了生长于乌蒙高原与“横断文化”之中的滇东文学，想到了珠江源。

正如雄伟的横断山脉挣脱了喜马拉雅山系的浩荡走势而孤独地南去，滇东，这一片红色高原似乎也要永远独守孤寂，在孤独的氛围中品味痛苦。历史曾经蛮横地嘲弄过这块高原，封锁它又不让它积淀自己独特的文化。庄蹻入滇孔明渡泸曾经重重地叩开过滇东高原的心扉，但难于变易的自然地理隔阂使类似这些文化融合成为轻描淡写的历史陈迹。用现代眼光来看，它反而破坏了高原人的好奇心态和认知敏感，使其处于更深层次的文化封闭之中，这是更为可悲的。换言之，横断高原在外来文化的影响下，一方面，无法保持自己的完整静默，难于形成独特的宗教、民俗和文化；另一方面，没有彻底同化高原的外来文化，使高原不敏于感知和接受后来源源不断的外部影响，因为任何文化的相互冲击，是与两种文化的潜在心理距离成正比的，距离越远，陌生感越强，影响越大。因此，可以说，文化形态的若即若离其实是一种麻木，它给今天文化振兴留下了沉重的后遗症。当曾经吸引人的东西如马帮、老林、竹楼、筒裙以及雄峻的地貌等，在现代精神的拷问下被认为是肤浅的点缀之后，这里的文学便六神无主，焦躁起来。寻根之热使滇东红土高原为根而感伤。所谓红土诗派、西南边塞诗派、边地文学乃至横断文化的营造，其内涵界定和审美决定却难以完成。一切似乎都在无情地宣告，滇东文学不可能以地域地貌取胜。那么，我们为什么还要在山的影子里折腾呢？我们为何不能超脱一点，尽量以更高的视点来观照众山？如果这样，我们可能就会发现：封闭，由来已久的政治、经济和文化意识的封闭，窒息了滇东高原的感情和思维。它所带来的沉重压抑，会扭曲文学的内在审美价值，会使文学形成文化空场。生长于高原的群山之中的滇东文学，必须尽量超越地域意识，从时代身上吸取活力，以开放的意识来荡涤这种压抑，让生命与灵魂从沉滞的压抑中解脱，像高原的群山一样，以沉稳刚烈之力展现昂扬雄姿。这才是西南边疆这个独特角落的文学之路。

可以说，在 20 世纪 80 年代，我们已经意识到滇东文学的振兴需要的是开放的思维和开放的眼界，是对地域意识的超越，是合于时代步伐的、整合的、整体化的思想探索，而不是画地为牢的封闭，或者自满于横断文化、滇东文化的盲目骄傲。虽然，20 世纪 80 年代，对于滇东文学来说，地域意识的作用巨大，许多作者正在这个层面之上，展现着他们的创造之力。

珠江之源，一线清流，在滇东，在横断山脉一个叫马雄山的地方悄悄流出。它九曲向前，汹涌成江，在遥远的地方汇入大海。珠江源是开放的。

开放的珠江源正是滇东文学的启示。可以说，在 20 世纪 80 年代，它实际上已经成为滇东文学之源。

二　滇东文学的空间视野

辽远的地域，频发的战事，使西南边疆从古及今与艰难和死亡紧紧相连。这是一个痛苦不堪，同时也是富于哲学意味的所在。它构成了滇东文学的空间视野。

在边疆的土地上，生和死的辨证意味——以己之死谋他人之生，以及生之困惑死之无奈——总是以壮烈无私的形态辐射到生活的所有角落，凝聚成一种宏阔的精神，维系着民族地域和心理的平衡。无论称之为爱国主义还是英雄气概（定义有时并不重要），这种精神无疑极大限度地超越了边疆狭小荒僻的地域范畴和血与火编织的具象，成为一种巨大的昭示，拓展着滇东文学的空间视野。

换句话说，正是这种超越的意识，使边疆充满了无穷的魅力，同时也赋予了滇东文学无限的魅力。文学的西南边疆，它在20世纪80年代，成就了滇东文学。

人类与生俱来的生存渴望造就了一切文化盛景和文化灾难。几千年来，人们就在这种盛景和灾难的夹缝里曲折而行，并为那种日益膨胀的原始渴望所驱使，不断在逐渐抬升的层次上重复着老路。正因此，边疆，在一代又一代征人壮烈地倒下之后，在一群又一群思妇泪水流干之后，仍然一如既往地召唤着后来者，并且人们无论牢记着或者遗忘了前人的壮举，都义无反顾地前行。这就是历史，就是痛苦但必然的进化哲学。人类的理想是建立统一融洽、和平康乐的世界，这首先必须消除原始的私欲，而这种私欲由于历史的原因已汇积壮大，以群体乃至国家的形态体现出来，许多时候，甚至会以扩张和掠夺的方式体现出来，于是自卫成为必然的正义行为。为求得和平而不得不战，为消灭战争而不得不战，为消除边疆的隔阂而不得不成边，否则，现实和未来将更加不堪设想。人类正是在这种悖律与矛盾中塑造着自己的心灵和性格，使其呈现出极其复杂痛苦的多重性。死者不无惆怅地倒下，生者常常以死者的壮举为安慰，来修补或树立自己的理想。正因此，生者的思想深处总会困扰着某种憾缺，远大的理想和现实的矛盾又加剧了这种憾缺感。边疆，以其独特的地理、历史地位集中并凸现了这种心理，凸现了这种心理贯串的深沉历史逻辑。为生而死，因幸福而痛苦，死和痛苦在这里必然抽象升华，具有超然的意义。生与死的辩证和因思怀远方及未来所导致的不满与怨恨以独特的边疆特色体现于人的内心，而地理的封闭压抑和外界历来不公正的鄙视使生存于此的人们所感受的心灵的苦难更加深沉，使边疆的生存奋斗更加艰难。这种糅合高远哲理和痛切的心理感受的混杂意识，正是高原历史和心理的深层积淀。当边疆作为相对稳定的地理范畴固定下来之后，这种积淀融汇在边疆的自然与人文风情里并为这种风情所掩盖，使历来对边疆的透视难于深入，人们常常满足于风情异趣的捕捉而忽视其深层哲理。这种情况，在西南边疆尤为突出。但无论如何，西南边疆于痛苦中积淀的、蕴藉着丰富生存哲理的思想财富，将必然赋予这块土地之上的一切艺术追求以巨大的内在力量。因此，西南边疆，注定会成为文学的沃野。

因为伟大文学从来不会满足于浮光掠影地描摹生活，它总是力求以艺术的手段对历史、现实和未来作深入思索，它追求整体的象征意义必须超过具象本身的含义。这正是作品伟大和平庸的分界线。《红楼梦》的伟大并不仅在于它真实细致的描绘了那群达官贵妇、才子佳人的悲欢离合、情感纠缠，而在于通过这些具象含而不露地象征了一个古老庞大的社会必然衰亡的历史趋势，显示了深远的哲学意识；《阿Q正传》的伟大也正在于它通过阿Q的悲剧暗示了一场伟大的革命乃至整个旧中国的悲剧命运，暗示了导致这种悲剧的深远的心理原因。这种象外之意何其远大，它从人的精神深处揭示了社会变化的深层规律，反映了隐藏于人内心的各种矛盾与焦灼之痛，它证实了没有情感和精神的痛苦便没有伟大的文学，也证明了社会变化的纷乱之中深藏着文学的精髓。这一切决不是表浅化的表现所能展示的。简单化的表现手法常满足于叙述平面故事，虽然有时也会吸引人，但这种作品的影响不会流传太远，时空的局限使其无法让不同时期的读者从深层的普遍意义中观照到自己，因此它也就失去了审美共鸣的基础。所以，伟大的文学作品总是追求于具象中寄寓超越具象的哲学意识和深层意味。归根到底，这种追求必然要进入人类生存进化的许多共感之中——关于人性、人情及人本质的种种领悟和困惑。可以肯定，正是伟大作品这一本性、特质与边疆地域凝聚的总体象征意义相吻合，才使边疆这块土地可以生长出刚健的文学之树。

这种文学主体的追求和地域客体的内涵，是我们在思索西南边疆这块为崇山峻岭与茂密植被所覆盖的神秘大地的文学发展之路时不能不想到的，特别是在20世纪80年代这个文化理性逐渐复苏的时代。

事实上，正是来自于地域文学的影响已使我们惊奇地发现了早就应该发现的价值：在现代文学意义上，西南边疆可以说还是一块有待开垦的文学的领地。当然，也许我们至今也还不知道怎样才能用更为宏阔的笔触写出这块土地的丰富内涵，甚至我们还不甚明了作为边疆，它和世上所有边疆一样所具有的深远意蕴。在中国西北，文学的目光开始从生存哲学高度透视西北边疆的时候，我们仍然还在筒裙、竹楼和老林的边上摸索，有人仍然局限于表面化地写点往事和历史事件，写点民族风情和高原地貌，以为精致的表面再现就足以构成高原文学或者红土文学、边地文学的主要内蕴，结果，这一切得不到更多认同和重视时，我们的“高原文学”便迷惘起来。换句话说，我们在广阔雄峻的自然与人文空间里找不到文学的生存与发展之路。

这实在是迫切需要改变西南边疆文学意识的时代。

如果我们提高视点，站在人类生存的整体意识之上来透视这块土地，深入想想那些伟大作品自身的丰富内涵和构成规律，或许可以获得另一种认识：西南边疆不仅蕴含着所有边疆的人文共性和生存意义，而且由于长期更为严重的封闭、鄙视和独特的自然特色交融在一起，它显得更加美丽深邃。我们应该把整个西南边疆作为象征和寄寓人类生存奋斗的场所来抒写它，让那些迷人的具象都成为负载我们深邃思想的意象出现在作品里，使古代的烽火不再是单纯的烽火，人们所经历的苦难不再是单纯的苦难；在把西南边疆和外界对比思考时，不局限于奇异景致的平面表述而注重心灵内在感受的捕捉。

思考20世纪80年代的滇东文学，我们的写作急需切入这一深层，如果这样，就会发现我们有写不完的丰富题材，因为题材需要观念来发现。同时，我们也会找到吸纳20世纪50年代繁荣的云南文学精华的路径，正是哲理的氛围笼罩着形象，马帮的铃声才能让人百听不厌，小卜哨的筒裙才能变幻常新的色彩。只有在规律的层面上人们的新奇感才会在同一水平线保持长久活力。如果停留于表面再现绝不足以凸现边疆的魅力，形象的独特性只会在自然与人文环境的内部出现。

拉美的魔幻现实主义巨著《百年孤独》，表现了哥伦比亚人民在现代文明冲击下的生存渴望、奋斗和迷惘，谁能说那仅仅是一个独特民族的感受呢？正是作者关于生存的思索超越了那个民族的生活具象，但又深深地隐藏于作品的拉美特色和魔幻笔调中，才使我们产生情感的共鸣，感到美的激荡。没有前者，作品就无法超越时空而感动我们，没有后者，作品则成为空泛的说教而丧失艺术的价值。无论从任何角度，这对我们都应该是一种启示。在为滇东文学寻找存在空间的时候，我们应把更为开阔的目光和更为深远的思索作为基点，在熟悉的生活中发现新奇的东西，"在别人司空见惯的东西上发现出美"（罗丹），让滇东乃至整个西南边疆的一切都带着丰富的意味走入作品。意义的超越会使写作显示出深邃与远大，但意义决不是简单的比喻和刻板的象征所能达成的，它必须是一种含而不露的、流动的氛围或者和谐体，无论从何种角度观照，它都是鲜活的生活场景和人生图画，带着地域的特色与韵味，是独特的此情此景，一片令人无法忘记的滇东的艺术风景。

在创作世界里，可以肯定，任何物象只要一为主体赋予合于逻辑的意义，它就为主体掌握，成为文学的自在之物。关键是这种主体意识怎样建立，这离不开思想解放，目光放远，理念更新等老话。我们深信西南边疆特有的自然状况和特定的历史记忆、现实生活足以昭示我们，我们生长于斯，有强烈的地域意识；我们身处20世纪，有开阔的心胸；超越地域意识，我们看到的将是滇东文学更加辽远宏大的发展空间。

三　峡谷：滇东文学的第一个特色

自80年代起，谁都可以看到，多元的文学追求不断把中国文学的创作思考拓向广阔的领域。滇东文学当然也是这样，它紧紧跟随中国文学的主潮，开始发生着巨大变化。然而，不论从何种角度切入，文学创作都必须归结于对人的精神气质准确深刻的把握。这是文学由弱小走向强大的必由之路，当然也一定是我们滇东文学由表浅走向深层，由狭隘走向开阔的必由之路。一个区域的文学成长的内在因素是地域自然环境特点和地域人文精神的和谐统一。问题的难点在于我们如何发现和界定这些特点和精神。以滇东而言，也就是怎样发现和界定属于滇东文学的地域特点和地域精神。在20世纪80年代滇东文学的起始阶段，我们曾经呼吁加强地域意识和引进思考的参照系统以获得思想的高度和自由。那些纯理性的口号虽然标示了探索的方向但却因为没有实践的佐证而流于空泛。

可喜的是，在80年代中期，滇东作家的一系列小说创作就开始显示出一个共同特点，这些作家作品是蒋吉成的《三个太阳照着的峡谷》、阿克的《石山中的人家》、孙道雄的《大峡谷》、许泰权的《珠江源头的山民们》系列小说、朱兆麒的《破肩》和孙学礼的《山神》等，在这些作品中，创作者不约而同都注意到滇东高原那许许多多悠远古老神秘晦暗的峡谷，注意到峡谷里极富地域色彩的生活方式。他们或于谷底仰望长天或于山巅俯瞰深谷，在不同层次上以较为凝重的笔触展现了大大小小峡谷里悄然发生了的生和死的挣扎，爱与恨的冲突，其中不无人生的颖悟和浓郁的忧患意识。峡谷几乎作为特定的意象在这些作品里暗示着历史演进的艰难和生存搏斗的坚韧。因此可以说峡谷构成了 20 世纪 80 年代滇东文学最为显著的表征之一——峡谷特色。

为了对滇东文学峡谷特色作进一步的理解，还是让我们把视线投向那跌宕起伏的雄峻地貌吧。峡谷，那遥远地质年代里造山运动的产物，它和大山共生但又无情地分割着山脉制造着隔膜，使人的交往经济的发展艰难无比。鸡犬之声相闻、老死不相往来在高原是司空见惯的现象。长期如此，高原文化发展滞慢，外来文化又难于渗透。因此，生活于高原峡谷的人们注定要陷于漫长而沉窒的封闭之中，他们背负着历史和地理深重的威压和束缚，步履蹒跚地行进在高原弯弯曲曲鲜为人知的小路上，那是一些险恶的命运之路。在这种境况中，人类的渴望和努力反而以无声息的状态表现得更为强烈和悲壮。在南方以至滇东高原，人们还受到更深层的心灵的戕害，由于自然条件相对优越而较利于满足起码的生存需求，人们散居于群山峡谷而不必聚合成庞大的村落以对抗严酷的自然，茂密的植被又把这些零星的生命深深掩藏起来，这必然造成更加隔膜、贫弱、愚昧和麻木的灵魂。他们甚至连聊以自慰和寄托的系统“可靠”的宗教信仰也没有，在无可奈何之中只有更多的地去依傍峡谷和群山，这种恶性循环使生活俨如一个原地旋转的陀螺，因而水妹子（《石山中的人家》）式的起始便是结局的命运成为普遍的现象，这是一个近在咫尺的古老悲剧。《大峡谷》虽然有更深的意蕴，但它的生死循环同样展示了这种悲剧的普遍和沉重。因此当我们的文学切入这样的峡谷，切入这样的人生，哪里还能飘逸和浪漫。当我们用审美的目光打量这封闭和痛苦时，我们会轻易地发现许多滞重的生命之歌，也会深深触动心中绵亘的忧患。这样走入作品的峡谷便升华为真正的文学的峡谷。因此，我要肯定地说滇东文学的峡谷特色首要之点就是对峡谷的忧患。

其次，我要说到滇东峡谷文学强烈的神秘性。这种神秘与侦探小说的神秘截然不同，后者只不过是人为布置的一系列欣赏逻辑，峡谷文学的神秘来自于峡谷，它雾一样的飘动着成为峡谷景观不可分割的部分。其中积淀着峡谷的悲哀和苦难，因而必然具有强烈的美感内涵。僻远地域（如《山神》所写）奇异的习俗，虽然也是构成峡谷神秘的因素，但深层的神秘感却来源于人类的生存创造和大自然对这种创造的掩饰，来源于层次分明的地貌山水植被造成的心灵屏障。生与死悄然发生于那些暗绿的山脉褶皱和裂断之中，那里偶尔也有几声欢笑或恸哭骤然而起，但霎时又复为宁静甚至死寂，所有的生之奋斗死之悲凉都被地理和心理的隔膜掩蔽，当你于寂寥的荒山野林中陡然瞥见一个饱经风霜的老人古怪盲然而又坚毅的目光和皱纹（如《大峡谷》中的老女人，《三个太阳照着的峡谷》里的船大爷、村长大爷和疯老妪）当你面前突然冒出一个赤身裸体脏兮兮但又不无灵性的孩子（《三个太阳照着的峡谷》），你不能不感到生命和大自然的奇诡。因此，真正的峡谷文学必然带有天然的神秘并以这种神秘暗示出命运的曲折艰辛和生命力的伟大。无论《大峡谷》中那女性生殖器的古老岩画和俨如女性生殖器的大峡谷、《乖狗》（许泰权）里的乖狗突然痴傻或突然清醒、《山神》里具有人性和灵性的豹子，还是《三个太阳照着的峡谷》里那神奇的峡谷和太阳，都具有极强的暗示性和深层意蕴，这才使滇东的峡谷产生了如此强烈的神秘色彩。

那么在这块古老的土地上是否就没有生长过青翠的具有生命力的文明之树呢？不，只要略微考察我们就会看到，这里也有通向远古的宽阔的驿道，古墓群至今仍然冷冷地证明着一个繁华时代的曾经存在，众多的传说和史实满载着发生在这里的文明事迹，特别是现代史上那次惊人的长征在这里留下的足迹，完全可能构成肥沃的文学之壤。然而正如峡谷对地理的割裂一样，隔膜的心态同样无情地割裂着传统和文明，文化的断层在这里像峡谷一样层出不穷，我们面对峡谷就必然面对支离破碎的文化，峡谷使我们易于遗忘也就难于深入思考。因此，地域之峡可以说是心灵之峡的具象。在地理和心理的断层面前我们的文学历来缺少依傍。而现在从许多作品里可以看出对这种“断层惊觉”正在不断发生，人们越来越多地感到，我们不是缺少文学土壤而是缺少发现。于是在《三个太阳照着的峡谷》和《大峡谷》等作品里明显地表露出反思和寻找的迹象，那是对生命力根源和爱与恨根源的寻找。它在深深的峡谷中把我们导向几乎被遗忘了的历史和高原人坚强、朴实、宽厚但又不无稚拙的内心，我们在这里受到的感动是充满藻饰的言辞难以表达的。当我们看到女性的命运仍然与不知几千几万年前的岩画展示的情形一模一样时，当我们看到三个太阳照着的峡谷几乎静凝不动地滞留在几十年前三个太阳初升之时的时候，我们深深感到生活在这里充满了何其多的悲哀和憾缺。由此可见，这种断层意识的觉醒使滇东文学获得了向历史的纵深和现实的横面拓展的可能。这正是峡谷特色的第三层次。

以上三点在80年代滇东文学中出现，并形成为初步的创作走向，我认为这不能不算是滇东文学起步之后的一个跃进，它的价值和意义在未来的创作中会不断显示不断加强。因为峡谷确实是滇东富于特色的物象，作为滇东高原的一个生存环境，它必然积淀着这个地域内人们的历史文化心理的精华和负面因素，因而它能代表和凸现滇东的地域精神，正如西北的漠野能够包容和象征西北人民的生存奋斗，西藏神秘的宗教氛围和雪峰能够招致神秘现实主义文学，中原和荆楚源远流长的文化能够内驱文学的寻根一样。我们有理由认为滇东的峡谷已经包含着促使滇东文学走向丰满、成熟的因素。因此，我愿在此作一个肯定的判断，生长于滇东的作家，当我们把目光投向脚下峡谷的时候，滇东文学的特点和内蕴可能就会在我们的笔下汇集，并变成神奇深邃的文学意象。

基于此，可以说，滇东文学在20世纪80年代就已经有了一个属于自己的良好开端。这是珠江之源的人文意义和西南边疆辽阔地域对于滇东文学影响和滋育的具体呈现。

第二编

诗歌：心灵之旅

当各式各样的快餐艺术在我们的生活中莫名其妙热起来的时候，我常常怅然若失地沉湎于前人关于艺术的深入思考。诗歌，这种人类最高雅的艺术，它炫目的表征下面隐藏的内核到底是什么？在古希腊，人们保持着神话时代的文化视点，把诗看作是一种神谕以获得对自然的超越；在中国，《诗经》时代，人们又以对社会的写实性描摹来反叛神性从而确定人自身的价值；后来陶渊明式返归自然的中国诗歌流向则是典型的逃避社会的精神自救方式。这和西方文艺复兴时期开始的浪漫主义诗学把诗的本质与人精神的内在自由相联系的做法有殊途同归的一致性。诗歌就是这样，它总是以潜在之水滋育人的精神，当对象世界和人产生对立时，它所提供的慰藉和昭示是人类生存不可缺少也无可替代的。因此我珍视诗歌，珍视它高贵的精神内核；因此我也深信，真正的诗歌必有其独到的艺术空间来包蕴这一精神内核。在此意义上，可以说时尚的功利的写作所提供的不过是苍白浅薄的假象而已。

自20世纪80年代开始，在滇东文学领域中，诗歌创作群星灿烂，而且更为重要的是，它体现了上述我所珍视的诗歌的精神价值。许多年过去之后，我们回望滇东文学，它的青春品格和激情色彩十分清晰地出现在思维的屏幕上。这令人激动的景致，可以肯定地说，绝对得益于滇东诗歌作者群体从未停息的写作。

关于滇东的诗歌状态，我想引述一段现成的论述，因为它可以更多地显示一种共识：

> 曲靖今天成绩突出的作家，绝大多数是从诗歌、散文的创作起步。曲靖诗作者的作品第一次走向全国，当推黎云的诗作，并被《中国文学》以多种文字译介。但从70年代末至80年代中期，曲靖诗坛较为沉寂。直至新一代诗歌作者逐渐成熟，曲靖诗坛始出现了较为欣喜的局面。从1985年开始，高文翔、张永刚、杨志刚、何晓坤、倪涛、尹坚等相继在《星星》诗刊、《当代诗歌报》、《飞天》、《绿风》、《大西南文学》、《滇池》等刊物上发表了若干诗作，曲靖诗歌的黄金时代便告来临。
>
> 1991年，由《珠江源》编辑部发起，举办“珠江源杯”全国诗歌大赛，虽然由于条件限制，没有达到预期的目的，但却推出了汇集全国诗作者作品的专集《云之南》。而曲靖作家的第一本诗集则是1992年8月由云南民族出版社出版的多人合集《阳光下的高原》，收集了曲靖50多位作者的作品，并由《诗刊》社副主编朱先树先生作序。该书出版的前一年即1991年，《诗刊》社在曲靖举办了有曲靖、昭通两地作者参加的笔会，并推出了多位曲靖作者的诗作，曲靖诗歌创作的实力才第一次向外展示，才有了第一次集体检阅。应该说，这是曲靖诗歌创作的巅峰时期，诗人们已不满足于多人合集，于是，“珠江源诗丛”第一辑便在1993年相继问世。它们是，朱发虞的《碧水青山》、高文翔的《永远的天空》、张永刚的《永远的朋友》、唐宝友的

《五月雨》、尹坚的《季节河》、李倩的《暗恋》共六本。同时，非诗丛形式的诗集也以各种方式相继出版。1997 年 10 月，周云出版了他的第一本诗集《霞光闪烁的爱》；而回族诗人马开尧也在这一年推出他的第一本诗集《谷花雨》。诗歌永远不老，现在曲靖作者群中，人数最多的还是诗歌作者。

以诗歌为基点展开对滇东文学的认识，这是正确的选择。但这段在网上存在已久的文字，并没有将曲靖诗坛概述全面，在 20 世纪 80 ~ 90 年代，还有许多有影响的诗人在滇东大地上活动，比如宋德丽、马石林、邓仕才、彭翕霖、谢玉平、李建平、李雅青、施东元、张国寿、窦红宇、孙武、蔡焱、张玮、刘庆舜、徐鸿昌、曹骑龙、李永生、何顺扬、陈时源、张加金、冯国耀、蔡啸、丰瘦人、代宝仓、张永俊、吴勇兵、秦光强、金正雄、念华彦、何殇、欧俊、李学祥、亢恒学、傅加桂、尹铮权、陈东兴、余善荣、方奇冕、施星方等等。滇东文学的诗性品格，正是在这众多滇东诗人丰富多彩的情感、心灵和敏锐的语言中构成的。

对于这个庞大的群体，我在这里的分析当然是具有局限的。但我相信，个案之中总会潜藏规律，文学的整体价值，总是要由每一个作者，每一个句子来体现。这正是我阐述以下为数不多的诗歌作者的理由。

一　第三只眼中的艺术空间

——从高文翔说起

从高文翔说起，这对于阐述20世纪80~90年代的滇东诗歌创作，肯定是一个较好的选择。

在90年代初期，我曾读完高文翔那个时期写下的大部分诗作，其中包括他几年来发表的二百余首诗和一些虽没有发表但确实很优秀的作品。我感到这是一个丰富深邃的世界。这个世界里陈列着历史、民俗、现代生活以及爱情和哲理，当然还有高原的高山大河。但严格地说这些只不过是高文翔诗歌世界的表象，是作为现实者的高文翔用平常的眼睛布置的表层艺术空间。高文翔的深邃在于他还有“第三只眼睛”（高文翔以此命名的组诗刊于《滇池》1988年第6期），正是它才使高文翔完成了真正的诗的升华，在这只眼睛的透视下，上述纷繁的表层具象便有了内在的属于心灵和精神的东西，就像哲理的《猎》和感觉的《红雾》的深刻与厚重已为高文翔的诗评者们津津乐道，这确实是两首优秀的作品。但从整体上看，我觉得它们并不能完全代表高文翔诗歌的艺术价值，高文翔建构的艺术空间其实要远大得多，对这个空间的逐渐深入使我敢肯定地说，高文翔的诗歌属于我所尊崇的那种有潜在力量和精神内核的诗歌。这些诗不断地以自省、拷问、冥想、启悟、苦恼等方式企图超越现象世界而进入人的精神彼岸和心灵时空，从而使它们与时尚和世俗的写作风气拉开了距离。

1985年岁末至1989年初，在这段并不长的时光中密集着高文翔上百首闪烁理性之光的作品。在此之前，高文翔写着热烈的高原诗，在此之后他又沉没于新的冥想。我无意打扰他尚未成形的思考，也不想把他描绘成浑身泥土的地域诗人。因为让那些多少还外在于诗人心灵的东西成为诗人心灵本身并不明智。高文翔把这时期的诗作选编为诗集《红冠》，题目似乎已经暗示出他对痛苦的敏感和对辉煌的憧憬，可以说这是一种自觉的选择，因为在这里他把那些颇有力度的高原诗、哲理诗、爱情诗统统排斥出去，甚至《猎》和《红雾》也不例外。我历来认为理性的痛苦是诗走向心灵和生存本相的必由之路，而精神因信仰所获得的辉煌则是诗的最好归宿。

应该首先注意《最大的愿望》这首发于《滇池》1991年第10期，写于1988年1月的作品。在这里高文翔提供了自己进入艺术境界同时也是我们进入其诗歌的两把钥匙：

被火围攻
在火里心甘情愿化为灰烬
然后拍拍灰烬站起来
然后与灯与火和解

最大的愿望
是感觉真正比死过片刻
死而复生

长出真正含泪的眸子
不再怕被火舌狂舔
不再担心被人群淹没
不再为满身尘垢寒心

最大的愿望是没有脚印
而足迹遍布心灵

不难看出，作者一方面崇尚以精神超越肉体和世俗纷扰而求得心灵的丰满充实，另一方面，这种超越不是避难式的而是对世俗的积极参与和扬弃。无论对生活还是诗歌来说，这都是两个很高的起点，它使我自然想起尼采以认识之乡和艺术之乡抗拒现实的哲学设想。有了它们，我们就可以理解高文翔为什么要在他的语言里布置理性网络来捕捉生存困窘及与此相应的世俗准绳为什么不能用来度量他的感觉和语言这些关键问题。也就是说此时的高文翔对任何一种自在状态的动人具象都不感兴趣，无论它属于高原、爱情还是其他什么。他看重的是内在的精神现实，他在那个高度上苦心营造的意象通向他独特的心灵世界，这种主体性的确立使你无法在他这时期的诗里找到一首常规意义的咏物诗，尽管它们并不排斥借助外物。看看 86 年底写的《爱情》、《道德》、《经验》、《失败》、《阴谋》等我们就知道，即使是很常规很普遍的行为准则，在高文翔笔下也被叛逆、怀疑的眼光逐进反常规的写意状态，成为危机四伏的人生场景。在这里爱情虽美好，但它只存在于回忆里，伪善的道德使世界“溅不起阳光”，而良心只不过在黑暗和噩梦里才显示出价值，因此作者发出了“不做正人君子才高尚”的慨叹。应该说这是理性锋芒进入生活深处获得的第一块矿石，虽然它的品位并不很高，但毕竟展示了高文翔所热衷的深入开掘。随后高文翔保持着这种理性的力量，就在《阳光下》发现个体与整体互为存在代价的矛盾，在《最后的防护林》里发现光明与黑暗的混乱，在《干燥的墙》上发现死亡价值与生活意义的阴错阳差。可以说，在高文翔看来，平衡宁静的世界深处深藏着的其实正是对这平衡宁静无休止的破坏毁灭，永恒连接着死亡，平庸掩盖着崇高。于是在《世界的象征》(《巴山文学》1989 年第 2 期）中，当寻找地位和寻找平衡的人在纷乱中沉重倒在自己足下的时候，世界的象征便形成了。

那么，这一切的根源在什么地方，是什么导致了这嘈杂的生存？高文翔严肃认真的思考使我们沉入现象深处，看到了他对灵魂——人的心灵和精神，非一般意义的情感——的触及：

在冬天的树枝上
灵魂完成一次洗礼
然后逃回人群
和所有的人交谈天气

——《灵魂》

而天气寒冷，温暖遥远，在充分表演着的只不过是冻疮苍蝇一类丑恶的东西，因此注定“灵魂卷起长尾很伤心”。

读到这里，需要闭目沉思一下我们的心灵我们那些身处繁华喧腾之中却无法排遣的孤独，我们就会进一步认同高文翔接着传达的那种近乎冷酷的异化感。请看《你的名字》：

你的名字很陌生
对自己的打量使你远离自己
你的名字穿着黑裙
认不出它的原形你不敢靠近
脱下你的名字你感到轻松

穿上你的名字你感到沉重

再看看《发现你身不由己》:

经历许多宁静的岁月
我发现你现在身不由己
经常在暗夜
那只黑色的睡枕上
发出鸡鸣的声音

这简直就是尤金·奥尼尔笔下关于人生假面的另一种表述。那个当代戏剧大师用形形色色的世相来表演心灵所受的阻隔和额外负重，而高文翔则用心灵直接承受这一切，直截了当的诗歌氛围几乎使我们感到一种无可排遣的压抑。

但仔细品味高文翔的诗，这种压抑其实来自于生存和生命本身，来自于历史造就的人类自身无法避免的精神与肉体的分裂游离，高文翔不过再次发现了它们。然而要注意，这种发现已经铺垫了另一层次的升华或深入。以下的问题自然是人到底是什么？它从什么地方来又要到什么地方去？什么才是历史的真相及其价值？可以肯定地说，这些问题会有力地把发现者和思索者送入无限甚至永恒之中，从而使他正像苏珊·朗格所说的那样，因为他把自己的感受升华为普遍的人类的感受，世界便完成了一个艺术心灵的塑造。

我们知道，高文翔在努力尝试去做这样的发现者和思想者。因此，他总是站在理性的高度来体验感性的生命，这不同于以身心化入或融汇于生活的情感体验，后者没有超越的观点也就必然要受幻象迷惑，以致不断浸入温情脉脉的自足之中。由于理性使高文翔拉开了与他所要表现的生命与生活的距离，这就使他能够在诗里保持一种难得的清醒和几乎是先入为主的忧患意识，这是对生存和生命本身的忧患，它外化为痛苦、迷惘和挣扎，就像《痛苦的问题》(《滇池》1988 年 6 期）所代表的那样——

已经被一些深深的足迹
压得喘不过气来

一辈子痛苦的问题
是企图看清自己是谁
人群里晃动的影子
哪一条会是自己的
一生乞食的目标
究竟该朝着哪一个方向

可以说，这是一个基调，它绵延于高文翔的其他作品里，使他的叩问显得非常执拗——

饥饿不是枕头
你把手臂抽出来
你的忧伤一直流到脚跟
脚印正一层层裸露
蔓延成红森林
一枝白色花于悲哀时刻
被狠狠掐断
在猩红色地毯的边沿
卷曲黑洞洞的思想
两只眼睛之外
斜长出第三只眼了
突然丧命于一把陌生的玻璃刀
以前光光亮亮的你

不知该控告自己还是别人

——《第三只眼睛》(《滇池》1988 年 6 期)

这第三只眼的出现过程可以说也就是痛苦的产生和保持过程。在这个过程的末端，我必然会听到那个注定的结果：

告诉你

世界

我后悔一生爱过你一次

——《告诉世界》

不过，高文翔把它表达得那么直截了当倒是令我感到突然和吃惊，因为真诚确实是需要勇气的。

由此可见，在这个层次上的高文翔充满了现代主义色彩。在波德莱尔的《恶之花》和艾略特的《荒原》里，我们确实听到过许多关于世界悲凉本质的诉说。任何思想者都必须借助前人的思想，高文翔从往昔的大师那里汲取了对现象的洞见能力，这就使他具备了与他周围诗歌群体所不同的先锋性，所以他对生活自然看得更深广，所以他能极自如地写着那些追索生存本相和精神升华的诗歌。在这个有声势的诗歌阵营里，充满着像《告诉世界》、《无法回避》、《被日子围困》、《痛苦的问题》、《第三只眼睛》、《谬误和真理》、《你面临深渊》、《杯子里盛满思想》以及《预感》、《灵魂》等许多好作品。正是在这些作品里，高文翔以痛苦砥砺痛苦，以冥想启悟冥想，以无休止的拷问重复着几乎是同一个形而上的困惑，至少在情态上，体现了西绪弗斯式的执著和浮士德式的狂热。就整体观之，这些作品像一棵大树，它繁茂的枝叶伸满心理时空，但又归结于同一个主干，归结于生活本质的苍凉和悖律，因此它丰富繁复的同时又显出意念指向的单纯。

但到此为止，对高文翔诗歌内涵的阐释仅完成一半，严格地说，我对他诗歌的兴趣更多来自于这另外部分。在这里，高文翔的诗从它深陷的生活悖论中超脱出来，开始闪现热情坚定的信仰之光。如果说，在第一个层次中，高文翔还流露着某些波德莱尔和庞德式的阴冷的话，那么，在这个层次上，他的诗则更多地充满荷尔德林式的颂扬。《梨花开了》是很典型的代表：

还没有来得及转身
梨花就在我身后
叶的一声爆开了

很白很白的颜色
停留在眼前成为事实
无懈可击
这确实就是梨花
就是那种最终要酝酿出果实的花
而不是别的什么

伸手可及的梨花
单纯得像个孩子
正从冬天的边缘跑来
站在我面前
使我想起自己的童年
那个遥远的地方

快乐或者悲伤
都无法否认这梨花
这真实的梨花使黄昏变得遥远

生活变得纯净

这是一首令人感动的诗。它透出明丽纯洁以及感恩的色彩。在我们深切体验了生活的悲剧意味之后，梨花的颜色无疑像一束高贵的阳光，使我们再次看到生活之美和生命的价值。

问题是它与高文翔曾经保持的怀疑眼光是否矛盾？换言之，在理性化的痛苦之上为什么能爆出感性化的梨花之美呢？

让我们看看高文翔如何完成这种由理性到感性，由怀疑到虔诚的提升。

这必须回到他对悲剧存在并不消极逃避而是积极参与那个前提。是的，如果我们有勇气正视生活在理性层次上的悲剧本相，然后再用心灵的力量涂改它，那么我们其实已经与历史的演进相契合。由于层出不穷的异化，历史的发展常常有悖于人类的初衷。然而历史毕竟在延续，人们所要做的一切便是把它引向人自身，于是人类便有了趋前的美化的憧憬，它属于未来，而未来在时间上是永恒的。同时由于人类的努力实际上并不能有效固化这种憧憬，于是人们只好以“怀旧”这种简捷途径来穿越现实以获得心灵平静。怀旧指向过去，它有天然的温情特点和涂改功能。而过去在时间上同样也是永恒的。在这两种永恒之间，现实只不过是不停的瞬间而已。人类就是凭着憧憬和回忆的力量使现实苦难弱化，并使它有可能向永恒的两极作审美延伸。这是一种自我拯救的方式，在复杂的生活构成中，它把人自身再次推到必须重视的地位，从而使生活显得实在而又飘渺，痛苦而又欢乐，有浓厚的酒神内蕴又闪动日神光彩，人身处其中会深受磨难，又会不断感恩。生命极其短促又极可能永恒，自觉到这一点，个体便可能超越现象束缚，做到以痛苦了却痛苦，最终获得返归自然的体验，也就是获得与世界本体融合的最高欢乐。在这个意义上，可以说，人以自觉的感性的存在颂扬着历史和自身，生命便在宁静的辉煌中显出巨大价值。

在此意义上，回头看《梨花开了》，它的隐喻内涵便很明显。梨花被高文翔当作把生命送入永恒的契机，是他化解生活悖律，更高层次上肯定生命的一个象征。在它的照耀下，黄昏当然会变得遥远，生活当然要变得纯净。在这里，普通又普通的梨花，闪烁着的是宗教般净化欢乐和悲伤的光辉。

这种对生命的信仰，在高文翔的其他作品中不断出现。只不过“梨花”的角色被其他事物替换了。这些作为契机和象征的事物变成了一种声音——

夜晚很宁静
夜晚空空如也
拧开水龙头制造一种声音
感觉一次微笑
简单而深刻

——《在夜晚拧开水龙头》

或者一场雨——

下雨的时候
目光会从远处倒流
然后静静贴在门边

下雨的时候
随便想想
最后的结论是把自己扔出屋子

——《下雨的时候》

就向前走一步

白雨点就落了下来

……

这双白色的手

握住时有水珠滴落

变成我的名字

白色眼神响在耳朵里

白色身影很瘦长

……

这是个难忘的下午

我受到感动时

白雨点流过地面

天色还没有暗淡下来

——《白雨点》

或者一只鸟——

白鸟白鸟

真想如你一般

去空中飞上一飞

然后享受一次跌落

高傲而忧伤

——《白鸟》

黑鸟不是黑鸟

它黑色的眼睛

常使许多人自豪

——《黑鸟》

或者一件衣服——

飘扬起红风衣
然后向太阳走近
向所有人走进
这已经足够

——《红风衣》

很想回头
不再对应黑夜
不再如一棵孤独之树
燃烧黑色火焰
很想抚摸一场痛苦
看温暖如二月
流过冰冻河面

脱下皱巴巴的黑衬衫
我还是我吗?

——《我的黑衬衫》

当然还有一只手、一把钥匙、一张黑漆椅子、一道正午的阳光、一朵血色的花或者就是自己的血液等等，它们充当了不同的升华的阶梯。这些平常的事物作为机缘开启了诗人对生命的另一种体验，让他进入到诸多不和谐中充分感受痛苦，然后又回归到起始的事物。不同的是，这种回归是在另一更高层次完成的，其中渗透着体悟和超脱的快慰。严格地说，是渗透对生命的颖悟和热爱。《红雾》也正是因为有了这种隐喻才使我们感动，才显得那么轻松而有味道——

红雾在远方

太阳出来时
红雾开始朝我们滚动

红雾到达我们头上
我们都看见了

受制然后超脱，痛苦然后欢愉，这是一个可贵的升华。这两极互补映衬，使高文翔的诗总有一个内在的长度，这是一个螺旋形回旋。这几乎成为高文翔诗歌的一个基本结构。当然，我看重的是这个结构中的生命颖悟和精神氛围，这是高文翔将要完成的生存本相拷问的一个标志。在1988年底的一大组诗中，当我看到高文翔对上述问题的思考进入到出奇宁静平和但又无比深沉的境界时，我相信高文翔已经获得了信仰的力量。在这些诗中，爱是一个被直接吟诵的对象，这是返朴归真的必然结果，是人本视野中的必然风景。这些充满爱的诗并不是纯粹的爱情诗，否则它们就太确定了。我从中读到的是更为直接的纯粹的生命感，譬如高文翔这样写忧伤：

明亮的忧伤
如瓦楞上的薄敷的层霜
让人有酸楚感涌上来

明亮的忧伤有触手缠紧我
轻微而执拗

他把抽象的忧伤写得如此富于质感，并不仅仅在于传达对某个确定对象的爱恋程度，因为他接着就展开关于祖先、爱情及野性生活方式和所谓的文明生活方式的想象，然后得出结论：

我已不是孩子

我过得很好
那是别人的事
我过得不好
是我一个人的问题
我为你忧伤
看来就只能这样
既难过又快活

——《忧伤》

这种冷暖自知的心态，使忧伤融入了较大的文化背景，成为一种有滋味的生命方式。

在另外的作品中，高文翔对时间和空间的注意进一步加强了他诗中的这种生命意识。时空是事物及生命存在的基本形式。用康德的观点来说，时空是我们先验的直观形式，有了它，我们才能产生直觉和可感观念，从而有效整理和接受现象世界。作为直接关联生命和事物存在方式的神秘时空，在高文翔笔下当然也得到了颂扬：

柔软的时光
像一位先知
站在远处
站在这个城市的上空
打量我们
我们憩息的床
有草地生长
有鲜花和爱情生长
柔软的时光
我已经忘记

痛苦的样子
忘记破碎的玻璃
在血液深处流动
我们通体透明
光芒耀眼
柔软的时光
我再也无法分辨
你灼人的气息
是否就是我
我的气息

——《柔软的时光》

确实，在某种意义上，可以说生命本身就是一段时光。然而生命有限时光无限，时光洞悉一切，它播种万物又收割它们。我们的灵性来自时光，我们的生命及爱的价值同样如此。因此我们必须感恩，必须懂得珍惜和爱，因为我们有幸活着。做到这一点空间将变得永恒：

这是永远的天空啊
永恒的过程
值得认真去走
那些总不肯抬头的人
这回要好好看着我们

——《永远的天空》

不难看出，这永恒的其实是我们自己。

高文翔在这时期的写作中，不断让我们涉及时光、先知、爱情、鲜花、圣歌、怀念、憧憬、永恒和英雄等，从而使我们和他一道，由于走进对生命的信仰，最终完成了一次精神浪迹。这是从现象沉入本质，体悟痛苦，以回忆和憧憬方式步入永恒，然后在审美高度返照人生，确定生存价值的精神浪迹。它的结果是：

我树立起信心
我不再无休止流浪
我的精神
找到满足的白色的家

——《为了你我宽恕生活》

我们不能用时尚的功利准则来衡量这个精神家园及其诞生过程，否则我们将会感到虚幻、飘渺甚至茫然，如果把它放在历史的文学状况中考察，我们就会发现它属于那种难以为人们所理解，因而常常被忽视的超俗范式。

适应着人的肉体和精神两极，艺术往往有两种相反的取向，即世俗取向和精神取向。前者以入世和参与作为艺术旨归，它乐于揣摩大众心理表达世俗心态，甚至纯个人化的心态，手法上追求尽可能的写实。以此相应，其语言尽可能大众化口语化，并具有描摹性。发展到极端，主体在作品中的地位为客体取代，就不可避免地出现了理性疲软。然而对于追求世俗享乐的大众来说，这恰好是一种轻松的方式。因此由于受众的青睐，世俗文学范式常能广泛流传乃至取得轰动效应。严格地说，这种范式并不等同于现实主义文学，只有优秀的世俗文学（在写实中见出了精神的力量）才能成为现实主义文学。

相比之下，所谓超俗范式倒会备受冷落，因为它保持了与大众的理性距离。它以精神为起点，企图通过不断冥想和拷问来探求关于生存本相和世界本体的诸多终极价值，它相信活着的意义不仅在于活着，不相信存在的合理性就在于存在。它苦苦追索智慧之火和生命价值，犹如普罗米修斯和浮士德。这种追索使它充满了忧患（由于发现本质的悲剧）和热情（由于信仰希望的永恒），因此它带来的往往是心灵警醒和精神震动。我觉得，既然人类的生存并不是盲目的生存，既然人类实际上有所作为并希望更有作为，那么，这种自寻苦恼的艺术就有它深远的价值。可以说，它是觉悟的知识者深厚的使命意识的外化，是人类超越苦难寻求光明的良知的显现。它所起的作用，将使文明的脚步小心翼翼但视野却更为明朗。因此，我讨厌仅以流行作为价值标准来衡量艺术，艺术的内核只会在平静而执拗的沉思中，在热情而坚定的信仰中，在远离现象的本质深处，在人而不是其他事物身上存在。它注定要与艰涩寂寞和缺少理解为伍。艺术史上众多冥想大师的孤独已经证明了这一点。在中国新时期诗歌创作中，能保持这种理性精神的诗人并不很多。尤其使我忧虑的是，这为数不多的诗人的努力正在越来越多地被世俗的文学潮流所掩盖。惟其如此，我才总是要在我周围的诗群和我的诗歌阅读中，苦苦寻找哪怕很小一点那种心灵的闪光。

现在，在高文翔的诗作里，我看到了这一点，看到了他以阳刚的理性造就的精神内核和艺术空间，虽然它还显得不够灿烂和博大，但我知道凭高文翔的执著和自信，这一切将得到更好的改观。在艺术创作上，有的人在默默靠近历史和未来，而有的人注定只能制造一份快餐，时光的胃会很快使它消失。

我相信高文翔属于前者。

因为我了解他的艺术素养和扎实的创作历程。1977 年，他考入北京师范大学时年仅 17 岁，在那里他接受着系统的中国语言文学教育并开始写诗。这是中国新诗又一次躁动的年代，人们用艺术尽情展示生活的伤痕并寻找其根源。时代与文学这种表面热情宣泄，内在冷静思考的特点影响着高文翔，我们便看到了

《圆明园遗址抒情》（写于1981年）等富于社会热情的作品。随着躁动过去平静来临，高文翔把视线转向了平凡的生活和事物，这时他已经在云南某高校教书。也许是教师的严谨和学术的严密规范了他，他在这时期写了许多短小凝练但思考缜密的作品，后来他几乎一直保持着这一特点。具体地说，高文翔总要在所直观的具象中发现或者再创造某种价值和意义，这是他的诗既很具体又很普遍的原因。只不过，他这时着重的是客体，于是具象成为哲理的载体，譬如《盆景》（1988年3月）：

归返自然
就很难成活
可悲不在形体变化
而在心被扭曲

作者借盆景表达的是心灵重于形体的道理。这类诗中写得最好的《猎》（《当代诗歌》1985年8期），也是靠哲理的凝聚获得张力的：

欲望
射出之前
就已沾满血浆

简洁的语言中透出一股寒气。仔细想想，这寒气其实却来自滋育了我们的文明！

后来，在其成熟的作品中，高文翔着重的是主体心灵，于是具象变形为意象，哲理成为构成其隐喻方式的重要因素。

如果说书本理论促成了高文翔最初的思辨，那么我们足下这片沧桑高原则把这种思辨推向历史文化深处，从而为他最后的超拔视点奠定了基础。在文化热、寻根热的热潮中，高文翔在曲靖率先提出地域文学的构想，并以有力的理论和丰富的创作论证、实践了这一构想，这使他成为滇东诗群中的佼佼者和开风气者。他的高原诗宽广厚重，富有阳刚气势。宽广是因为他视野开阔目光敏锐。他站在众山之上，勤奋地写滇东的大峡谷、红山崖、火把果、煤黑子，也写滇西的太阳、瑞丽江、凤尾竹、白羽鹤；写宁宁静静的彝歌、彝青老人、撒尼姑娘和傣家少女，也写狂放热烈的斗牛、高原男性、男性之石；写现实中的故乡、溶洞、暗河、裂谷，也写历史深处的古墓、鱼化石、五尺道、山火和我们的祖先，体现出强烈的高原色彩。

然而高文翔并不浮光掠影或猎奇地写这些高原景物。他热衷于站在现代生活的高度，透视高原物象后面的文化意蕴，从而“使祖先们剥开自己劳动的形式/向我裸露出这一根最为结实的肋骨”（《凤尾竹》）。他热情歌颂高原的雄壮，歌颂在陡峭山崖中严峻生存的人们，使血性的男人和柔媚的女性，如诉的音乐和如吼的大笑，远古和现实，苦与乐，交织成厚重的高原艺术形象，显示出动态的壮美。但更多的时候，高文翔表达的是对高原封闭、刻板、压抑生活的不满和忧患。他以诗人的直觉洞悉了那些为人所忽视的“红土高原古老的悲伤”，因为他在听“彝族老人弹琴”时，发现“琴声敲开一声又一声涟漪/命运的纠缠/就如此发酵为缄默的青苔”，“悲哀旁若无人/出没于记忆/你纷披的胡须间/驰不出一盏明灯”，所以，他最终只能慨叹“你目光的叹息/长成圭山顶上枯败的树”（《听彝青老人弹琴》，《大西南文学》1987 年 7 期）。这悲哀躁动了高文翔“喘息不安的灵魂”，使他渴望超越高原，反抗“大山的骨髓/将自己置入永久置于黑暗”（《溶洞》）。

那么，高原的出路在哪里？这是既超拔又切实的问题。可以说高文翔正是在对高原的深切体验中开始了他后来逐渐明晰的精神浪迹的。

上述高原诗还有一个重要方面值得注意，那就是高文翔富于特色的语言在这里已基本形成。适应着寻根究底的叩问和执拗的情感节律，高文翔大量运用短促的判断句和肯定性陈述句，它们构成一连串句子排比和句群排比，使诗意跳荡且具有不容旁逸的指意性。因此，读高文翔的诗，我常感到咄咄逼人的气势。请看《煤黑子》（《绿风》诗刊1987年3期）：

煤黑子背景是远山
煤黑子眼前没有树
煤黑子眼前的树只生长在远古
煤黑子目光如剑怦然入地……

同样句法的语言一贯诗尾，语气的急促便与语境的刚硬融合起来，产生强烈的表意性。后来，在他成熟的作品中，这种句式里又加入了许多设问、反问和诘问句。当然它们都在精神拷问中发挥了有效的作用。应该说，高文翔的语言是一种很难驾驭的非描摹性语言，它不利于诗的意境创造。但由于作者有灵敏的直觉和深邃的理性，也就是说他善于对直观的具象进行发现、利用、涂改，而最终把它纳入自己的理解。这样，其语言便因为创造了隐喻而有了所指和能指之间的距离，也就是有了品味的余地。但是这种语言肌质的弹性和张力是内在的，对于那些满足于或者只能够浮光掠影地鉴赏的读者来说，它的阻拒是必然的。

然而我想，如果艺术接受群体在世俗层次上对超俗文学的隔膜确实是一种必然的话，那么我不能不再次陷入困惑（当然，这困惑绝不是针对高文翔而是针对我们称之为高雅艺术的种种现象），在世俗与超俗、时尚功利与纯正精神之间有没有一条折中的路？我想应该有，至少在逻辑和情愿上应该有。那么，高文翔，让我们一起去寻找它！

这种寻找在一次偶然的对比之中得到了深化。因为我几乎同时读到了高文翔和唐宝友（又一个我熟悉的滇东诗人）的两本诗集。

二　对生活的超越与沉入

——高文翔与唐宝友：不同追求中的共同价值

1994年，当夏天的阳光和雨水再次君临滇东高原，珠江源平和的水流变得高亢激越的时候，我的心情也随之悄悄发生了改变。我知道我所经受的激动除了来自季节的力量外肯定更多地来自一套诗集——《珠江源诗丛》第一辑的出版，这套由德宏民族出版社编辑出版的丛书，共包括了朱发虞的《碧水青山》、张永刚的《永远的朋友》、唐宝友的《五月雨》、尹坚的《季节河》、李倩的《暗恋》和高文翔的《永远的天空》六部个人诗集。这是滇东诗坛个人实力和整体风貌的大展示，可以肯定地说，如此之多的诗集的出现，是令人欣喜的滇东诗坛的盛事，它标志着滇东诗歌创作在多年艰苦探索之后，向着成熟迈进了极有价道的一步。

我有幸首先读到这套丛书中的两本：高文翔的《永远的天空》和唐宝友的《五月雨》。当我掩卷沉思，在诗意的深处回味作者们如歌的吟诵，我感到我在化入脚下这片高原，以无与伦比的亲切感体验到红土的凝重、群山的巍峨、大河的浩荡和高原风情的神奇美丽。同时，我又感到我在超越这片高原，在随作者的思考升华到历史和时代的空间，触及了挚爱和痛苦，自豪和忧患，认同和反叛等矛盾冲突。

诗是大地和心灵的花朵，它的艳丽和壮大必然来自于对我们的生活热土的深切理解，来自于诗人心灵对诗性的感悟、激发。因此成熟的诗歌必然是不满足于现象的，它极重视在理性高度对现象进行透视整合，从而避免浮光掠影的盲目歌唱，《永远的天空》、《五月雨》正是这样的作品。虽然，由于诗人的个性及切入生活的角度等的不同，我们在这两本集子中看到了神采各异的特色，但在诗歌本体这个根本上，我们不难发现它们的共同点。可以说，无论是高文翔对高原辽阔天空的无限神往，还是唐宝友对五月雨水的柔情迷恋，最终都指向了作者心灵世界中的诗性内核，从而为我们提供了真正有价值的关于高原风貌、历史文化、生活现状的图景。因为有诗性的凭附，这些图景才不是常规化普泛化的，当然也才不是互为雷同或重复的。也就是说，由于高文翔、唐宝友都是在抒写各自心灵世界里而不仅仅是外在视野里的高原和人生、历史和文化，这个共同点才必然地促成了各自迥然相异的特色。高文翔的辽阔和刚健，唐宝友的缠绵和痴迷，这是两本集子显而易见的风格特征。它们再次证明了诗是具有灵性和生命的有机体，也再次证明了诗人对世界的深刻感悟和独特理解对于我们的阅读是多么的重要。没有这个前提，诗和接受者都无法进入开阔深远的意境深处，从而必然会被表面化的情感和短视所误。

当然，诗性是潜在于具象和语言中的，诗人的一切发现和创造最终都将由具象和语言来承载。那么就让我们沿着这条解读的老路，进入到这两本集子的诗意空间里，看看它们到底为我们的审美感受和审美经验提供了哪些有价值的东西。

在《永远的天空》中，高文翔辑入了他从1980年开始写诗以来的有代表性的作品，它们被大致分为四个部分，即高原诗、爱情诗、哲理性和包括《圆明园遗址抒情》在内的“文化抒情诗”。透过这些作品的分类和编排时序，我们很容易描绘出高文翔起始于大学时代以至今天的创作历程（注意，我说的是创作历程而不是创作全貌，因为高文翔除了《永远的天空》外还有一部更具特色的诗集《红冠》）。也可以很容易地看出作者的创作观念怎样由沾滞于现象而逐渐地变得自如、开阔、超拔。在这里我不想以题材和写作时间作为基点来对高文翔的创作作线条化的勾勒，这项工作作者在《永远的天空》的后记中其实已经完成。不过更重要的原因还在于，读高文翔的作品，我最感兴趣的常常是作者对几乎一切进入他写作范围的现象所作的缜密的思考，通过这种思考把现象提升到一个独特的境界中，并以流畅贯通、富有特色的急迫语势来完成诗歌意象建构。这是高文翔诗作的内在张力和吸引力的根源，也是其写作的创意所在。我以为，只有在这个基点上才能真正把握《永远的天空》的价值，譬如它的开阔深邃，它的浪漫情怀以及它独到的发现和创造气度等等。

似乎与一般的抒情诗人一样，高文翔从对我们赖以生存的红土高原的深厚的热爱和崇拜开始，给《永远的天空》造就了一个基本旋律：

播种并开拓
拥抱一方红土
年年岁岁不凋的光环是奉献
倾洒一生的汗水
弹奏生命的最后一个强音

无怨无悔
走过我们红土的一生

——《拓》

高文翔就是以这样的情感徜徉在高原的山水之间，为它的壮美为它的悠久历史文化和深厚内蕴而陶醉而歌唱，其中充盈着发自内心的自豪和赞美——

生长红土的地方
同时生长冬天洁白的火焰
阳光和雪
一对孪生的姐妹因此照耀我们
他们凌厉温柔的翅膀抚遍滇东

——《乌蒙山》

播种与收获
一起挂上我们木纹清澈的屋檐
红土地的孩子、老人
白云的羽翅亲切生动

——《云》

红土地的枝头
挂满飘香的果实
我们纷纷上路
眸子灼灼发亮

——《珠江源》

这类深情的赞美充盈在《永远的天空》的高原诗辑中，形成了一个积极热情浪漫的旋律，给人以明晰的印象，由于高原诗在这个集子中所占的重要地位，这个旋律也就确定了《永远的天空》的整体格调。但我们千万不要因此把高文翔看成一个幼稚而天真的歌者，以为他只有表面化的情感激动，仅仅靠简单的抒情来建构诗境。其实高文翔要深邃得多。他那种热情和浪漫是建立在对历史和文化、生活和艺术的理性追索之上的，是开阔胸襟的艺术化展示。这又是他与一般的抒情诗人的不同。因为我敢肯定地说，作为生于斯长于斯的高原之子，高文翔不可能没有经受到困窘生活的磨砺。群山的阻碍，河流阻隔，红土的贫瘠给我们造成过太多的痛苦，这是任何一个高原人都要面对的并不优美的景致。同时，作为一个在京城接受过高等教育的学子，高文翔不可能不对高原文化的滞后封闭及其与现代文明的强烈反差有理性的觉悟。红土高原是凝重而艰难的，高文翔却如此浪漫地歌赞它，让它以美的形态凸出。高原生态在诗歌中的变异升华造成的矛盾只能在诗歌观念中获得解决。稍有艺术常识的人就会知道，艺术并不是现实的翻版，只能照搬现实其实并不是真正意义的创作，成熟的艺术也并不只从现实的土壤中吸取壮大自己的精华。刚好相反，它能赋予现实本身所不具备的美的花朵，从而为生活增添新的成分。这些新成分也许是希望、启迪、召唤、鼓舞、勇气和力量等。人类之所以需要艺术就是因为艺术具有这种巨大的能量，它能涂改苦难，驱策文明的脚步向着真善美不断迈进，这才是艺术的精义所在。因此当我们看到一个诗人为我们在蛮荒的原野找到精神的黄金，他的发现和创造是我们应该引以为自豪的。波德莱尔说："给我粪土，我把它变为黄金"，所谓艺术只有在这种状态中才是创造性的，也才会是开阔和博大的。我想，高文翔的写作正是在这一点上切合了艺术的本质，才显得自如超拔，开阔深邃。无论他写北京的文化现象还是云南的自然奇观，写滇西的太阳、凤尾竹，还是滇东的煤黑子、火把果，写远古的鱼化石、战国墓，还是写现实的爱情和思念，甚至写那些为人们司空见惯的花瓶、盆景、红雾等平常而又平常的事物，他都努力让我们看到了现象之外的另一种情形、趣味、意蕴，严格地说他几乎是在创造这一切。因此平凡的具象被深远的意象取代，本质从荒杂中浮出，使诗歌不容置疑地展露出活的生命力量。

黑蝴蝶纷纷飞到你脚下
黑蝴蝶站在一片废墟上歌唱
黑蝴蝶自己脱掉自己的翅膀
黑蝴蝶企望和结合的你一样
出入地的根须很长很长
黑蝴蝶黑蝴蝶
后来都住在你的标本室里

——《黑蝴蝶》

我们不能说这首并不长的《黑蝴蝶》不具备洞悉力和扩张力，像这样用强烈的主体意识赋予现象和诗句以独特的新意，就是高文翔写作的关键所在。因此，他的诗作几乎都显示出向诗本体和艺术的本质归附的价值取向，所以在《永远的天空》中（特别是其中的高原诗辑中），我们会感到一种咄咄逼人的气势，也会感到一种行云流水似的轻快："等待着雨/雨就来了"。这是《山火和我们的祖先》中高文翔描绘的高原劳动创世纪的情形，这种包蕴着气势的轻快一直沿着《高原的路》进入到现代生活领域。请看：

五尺道在高原炽烈的阳光下发光
古老的石板
沉沉古歌中清脆的音符

马帮驮来村落
驮来历史
驮来我们今天的城
我们俯身
就清晰地听到路的呼吸
我们行走
鸣响的汽笛抒写现代的清纯
经纬纵横的天空穿梭流动的思想
青色的砖缝珍藏岁月
钢筋和混凝土弹奏交响
支撑起蓝的天，白的云
让我们追随鸽哨
追随大雁的风度
看苍鹰远去了鹰之魂印在飘逸的云朵
命运的高原
我们动情的家
打开你的每条道路
推开岁月的门窗
我们只能看到
红土地风去雨来
滇东年年返青

——《高原的路》

不难看出，这些连贯的诗句充满了神话般的活力，把历史文化，沧桑变迁，心灵渴望交织成一个理想的整体，即使出于分析的需要也难以把它们的内聚力消解从而随意地分割它。高原在高文翔笔下就这样获得了生机和神韵。这是因艺术观念的自觉而创造的价值，是经由对历史的思考、对未来的展望和对现实及自我灵魂的省悟之后才占据的艺术制高点，是诗人主体渴求变革的趋新心态的艺术化写照，因此它不同于田园诗的自我陶醉，更不同于幼稚的盲目抒情。当然高文翔并不是一步就达到这样的高度的。我们在《永远的天空》中可以找到他逐步升华的台阶。看出多年来他艰苦思考的痕迹。在第四辑（多是写得较早的作品）"文化抒情诗"中，作者就开始热衷于对圆明园、聂耳墓、秋瑾故居、岳飞墓、越王台、沈园等有显著文化色彩的物象进行意义发掘。这些作品在奔放的热情中渗透着理性，显得很厚实。但由于更多地受外在大我情感和物象约定俗成的文化意蕴所束缚，这些思想性积极的作品，并没有真正显示出作者的创造气度。这个不足在第三辑"哲理诗"得到了有效的回避。用缜密的思考和精致形象的语言把众多平凡现象背后的价值仔细地寻找出来，这时的高文翔就像一个淘金者。他专注而执拗地进行着思考，最后他确实发现，并表述了那些为大多数人所忽视但又极有价值的意味。并且在诗意建构上，他更看重的是语言本身而不是它们所负载的内容，换言之，高文翔在这些作品里刻意追求用更为诗化的方式来传达事物的内在意义，用语言的表面淡化方式来加强诗的力度，这是一种艰难的尝试，但它使高文翔向诗本体迈进了一大步。《红雾》就是一个代表：

红雾在远方
太阳出来时
红雾开始朝我们居住的地方
滚动
红雾到达我头上
我们都看见了

在这种自然的语言呈现的自然状态中，你可以带入许多人生的体验和感悟，可见高文翔已经有效地步入到自我心灵的空间，逐渐形成了独到的眼光和主体创造意识。这一点在“爱情诗”辑中得到进一步加强。它们的超拔性曾使我在把它们确定为爱情诗时犹豫不决。在这些作品中，高文翔很注意空间距离的展开，有了这个距离才能容纳思念驱驰想象、也才能加强等待与渴望的分量。因此，这种对爱情的处理已经上升为一种普遍的人生经验的感悟状态。但高文翔毕竟也有更多的个人情感注入到这些作品里，同时又用挚爱、平等、宽厚等作为基本准则来过滤自己的情感，使这些关于爱情的作品显得既亲切又深远。这不是那种简单的对爱的沉浸所能达到的境界。当然，最终完成这种开阔深邃的诗境拓展的作品就是我们已经提到的高原诗辑。壮阔的高原地貌、深远的历史文化使高文翔的理性思考获得了自由表现的舞台，也使他那种轻松自如又气势急促的语态得以最后成形。

与我以上叙述的顺序相反，高文翔把最好的作品放在《永远的天空》前面，这体现了他对自己创作的自觉。但无论怎样编排，由于包容了那些丰富内涵，永远的天空都将是辽阔和深远的，因为这是高原天空本身的特性，也是不断思考深入探索的心灵的特性。高文翔把这两者合而为一，必然在滇东的诗歌疆土上，使我们的视野更为开阔。

《五月雨》是唐宝友的第一部诗集。

和高文翔一样，作者选入大量的高原地域诗并把它们辑为第一辑，第二辑以爱情诗为主，兼容了一些感时伤事的作品。读完《五月雨》，我深深为唐宝友对高原和爱情的痴迷而惊诧。作者以非常细腻的语言在无限的怀念和祝福中表达着内心深挚的爱恋，对于高原和心灵中的偶像，他似乎从一开始就不打算像高文翔那样超越高原爱情和一切外在现象，与此相反，他所要做的只是循着心灵的召唤一味地沉入那些他所亲历并深受感动的现象中，走过那些给过他温暖和欢乐的人群，默诵他们的名字，和他们以眼神交谈，用想象的快乐来砥砺怀想的痛苦。可以说，唐宝友在他的诗里展现了一个苦恋者的心迹。他热爱生养他的高原厚土和“叶子”那样可爱的人。《五月雨》的诗性正是来自作者心灵世界中隐藏的情结与普遍的人类心理世界的对应同构。谁能说我们心里没有怀念和追索呢？我们在不断地前行，历史在不断延伸，但这并不意味着我们可以彻底离开那些曾经占据过我们的情感。怀念是一种永远的力量，它总会使我们蓦然回首，感受到往昔岁月绵密的诗意。

虽然唐宝友也注意到高原风景中那些有代表性的物象，他写石头之歌、写牛、写土地上的播种和收获、写高原的情感和五月的雨水等，但唐宝友写得最多最有力的是高原上善良质朴的人们，除了自己的父亲、母亲、妹妹之外，还有阿南、丹贝、老花、赤脚的女人、驼背的彝族老人等，他们都以自己的生活方式强化了高原的整体氛围。他们的生活是唐宝友曾经参与或者细致旁观的生活，它激发起同样善良质朴的情感。怀念总是始于身边最动情的事物，像唐宝友这样对自己的生存环境与地位，对自己的苦苦追求与收获有清醒认识的人，必然知道应该记住什么感谢什么。唐宝友说：“我首先感谢泥土，感谢我操劳而去的父亲，感谢我磨难已久渐次苍老的母亲，他们使我提笔面纸，同时面对生活。”（《记忆如歌》、《五月雨代后记》）。这就是唐宝友的情感内核，这是他诗歌的一个最重要的主题。在现代城市文化中，能怀有这种质朴情感的人是日渐稀少了。正因此，唐宝友的写作才显得可贵，他用诗这种最典雅的艺术重现了人类良知中最基本、也最闪光的成分，从而返璞归真，使诗歌的感染力大幅度涌进我们贫乏的生活和心灵。在唐宝友的诗里，高原的一切物象之所以值得提及、之所以可以进入神圣的诗歌之境，几乎都是因为它们能够引发怀念，承载感恩之情。你看石磨，那是母亲的石磨：

石磨已有了灰尘
记忆中
母亲在石磨下吐着口水
石磨磨出的面粉
黄粲如古老的山脉
圆嵌母亲的晕眩

石磨石磨
母亲的石磨
我含辛茹苦的石磨哟

——《石磨》

你再看看牛和犁，那首先是父亲耕耘所用的牛和犁。唐宝友就是在这样的怀念中结构他的诗歌，因此他的作品之中总是贯串着一条绵长的情感基线，最典型的莫过于《怀念父亲》那首长诗。父亲背负生活的重压艰苦劳作的一生在这首诗里得到了细致而完整的表现："父亲是那根闪悠悠的扁担/将自己从山丫口一步步挑下来"命运就这样毫无浪漫色彩地开始了，为了孩子的一碗米线、一支五分钱的铅笔、一家的油盐，"父亲咬着旱烟/穿疙瘩扣子对襟衣/每天奔波在风里尘里雨里烈日里"，而劳碌一生的父亲得到什么呢？"而今我在城里/父亲在土里/我在林荫下散步/父亲却坐在那堆土丘上守望收成。”生活在这种环境中，能不产生怀念和惆怅吗？所以最后唐宝友要写下这样的句子：

日头火辣辣的红高原哟
那气蒸的光里
可有你消瘦的身影
雨天阴绵绵的红高原哟
那响哗哗的水里
可有你剥蚀的茧子
父亲父亲父亲
我永远怀念的父亲
我成串的相思
可是扬在你坟墓那吊纸钱

这和《石磨》的结尾何其相似：

终有一天石磨被搁置耳房
像一只鹰从天空平静地回到地面
使我至今不敢背离它的恩德
我牵肠挂肚的石磨哟

这种缠绵的语言和意象，把诗作的情感张力强化到催人泪下的地步。

唐宝友就这样抒写着他的父亲和母亲，但在高原的艰苦环境中生长并感受了父母养育之恩的人们，谁能说这仅仅是唐宝友自己父母的写照？准确地说，他们是高原平凡孤独劳动者的典型化塑像。因此，对于富有良知的心灵，作者说出了一个普遍的感受，我们在唐宝友高原诗作里感到的亲切和平易，证明了作者所展示的其实是一种高原情结。唐宝友就是这样，由对自己父母亲人的情感开始，逐渐伸发开去，对整个红土高原的养育之恩加以歌赞。作为人子，唐宝友热爱感激给予自己哺育的父母，作为高原之子，他又热爱感激锻就自己成人的整个红土高原，这是作者高原诗中的两个基本层面，它们合而为一，构成了属于唐宝友的高原意象。它没有反叛或超越的价值取向，而是尽可能地沉潜到高原厚土和高原生活内部，给一切交织着苦难和欢乐、艰辛和勤奋、质朴和压抑的高原风物人情以及心灵世界镀上了一层挚爱的热情与亮光。

但在《五月雨》中，唐宝友写得最为流畅的还是另一部分，即第一辑中写给“叶子”的充满了另一种爱恋的那个诗歌系列。这些爱情诗作比作者的高原诗和这一辑中同时存在的感时伤事的作品都显得更为突出。由于那种几乎化不开的情感，唐宝友的高原诗在深沉中露出滞重，并进而影响到意象和语言的凝练明晰。而在第二辑除给叶子以外的那些作品中，如《红色瀑布》《散筵》《纽带》《太阳城》《雨夜舞会》等，唐宝友试图从现象中捕捉一些理性内涵，从而传达出个人的孤独失落的内心渴望。但这并不是他的所长，他离不开那个情感基点，因此这些作品多少显得生涩浮泛。给叶子的情诗系列却不同，它们总是那样流畅和清新，虽然围绕着一个共同的主题展开，却并不给人重复雷同之感。

它们分散在其他诗作中，却像星星分散于夜空，其熠熠的光芒一眼可辨。这种艺术效果的成因，主要在于唐宝友内心世界潜藏的另一种真诚的情感，或者说情结。这是深切之爱的又一道痕迹，但它不同于对高原的凝重之爱，不同于仰视高山大河父老长辈的情感。现在面对叶子（她或许就是一个令人怜爱的少女），唐宝友的写作自然就变得更为平易和亲切。我们知道，在情感状态中，唐宝友总是很自如的，而爱情在众多的情感中又是最令人轻松愉快的一种，所以唐宝友必然要显得自然流畅游刃有余了。

这毕竟是他最擅长的诗歌方式之一。请看：“叶子，今天我们闲谈/谈你的空间/和你的夏天”（《作品15号》）。这是关于叶子的第一首诗，唐宝友就这样娓娓地开始和他心灵中的偶像交谈。这种轻松的方式只能属于纯真的爱情，不附加其他什么的爱情，否则所谓爱就将或多或少地变得沉重压抑，也就不可能使人感到轻松自如。叶子就是以这种可爱的形象存在于作者的心灵和诗歌境界中的。再看整个诗集的最后一首诗（也是关于叶子的最后一首诗）：

今宵案头百鸟的双翅羽化
最深刻的力量
将自己一寸一寸
挥金如土
再遇你时
我必将成为
你最亲切的兄弟

诗歌打磨的情缘
最后的光亮
是我浓浓的祝福
你淡淡的忧伤

——《诗歌情缘——致叶子的最后一封信》

仍然是娓娓倾诉的方式，但浓浓的情感使所覆盖的现象升华为独特的诗歌意象。在这个意象中，并没有美好圆满的结局，但这对诗来说却是最好的，它能加强怀念的分量并使期盼更加深长，诗境也就相应开阔起来。在叶子系列中我们可以感到一个有内在长度与弹性的诗意空间的存在。就像一出完整的戏剧有开头、发展又有最后的收场，但这出诗剧的收场不是喜剧式的大团圆也不是悲剧式的残缺状态，它最后升华为心灵和情感的宽阔境界，一种出自内心的祝福，一种不可割舍又难以遗忘的心绪，它随时幻化为美和希望，激活灵感与想象。这就是唐宝友笔下的叶子情结，它使我想到“爱之不可得又不能忘其所爱”的中国文学这一传统母题。

那只忘情的鸟已随流云远去
一树消瘦
激战乍起西风
最难将息
你是一朵孤零零的风景
蒙蒙细雨飘满你四野断想

想念你完全是无意中的事情
你脱去鹅黄色底色
在一个深沉的黎明
绽满目腊梅
平静地走入我的诗中
清香宜人
驱走莫名空寂

翻开自己我如一本古朴的老书
你是我怀中润润的叶子
守住我们平淡的生活和诗
让阳光站满所有扉页

——《作品 17 号》

这样的诗句使我们相信，真正美好的情感只能深藏在内心和诗歌深处。如果你理解这一点，你就会认同叶子给唐宝友带来的欢乐和幸福、思念和痛苦、幻想和祝福；你就会为那种刻骨铭心的爱恋（其实它也属于所有真正爱过的人）而深深感动。在这个意义上，唐宝友写作的价值不是就已十分明白了么。

在我读完高文翔、唐宝友的诗集的时候，我再次感到夏天的生机给予我们心灵和诗歌的力量。我们生长在滇东这片古老的红土高原上，我们感谢它赐予的一切，包括《永远的天空》《五月雨》以及整个“珠江源诗丛”。这些各具特色的作品是滇东高原的又一片风景。在商业大潮涌动的时代，诗人的歌声是弱小的，但它自有不可抗拒的精神力量。高文翔、唐宝友用不同的诗歌方式表达着自己对高原生活的理解与希望，他们虔诚而执著的写作和严肃而认真的思考，使我感到，无论是永远的天空还是五月的雨水都充满迷人的魅力，因为我们热爱生活，所以我们对生活的投入和超越都同样意味深长。

三　灵魂深处的光

——何晓坤的诗歌精神

何晓坤，这个随新时期滇东文学一道成长的诗人，其感觉世界中似乎总是潜藏着一些特别的东西，属于精神世界的东西。

2002 年 12 月，作家出版社出版了他的诗集《蚂蚁的行踪》。

初读何晓坤《蚂蚁的行踪》这个集子，我感到一丝困惑，这个在其诗作中不断展示出硬度、锐性与大气的诗人，为何要用一个纤细的词组为这本集子冠名。“蚂蚁的行踪”，弱小生灵的漫游，永远难为人所理解、知晓的世界，与我们所要开启的思想之门有什么关联？难道这个我所熟悉的敏于思考的诗人，也会就范于潮流，更多地相信感觉，从而看重虚无与浮泛的东西？的确，在芜杂的现代生活里，那种如尼采所说的“日神的幻影”正在通过即时性与功利化途径把人们的价值观念表浅化，深度似乎是艺术应该主动放弃的因素，厚重仿佛标示着过时与老化。一首诗歌，如果停留于感觉之中，展示了事物的无意义的细节，那么，它同样会闪烁许多人认可的亮丽的幻影。这的确已经成为中国当代诗歌的一种方式。

但这不是何晓坤的方式。你看：

永远的居穴
是天空下那些不易察觉的伤口
蚂蚁
大地上渺小的精灵
载负着黑色的哲理
爬行在世界的角落

——《蚂蚁的行踪》

谁都可以看出，这首标志性作品里的这些语句，从感觉开始，但展现的并不仅仅是感觉，而是一种理解，一种主体思想对弱小世界的楔入。带着强大的力量，使那些并不显赫的现象，那些永远的居穴者，永无止息地载负着生存之重的小小生灵，倏然变形，成为一个显赫的象征，一个关于平凡而平静的生存与无尽的劫难、痛楚，当然还有遥远的希望，艰难的跋涉以及偶尔获得的自足与快慰的生活图景的象征。

从岩石的边缘到泥土的中央
……
攀缘的姿态亘古不变
那份疼痛却早已潮湿

所有劫难与行动无关
离开了居穴
剩下的只是遥远的足迹
亦如遍体鳞伤的哲人
只为守住一片青青的草地

——《蚂蚁的行踪》

在这里，你能说仅仅在感觉直观中看到了蚂蚁的行踪？这些行踪难道不是我们由来已久在这个世界里留下的痕迹吗？何晓坤所开启的是一道走向深度的门，这道门里的景致，正是我们自己的生活景致，它沿着微小的途径，突然洞开，使人感到突兀、新奇与振奋，这是一种本雅明所说的艺术“震惊”，现在由一些诗歌造就出来——只有有思想的诗人才能造就这种效应。何晓坤做到了这一点，结果是使整部《蚂蚁的行踪》产生了强制力，它将我们逼到只有依凭理性才能触及内蕴的角落。

这个角落当然是开阔的，只要你能知晓诗人忧患的内心，进而超越变形的表象，你所获取的将是一个思想的空间，在这个空间里，你会感觉有一些光拓展了你的视野，照耀着你的心灵。这些光有时从传统的暧昧不明的事物之中，或者那些被文化迷障遮蔽的现象后面旖旎而来，有时则如钻燧取火，在苦难的反复磨砺中突然闪亮，让你豁然开朗，霎时开悟，经历涅槃般的激荡、沉痛与欢畅，达到另一种人生的境界：

他们的思想
是一把巨大的黑伞
将来人紧紧罩住
这是阳光
灵魂深处的温泉
从高处洒来
我们无法拒绝
它照亮我们的四周
让我们疲惫的躯体
负载重荷
接近光明
这是一种使命

……
在夜色之外
已看见太阳
在夜色之外
安详升起

——《占卜者》

这种感觉，来自生命的另一个层面，来自苦难与压抑被信念或者执著的人生意志撕开一个缺口之后。没有这种勇气与力量的人，将永远沉浸于世俗于平庸，永远难以感受、体验到那种生命的亮色与景致。

致力于这种写作的人当然不会感到轻松，可以肯定，何晓坤的所为正是这样。在《蚂蚁的行踪》所收入的130首诗作中，贯穿着一种内在的执著与沉重。作者将其作品编为三辑，第一辑分量最大，这是诗人的灵魂独白，其中有许多厚实的长诗，它们在历史文化和生命意识深处迂回，流露出对英雄与大师、理想与信念的敬仰。在这一辑作品中，幻象像夏天的星辰布满那些或长或短的文本，作者奇特的想象像一个爱炫耀自己的魔术师，不断打开语言的魔盒。但我们知道，任何诗歌中的瑰丽幻象，决不仅只是纯然想象的产物，它的真正来源只能是诗人对本质世界的洞悉，对灵魂图景的领悟，诗人神与物游，以象显质，才会造就具有变形色彩的意象，这是诗歌创作的基本规律。

因此，在《蚂蚁的行踪》这个集子里，我总是提醒自己不要为表层因素所迷惑，我们更应该看重它是否具有更为内在的建构。应该说我的关注有很好的收获，不用说像《颂词》《一群人的一个黄昏》这类长诗中出现的灵魂拷问，即使在托物喻志的短章中，也体现了作者较为深入的思辨。比如关于一场迟迟不来的雪，作者也不放弃那种自我化的沉思——

许多年没有下雪
雪已经抛弃我们
独自回归故里
……
广场上的那个雪人
许多年也没有融化干净
像一个圣人

——《许多年没有下雪》

一只微不足道的蝉，作者也要让它在靠近上帝的途中展示生命的困窘——

蝉看见雨后的阳光从天空洒来
上帝站在高空朝它招手
蝉满心欢喜
一路鼓噪而去
却怎么也飞不出树的居穴
地狱的栅栏

——《蝉》

而一只“鸽子／你飞过我的头顶／洁白的羽毛如同我的思想／在阳光匮乏的坡地闪亮”（《歌唱鸽子》），思想的光泽，使雪、蝉、鸽子这些平凡的东西无形中具备了神性色彩，使我几乎冲动地对周围细小的事物充满了感激。

当然，何晓坤似乎更愿意驾驭那些天生具有思想力度的东西，比如一只大鸟，他总是力图传达它的气势与理性意义，“落魄的帝王／……／飞行是唯一的选择”，“大鸟／在精神的蓝光下／摇动双桨／笨拙而专注”，它将“灵魂的小刀／小心翼翼地伸出肉体／剃刮天空芜杂的胡须”，最终，它“一支翅膀飞向天堂／一支翅膀落入地狱”（《大鸟》），这是一只怎样的大鸟？它的身上体现了两难选择和相互悖反的宿命，这其实是一种人生价值困惑，它形象地表述了文化与文明固有的冲突内蕴，我们在康德等哲学家那里可以读到更为直接的表述，可以说，何晓坤在接近这些伟大的思想。当他试图用大量的笔触，展示他对文化与文明的思考与困惑时，当然就会有属于他自己的忧虑。《颂词》一诗也是这样，它连绵的意象，以及从这些意象中流露出来的庞大的思想，往往轻易就超出了我们的审美知解力，制造出许多难以把握的诗意。

从解读这些作品的角度，我们发现，因为有困惑，何晓坤的诗中充满了探寻和扣问，因为有忧虑，他的言说里传达出孤独与落寞。其结果，压抑与亢奋交织，怪诞与明丽共生，一种悲剧式的壮美笼罩了他的写作。进入这些作品，仿佛进入了一片厚重的冬云，在灰暗低沉之中，又不时闪出一些属于夏季的电火。这是何晓坤为我们造就的一种诗外的景致。

然而为诗之道，思想的硬度必须得到巧妙地化解，否则没有血肉的语言会像没有枝叶的树木，无法成就生机勃勃的意象群落。在《蚂蚁的行踪》中，我看到何晓坤柔情的一面，以及作为诗人不可缺少的细致与敏锐。他关注生活中平凡的事物，他的诗兴和灵感大都从那些平凡事物中升华出来。只要读读第二辑和第三辑，你就会发现，生活的本真状态到底是怎样成就一个诗人的写作。生活对艺术的影响巨大而永恒，聪明的作者总是会巧妙地借助这个力量。何晓坤将很多诗篇给予了家乡和家庭，反过来说，正是这些世俗人生的基本因素促成了他的诗歌品格，使他有了创作的起点和途径。因此，他能敏捷的行走在罗平的山水之间，写多依河，布依人，滇东老爹，当然也写自己的爱人、女儿，自己的祖父、祖母，他用油菜花将罗平的节日镀上一层别样的金色，他倾听劳动的歌声触动自己写作的笔锋发出的微妙响声……在这些作品中，美丽的风景和平凡的人事不断令我怦然心动。作为罗平这片美丽的土地生养滋育的人，我深深地爱着自己的故乡，何晓坤的言说勾起了我更为丰富的故乡情结。但我对故乡的热爱与对何晓坤诗作的赞许却完全出自两个不同层面，在我的心灵深处（也许许多人的心灵深处也与此相类），故乡使我神往于美妙的艺术境界，而美妙的艺术则重构着故乡的境界。在这两者之间，我知道语言扮演了多么重要的角色，它所释放的价值早已为李白短短的《静夜思》所证实。因此我始终不想把何晓坤定位为一个传统意义的乡土诗人，尽管他写了那么多我们滇东的风物、罗平的人事，那些体现出“本土”意味的句子只是他提升诗意的基石，我更看重他对事物的深度把握与提升方式。在这些作品中，虽然何晓坤思想的力量不时会因过于靠近自然事物和生活琐事而有所消解，但他总体上的思考特色仍然明显，你看他笔下的“布依人”：

就这样优美地坐在山顶
看你的身影掠过山浪
脚板踩碎所有的山石
像一匹饥饿的狼和一头狮子
朝我奔来

——《布依人》

不难看出，这样的布依人，并不仅仅是一个被表现的对象，他们已经成为构成表现的方式，一个重要的诗意生成点，换言之，他们在这首诗里更多地充当机缘与借口，他们出现的目的是使作品获得反思与发现的张力。这是何晓坤一以贯之的写作方式，是他实现艺术变形的基本技巧。明白这一点，你就可以和他一道，简单地超越具象世界，抵达生活的内部，或者说一首诗的内部，感受到那种灵魂深处的光。

生活在阳光下的人们
为阳光的温热所感动
即使遍体鳞伤的午夜
他们也努力耕耘幸福
每一束光
都有希望的翎羽点缀
日复一日
饱满为地壳的种子

——《阳光的含义》

还不明白么？在这些明亮的光中，那些细小纤弱的词汇与语句，正是一道道为你抵达这个所在而搭建好的阶梯。用作者的话来说，也就是“最耐回味的事物／往往长在不起眼的地方”（《苦荞》）。

当我们作了如此艰难而细致的解读之后，我们不禁要问，艺术难道非要钟情于这种苦心的营造吗？在精密的建构之中，有没有负价值诋毁接受的晓畅与快适？

这类关于形式的思考连带着艺术本体问题。我想起我所敬佩的D·H劳伦斯的一句话：“生活是虚幻的，艺术是真实的”，这个意思尼采说得更直接：“只有作为一种审美现象，人生和世界才显得是有充足理由的。”许多时候，我们需要品味一些作品，我们渴望得到形象之后潜在的意义，更多的时候，我们世俗地生活着，但我们厌倦世俗，我们渴望原生状态的生活中充满奇遇与幻象，滋生出更为内在的意义，从而使我们不仅生活着，而且诗意地居栖着。如果说这也就是艺术与人生的本相的话，那么，我们也许也就会认同何晓坤那种艰难的尝试。但是无论艺术还是人生，思想总是令人敬而远之的东西，它的双刃熠熠生辉，弹铗而歌，需要更为自如的腕力和手法，当你想在灵魂的深处有所收获，必然会在世俗的表层上有所遗落。

“最后的梦想在枝头燃烧，死亡来自语言的深处”，我将何晓坤《颂词》一诗的题记用做这篇短文的结尾，我相信，何晓坤与所有热爱诗歌的人，都会在写作的层面上因对语言魔力的感触而获得启示与超越。

四　朴素的语境与哲理意蕴

——回族诗人马开尧

无疑，回族诗人马开尧属于那种心地淳朴情感真挚的诗人。20 世纪 90 年代，他先后出版了两部诗集《桑梓情》、《谷花雨》。马开尧生活在寻甸，这个地方后来已不属于曲靖，但马开尧的诗已经融入了曲靖，成为我所说的滇东文学的一个部分。

在马开尧的作品中，可以看出，他总是以极认真的心态面对生活，保持着高原人的质朴。在那些平凡而动人的事物面前，马开尧流露出真诚的有时甚至有些孩子气的激动，他的诗语朴素自然、明白晓畅，仿佛信手拈来随口道出，却有浓厚的生活气息萦绕其间。他热爱自己的民族、父辈和天真的孩子们，他歌颂美丽的自然、故乡与祖国，他把那些可爱的人、事、物融入朴素的语境中，最终形成了清澈明净的诗歌世界。可以说，这既是诗人人格的自然体现，又是诗人有意为之的艺术创造。

但简单与稚拙仅只是马开尧诗作的表象，我们不能轻率地把马开尧理解为技巧单纯的诗人。他勤奋的写作，多产的作品，两部诗集中流露出来的共同特色，在显示其完整成熟的诗歌观念的同时提醒我们不能忽视他用以构成其诗歌境界的特定手法，那就是在朴素的语境中深入开掘生活的内在意蕴，以哲理化的表述拓展诗作的内在空间。从而使极普通的物象具有了表意的活性。也就是说，马开尧虽然多以看似直观的生活琐屑事入诗，但他其实并不表面化地呈现它们，而是用特定的生活理念来加工它们，升华它们，使它们体现出自己对生活的理解和热爱，最终成为创作的自为之物自为之境。比如《菜农》一诗，作者写道：

从播种到收获
活计就像风车转
菜农的眼睛和心田
都成了绿色一片
蔬菜上市
菜农露出笑脸
买主挑挑拣拣
随意张口褒贬

简简单单的种菜卖菜，在这里却流露出了一种难以言尽的意味，其中的酸甜苦辣欢乐悲哀任由你去品味。

这可以说是马开尧习惯的，也是刻意追求的诗歌方式——随意地甚至是不经意似的切入生活，却在收尾之时使全诗显示出一种琢磨加工、提炼升华的精细用心。正是这种平易与练达的结合，才使马开尧的写作有了值得品味的空间。请看作者这样写《伞》：

骄阳似火你顶着
雨如瓢泼你撑着
你保护下的人
平安快乐

风和日暖
你躲在屋角
人们自由自在
甚至把你忘却

写《钓鱼》：

钓起一条又一条
往后似乎还多
跑掉一条又一条
跑掉的似乎都大

黑心又贪吃的
活该上钩
成了
桌上的佳肴
江河长流
鱼类繁生
依然上钩
依然垂钓

——《谷花雨》

这种借物传情，托物言志所显示的主体旨意，将写作的重心由物境移到心境，由再现移到表现，使我们不仅见景而且知意，在作者的启发下，获得对生活的某种颖悟与理解。因此，马开尧的诗作（包括《爱我童心》等两辑儿童诗）一般都具有耐人咀嚼品味的哲理意蕴，包含着作者对复杂人生的感悟理解，其中的道德价值和智慧色彩是非常明显的。

在平易语言中追求浓厚的哲理意蕴，马开尧形成了一些较有特点的诗境构成方式。

其一是以拟人化思维规约写作的物象，使其特征合于表义原则，使所写之境成为情境意境。而不是物境的简单呈现。如《回族烤茶》（见《桑梓情》）中所写的烤得火热的茶罐，炕得香喷喷的茶叶，滴水不漏的茶艺，浓酽的茶水等，由于暗示和对应了回族人民的好客、热情、勤劳以及对美好生活的向往，而成了富有表现性的而不是随意凑合的特定物象，结果便自然升华为一种意味深长的抒情：

火塘，只要火不熄
茶水，就会在罐里欢腾
那是回族的痛苦和欢乐
变成的歌吟

这种艺术化的结尾当然是在主观创意基点上精心编排物象的表意特征之后而获得的升华。这一特色在两部诗集的咏物诗和写旅行见闻的诗中体现得尤为突出，如《烛颂》：

当人们需要光明的时候
就挺身而立
燃烧一颗洁白的芯
带来多少美好的希冀

晶莹的泪珠
滴不完深沉的爱
璀璨的火花
报不尽未来的喜

照亮别人

不怕毁灭自己

一生明明亮亮

从头燃到底

很明显，这是人格力量对烛的提升，也可以说是拟人化的烛释放出了浓烈的艺术韵味。

马开尧就是这样不断选取、改变、升华着那些平常的事物，使它们成为具有艺术表现力的诗歌形象。

其二是自然简练的表达方式，这是上述诗意构成思路的必然结果。由于有哲理内蕴作为支点，写景状物便可以有的放矢，繁杂的枝节自然可以略去，因此马开尧的诗大都写得短小精悍，从这里我们也可以看出作者极其认真的创作态度。

总之，《桑梓情》与《谷花雨》是诗人马开尧的两部极富特色的诗集，它显示了诗人多年来在诗歌创作路上勤奋探索的足迹。虽然它可能还存在浅白或者并不“先锋”等不足，但诗歌艺术丰富多彩的世界对任何一种真诚的写作都将给予生长的空间。马开尧是真诚的，他在不断理解品味自然、社会与人生真谛的同时，也在不断领悟诗歌艺术的真谛，他知道真正的诗人“都经过汗水泪水的浸泡/写出来的诗/嚼得出眼泪/嚼得出笑声”（《诗人与诗》）读到他这样的心态，我们便有理由相信，诗人马开尧，必将用他的真情与智慧，用他的勤奋，为我们建构起更加动人的诗歌世界，让我们在他那种特定的朴素语境中品味到更多的哲理意蕴。

五　诗性内核：诚挚与热情

——周云的诗歌方式

1998年春天，一本封面亮丽的诗集带着油墨的清香出现在我们面前，诗人周云用《霞光闪烁的爱》给我们展示了一片充满暖色的天空，它热情的格调和朴实的语言使我感到一种久违的亲切。近年，在多元的诗歌创作格局中，人们为了达到生活的诗性升华，作过多种多样的探索，这些探索带来了诗美的不断嬗变和丰富多彩，但同时也造就了许多幽晦、含混、难解的作品。我常想，难道诗歌内在质地的加强必须以远离生活作为表征和前提？难道返朴归真的吟唱方式再也无法打动我们的心灵？当然，答案应该是否定的，否则我们将违背一个基本的艺术准则。而事实上，当诗人以坚定的信念和炽热的热情直面生活，以纯真的坦诚敞开心灵，他们的写作必然会被生活中的诗性火光点燃，最终在人们的阅读中闪现霞光一样绚丽的色彩。周云就是这样一个诗人，在他的诗集里，没有矫揉造作的姿态，没有故弄玄虚的游戏，而是把战士的真诚和诗人的敏锐很好地结合在一起，从而造就了坦荡明亮、豪迈刚劲而又细致入微、柔和平静的整体风格。

在《霞光闪烁的爱》中，作者辑入最多的是军旅诗作，这是深切地热爱生活而又当过兵的诗人周云的必然选择。在丰富复杂的生活中，没有什么地方会比军营更能塑造一个人的坚强信念和无私人格，而这种信念和人格一旦形成，将影响一个人的一生，无论他以后成为一个文人还是其他什么，他肯定难以忘怀那段严格而又生机勃勃的青春岁月。周云也不例外，正是军营给了他热爱祖国、热爱人民、忠于职守、吃苦耐劳、乐于奉献的生活信念和人生态度。这样的人，当他诗心萌发，他必然要以军营生涯作为写作的源泉，去讴歌生活中那些平凡而伟大的精神，去体验军旅中奉献的艰辛与欢畅。因此，在《霞光闪烁的爱》的军旅诗作中始终闪烁着忠诚、责任、奉献，荣誉、尊严的光辉，它们作为一种内在的力量，使整部诗集情感充沛、庄重激越，仿佛一曲情感充沛、音符亮丽的军歌。请看第一首《瞄》：

让视力凝聚青春的炽热
穿越准星缺口
选定爱与恨的标尺
让钢铁的意志
随着呼啸的弹导出击
……
扣动扳机
悦耳的钢音
欢腾着自豪的韵律
只待冲锋的军号响起

这便是整部诗集，当然也是诗人周云的第一个醒目的亮相，战士的英豪气概从字里行间闪耀而出便一发而不可遏止，使我们紧接着就读到了《夜哨》中哨兵专注的眼睛和这眼睛里注进的忠诚，《宣誓》里“用青春和生命”喊出的承诺，还有《边防铁壁》里那种萌芽于童年的保家卫国的信念，《相邀》里对为国献身的战友的怀念与崇敬：

怀揣你微笑的遗像
我伫立长城上
迎着群山
把你呼唤
只见雨后的彩虹上
你和烈士们的身影
闪闪发光
此刻我终于明白
战士早已把生命
献给长城
身躯已与雄浑朴实的砖石
融为一体

这是一尊诗人用语言铸造的凝固于人的心中的英雄形象，周云从不同角度塑造了很多这类战士的形象。无语的战士，他的伟大与崇高在这些刚毅的造型里已经远远超越了语言。从最初的亮相到这一系列塑像的铸就，我们可以明显感到诗人的创作由抒发自我军训感受开始而向一种崇高的内在精神升华的过程。也就是说，作者并不仅止在个人的视野里兜圈子，他的目光已经放宽，他力图塑造的是共和国新一代军人的高大形象。由此可见，作为一个写实感强的作者，其实周云并非总是囿于生活，被创作客体所支配，他同样有着强健的主体意识和审美理想，他对生活的投入和依傍是对一种诗歌方式主动选择的结果。我们知道，这种诗歌的创作要义在于作者首先必须基于个人对生活细致独特的感受、体验而又不断地超越个人，最终在普遍意义上把自己的感受与思索提升到群体共识和社会理想之上。这样，作品才会具备一个内在空间，才有令人回味的余地。周云尝试着这样做了，因而他的很多作品如《夜练》、《告别军旗》、《心事》、《相邀》、《霞光闪烁的爱》、《寄花种》、《怀念母亲》、《故乡的桥》、《太阳鼓》、《童年》等都显得富有蕴藉，并不给人单一的直白感，即使那些写军营琐事的篇章，虽然略显单薄，但也因为融入了那个整体的构架之中，同样起到了丰富整体形象的作用。这仿佛大树需要绿叶一样，浅白的军人生活细节，在周云的笔下化作了一片片叶子，使高大的军人形象多了一番平易亲切的生活情趣。

如果说在《霞光闪烁的爱》第一辑“军旅云影里”，周云着重抒写的是军营生活与战士形象的外在情形，那么第二辑“燃烧的信念”里诗人则更多地展示出军人的内心世界和灵魂深处的力量源泉，当然这也是作者创作主体意识深化的体现。可以说正是有了这一辑的深入开掘，才使整部诗集显得更为深厚，才使众多的诗歌形象有了活的灵魂。战士为何能够勇往直前、无怨无悔、无私奉献，就因为他们的心里装着国旗装着祖国：“把庄严的五星/镶进战士的青春——用心丈量/祖国的疆土/——国旗飘扬在心中/无论天涯海角。”（《国旗飘扬在心中》），就因为他们耳畔永远回荡着国歌：“思索每一句歌词/大地都在振动/咀嚼每一个音符满腔热血沸腾”（《神圣的歌》），当然诗人还体现了她们对革命历史的崇敬（《啊，丹桂》），对现实的沉思（《面对司芬克斯的质询》），最为重要的是还有战士对故乡对母亲的深切的爱和由这种爱升华而来的对祖国、对历史文化、对现实生活的爱。这是诗人写得最动情的部分，可以说已经超越了军旅诗作范畴，而有了更为普通更为开阔的审美境界。请听诗人献给母亲的歌：

母亲
你还能教我唱种荞麦的歌谣么
你还能给我缝补过冬的棉衣么
你还能给我打双挑柴的草鞋么
你还能在我离家的时候
拍掉我身上的烟尘么

——《怀念母亲》

这种细腻动情的语句流露的挚爱，难道还不足以构成诗人的人格内核吗？有这种心地的诗人，难道还会忽视幸福厌恶生活吗？因此诗人注定要放歌国旗、长城，崇敬历史与现实。对那些人格高尚的伟人如邓小平、孔繁森，以及平凡的保险姑娘、劳模、对战士一往情深的农村少女等等，诗人都以难以自制地热情给予诗的礼赞。直率与亮丽就这样交织起来构成了满天霞光闪烁的爱。我们看到了这一幕，便有理由原谅作者有时不够含蓄和空灵，因为对于一个热情奔放心地坦诚的诗人，直截了当可能显得更有力量。

这种写作思路几乎支配了作者的整个创作过程，虽然周云后来由部队来到了地方，由机关来到了文联，其写作笔触也确实不断发生转变。他开始描绘我们周围美丽的高原风景，开始关注平凡生活的亲情与细节，使我们在他笔下读到了金钟山、抚仙湖、大海梁子以及罗平风光、翠峰美景等等，还有"荡在梦中的小船"系列里的那些关于爷爷、母亲、女儿以及平凡的农事与劳作、可爱的嗜好与情趣、纯朴的民俗与乡情的众多篇章。但这丰富的变化中深藏着的仍然是一颗始终闪着积极亮色的诗心。周云并不是一般的吟风弄月，他把那种坚定的生活信念和热情乐观的态度渗透在每一首诗作中。他追求的是我们高原文化中的刚性因素，因而他能使人文精神和自然景致得到结合：

我分明看到
一条奔腾的文化长河
澎湃
壮家的灿烂

——《太阳鼓》

炸响了马蹄声——
叩动沉甸甸的五道尺
青石上的痕迹
那是数千年风雨飘摇
滴滴的血泪/浇铸的历史标记

——《驮马路》

从这些诗句中，我们看到诗人对历史文化、自然风物所作的深入思考以及由这思考而产生的认同感、崇敬感。一个热爱生活的人，一个始终不改政治热忱的人，必然要使所有入诗的客观物象成为心胸与人格的载体。在这里，我们已经更明显的感到诗人创造力的加强。如果说周云所写的军旅诗作其思想感情更多的来自于军营本身、还更多地外在于诗人的心灵，那么在“太阳谷”和“荡在梦中的小船”两辑中，那些流露出人文色彩和普通生活情趣的作品则更多的是作者主动追求的结果。可以说，在这里诗人的创作最终向着诗体迈进了一大步，开始显得更为自如更为和谐。

因此，我必须提及《感受阳光》这首短诗，可以说它标志了周云诗作的一个艺术水准。尽管它并没有像作者的其他作品那样体现出强烈的思想意义。作者写道：

闭着眼睛

缓缓的暖流
从上而下
淋湿每一根神经
抽出强劲的枝条
尽情享受
阳光的爱情
和谐与色彩
理解
大自然深邃的心

无论从感觉方式还是表达手法上看，这篇作品都更为诗化。对阳光的微妙体验与徐徐展开的想象达成一种别致的人生意味。人对自然的融入，自然对人的恩泽交织起来，在这种和谐与共的诗境中，内心的心灵律动被外在的静谧笼罩、衬托，直露的功利意念，被阳光和悄然晃动的枝条的质感所取代，其中的蕴藉自然变得确定而又模糊，最终产生了耐人回味的意蕴。由此可见，在艺术价值的开掘上，周云的创作仍然显出一种潜力，只要不懈追求，它必将把作者的诗作提升到更为迷人的艺术境界。总之，在《霞光闪烁的爱》这部诗集所流露的真诚与热情里，我们仿佛看到满天生机盎然绚丽多姿的朝露，而朝露的后面，必有阳光明媚，照彻始终为生活而激动而高歌的诗人和他的心灵。

关于滇东的诗歌创作，还有许多诗人及其作品值得我们深入研究。他们的写作，为滇东文学增添了亮丽的色彩。由于我的研究视野所限，不能一一涉及，实为憾事。但有的作者我要简要提及，比如谢玉平。在为数并不很多的诗歌作品中，谢玉平为我们提供了关于高原的另一种感觉。那是一个柔情的高原。

我注意到谢玉平，是因为在1991年第三期《珠江源》上，有他的一组诗《老家纪实》。在这组作品中，他用平静而深情的语调，极自然地讲述着故乡的亲情和风俗，从而给我心目中雄峻的滇东高原笼罩上了一片柔情。后来这种新鲜感又促使我认真读完谢玉平近年在《曲靖报》上发表的诗作剪辑。我意外地发现，作者已默默地用细腻的感觉和语言，为我们生息依傍的这块土地画出了一幅幅优美的图画。

这都是一些柔情的高原小景，其中最动人的是《认识秋天》《跋涉高原》《看看庄稼》《认识乡村》，当然还有《老家纪实》等一些作品。这些作品中并没有高原雄阔地貌及历史文化意蕴的发掘和展现。作者也许根本就无意传达那种阳刚气势，他渴望建构的是一种柔美，并在柔美中潜藏高原深厚的魅力：

总渴望拥有一片庄稼
金灿灿于手掌中
这时再听鸟们的一两声清啼
你便醉了
你醉着靠在泥土之上
阳光又靠在你的身上

人对土地的深情依恋在这里得到了充分甚至浪漫的展示。辛勤劳动，然后收获，在高原，这种年复一年的重复并不是一种冷漠的循环。作为一种生存方式，一种活法，它封闭而自足，单纯而丰富，显示出生生不息的执拗。因此劳动与其说是物质行为不如说是精神现象。我想，谢玉平也许看到或有意无意感到了这点，不然他的诗里不会有那么绵长的情感，那么深入的理解。看看父亲和他的庄稼吧——

父亲伸手挟着低头的稻谷
这些稻谷以温柔的姿势
抚摸父亲的驼背
我听到父亲与稻禾互道辛苦

——《看看庄稼》

这里，我们已难分清父亲和庄稼、土地的界限。是的，在更广更深的意义上，高原、土地、庄稼才是我们高原人真正的父亲！可见谢玉平的高原之歌，柔情中已经透出一种深厚。

这一切使我们必须感谢高原，是它给予生命和诗歌以灵性。我理解谢玉平要在情感层次上认同高原、乡村和父辈的心情。看看题目就知道，他要“认识乡村”，“认识秋天”，不断体验源于“老家”和“庄稼”的情感。而他的认识体验方式又是那样自然真诚毫不做作，并且带着泥土的气息：

所谓认识乡村
就是要我们跟已经成熟的庄稼
很真诚、深刻地交谈
然后再用我们的手
触摸和深入泥土
寻找一些长满根须和果实的日子

——《认识乡村》

这种努力的结果可想而知，“你便体验了秋天所有日子”，于是你便能“与庄稼静静交谈/说不清的事情/想不通的烦恼/又有什么呢/看看天看看云看看大地/四面八方/竟都是潇潇洒洒的风景”（《独步》），面对这宽厚的土地，谁能说这种体验认同不是一种美好境界呢？

谢玉平也写爱情，当然他写得好的还是《山里的故事》那类高原爱情悲剧。总体而言，无论写爱情还是乡情，谢玉平的笔触都还显稚嫩，具体说，就是语言细腻但过于直露，诗意质朴但缺少较大包容力。

但谢玉平毕竟跋涉过高原，走过父亲耕作的那块土地，这就有了前提。我们有理由相信，今后，高原在他柔情的诗行里将会更加温馨。

第三编

叙述的力量

作为最重要的叙事艺术，小说的魅力产生在它的叙事过程之中。长久以来，人们有一种误解，认为凡侧重叙事的作品，往往会过多地仰仗生活本身，因为只有生活才能为文本提供事件，才能赋予它时间、地点、人物这些基本的建构因素，才能充实它庞大的文本形态。因此，在中国传统文学理论中，叙述者的主体姿态退隐到次要位置，甚至是被忽视的位置，像史传文本的作者一样，几乎为纷沓的现象所淹没。然而，从现代文化视野观之，真的存在现成的可以作为小说文本的生活事件吗？生活难道依凭事件就可以变为艺术吗？结论当然是否定的。在新历史主义看来，甚至历史都是文本化的历史，即被讲述的历史。人作为主体，无论是独立的还是间性的，他都不可能直接触及、进入、把握那个庞大的现实存在。人所能获取的只能是自身或者别人所理解了的历史与现实，也就是被讲述的历史与现实。如果这种观点成立，那么对于一个优秀小说家，他可以作为和不可作为的场所便被清晰界定了，换言之，他必须在文本中展示他的叙述的力量，用这种力量创造出属于他自己而不是属于生活的艺术世界。

从这个意义出发，我曾审视过20世纪80年代以来的滇东的小说家群体。他们中的许多作家，比如汤君纯、蒋吉成、杨卓成、段平、唐似亮、吕克昌、许泰权、孙道雄、晏国珧、朱兆麒、管仕斌、赵正云、毕然、窦红宇、周茂林、李学标等人，在小说与滇东生活的基本关系方面，在深入展示滇东生活的丰富多彩与神奇魅力方面，在艺术技巧的大胆试验等方面，都做过积极而艰难的探索。他们的不同成就和影响，使滇东文学获得了开阔的视野与不能忽视的艺术厚度。

一　叙述的力量与成熟的写作

——吉成：充满魅力的小说

作为研究个案，在滇东的小说家中，我首先注意到蒋吉成。吉成是滇东小说家中应该得到深入阐述的重要作家之一。

（一）

早在80年代初期，吉成的作品就有了较大影响，可以说，他是新时期滇东作家中成熟得比较早的作家。

那时，曾听说吉成要从民俗入手，写我们滇东北这块古老神秘的高原，其后他笔下果然就有了形形色色的小箐系列。迄今为止，他的作品一旦切入这块高原就似乎没有再和它分离，并且作为他深入体验和思考的必然，滇东高原的厚重和深邃、野性和灵性正越来越多地进入他的作品。可以说，在滇东文学的成长中，吉成所起的作用无疑是巨大的。

我曾认为地域之路是一个作家，乃至一个地区的作品走向成功的根本道路之一。就像鱼只能自如于水，作家只能在自己谙熟的生活里畅游。对于生活厚实的作者来说，地域往往会毫不含糊地成为作品的特色，从而使作者获得新异的审美感受。关于这点我们可以轻易地找到许多例证。关键在于一个作者如何去熟悉、发现属于自我的地域特点和地域精神并尽可能完美地表现它。因此，在研读吉成小说作品的时候，我们很自然地要涉及这样一个问题——吉成用他的作品发现并表现了脚下这块高原的什么？

读他发表在《人民文学》上的《三个太阳照着的峡谷》和《树神》等作品，深深吸引我的首先是那些几乎被人遗忘了的峡谷小箐里高原人不无悲剧色彩的命运，是他们的质朴、倔强、坚韧的内心和精神。从雄峻险恶地貌和茂密的沉窒的植物开始，沿弯曲的高原河流，峡谷和小箐，作者用他的笔一路描着过去，最后深入到极少有人知晓的高原心态中去，使我们真正触及到高原的内在脉搏微弱而不懈的律动。那里由来已久的地理文化隔膜和经济的落后，使生活滞留在遥远的年代里，但生存搏斗从未停息，只不过外部苦难和冲动转为内心悄无声息的忍受和克制，于是才有了《树神》里的芸芸众生对三老祖莫名其妙的崇拜和畏惧，才有了《三个太阳照着的峡谷》里主席像和神位共享香火的令人啼笑皆非的情形，甚至也才有了船大爷那永无止境近于神话的企盼和等待。面对这些本不该发生的现象，我们怎能不感到高原人被扭曲的心灵辐射的痛苦呢？与其说船大爷的等待是对幸福的向往还不如说是对于痛苦的抗衡，与其说《树神》里“我妈”的疯病是因为食物的奇缺还不如说是因为精神的匮乏，那么，造成这一切的原因呢？我们从那些古怪愚昧的习俗和丧事的复杂程序、挽歌的苍老冥蒙，不难看出作者所作的艰难的历史纵向思考，高原人的心理被那些具体行为显示出来时总带着一定的历史气氛。作者的这种思考越深入，我们的忧患和沉重就越强烈，因为这高原本身就沉重。同时，我们改造现实、变革社会、摆脱这种落后的生活状况的愿望就越迫切。我以为这正是作品的启示性之一。

值得注意的是作者的审美理想并不止于此。《树神》中的神树最后是被伐倒了的，那“空——实、空——实”之声震天动地；“三个太阳”最后也被发现了，它是那样古朴而新美，它鲜艳地照着，使人惭愧惆怅之后陡生敬意。这第三个太阳和那伐树之声无疑都成了意象，寄寓着作者审美理想——“爱”、“向往”的意象。作品告诉我们，只要有了真正的爱和向往就能使无比艰难之事变得不甚艰难，就能使人在艰难中找到一丝欢乐，而这欢乐最终必定壮大得足以抵挡所有不幸。

《树神》里妈妈和大伯的爱终于使那不合理传统之化身的神树被伐，狗狗对丫丫的爱使那长达一生的守望变得多么不可缺少，这一点局外人注定是难以理解的。谁能说这不是高原人支撑艰难岁月的一根柱石呢？面对它，阳（丫丫）最后感到她在欠债，其实欠债的何止阳。然而在船大爷狗狗看来，阳又何尝是在欠债呢？山洞江边的朦胧之恋藉慰了他一生，使他最后也要死在那记忆里。我们不难理解这种爱在这里其实已经上升为生存方式的一部分。从这个意义而言，我决不把《三个太阳照着的峡谷》看作是女红军和男山民恋爱的罗曼故事。“历史是一条河”，吉成是在写高原的历史，这历史之河在高原人心里是那样凝重而又富于灵性和壮美色彩，它使相关的人和事陡然升华到审美的高度。惟其如此，我们在作者的笔下才看不到狂暴迷乱的性欲宣泄和宣泄之后的恐惧战栗，而这几乎是许多人写僻远落后的地域时用以标示所谓深刻的必然选择。在吉成的写作中，他不需要这种狂暴的欲望来扰乱他富于美感的宁静。我们可以这样说，吉成是在以温文尔雅优美动人的笔触给我们描述极远而又极近的落后、愚昧、野蛮和苦难。因为他占据了一定审美高度，所以他能使这两个背反的极端统一在一起。我们在这里受到的感动是放任而又理智的，是怅然若失而又收获甚丰的。这不能不说是吉成的又一个独特之点。

基于这两点之上来看这两篇小说的人物形象，我们就能找到作者之所以寥寥数语就使主要人物跃然纸上的原因。如果没有那些丰富的构想作为深层意蕴，无论用多少动听的辞藻都难以使人物成活。吉成的语言是简朴而紧凑的，而这简朴紧凑又加强了作品的节奏感和人物的线条感。《三个太阳照着的峡谷》的人物形象和景物描写简约紧凑如一组线条分明的版画，特别是几次对峡谷日出的描写，所产生的魅力是十分诱人的。

我还要简单提到的是《三个太阳照着的峡谷》的结构和叙事角度。双线交织，五十年前后两个时空交叉叠加，必然产生立体感和层次感，也必然加大作品的容量，两个时空中隔着的五十年漫长岁月不用多说，读者自会想象，作品显得含蓄且富于张力。《三个太阳照着的峡谷》和《树神》两篇小说都以“我”对父辈们的观察作为叙述基点，同样是为着加大文化含量和突出历史、岁月与人的精神的悠远与坚韧。

关于吉成的作品似乎还有许多值得谈论的，我在《滇东文学和它的峡谷里》曾经把《三个太阳照着的峡谷》和其他作者的作品一起，放到滇东文学的大前提下作过一些分析，提出滇东文学峡谷特色的三个层面，那无疑都是适合吉成这两篇作品的。

就吉成20世纪80年代中期的作品而言，如果要说一点不足，我感到吉成对脚下的土地有着执著的深思和追求，正因为它太执著，有时不免单一，对这块高原作更高层次更大范围的理解和表现，我觉得是吉成，当然也可能是其他作者所要注意的努力方向。

（二）

这种努力及其成果在吉成后来的一系列作品中得到了体现。21 世纪初，我认真读完吉成的一部长篇新作《我不哭泣》，我感到吉成已经真正具备了一个成熟小说家所具有的叙述自觉和鲜明的叙述主动性。可以肯定地说，他许多作品中所显示的意义与价值，都是这种叙述的力量创造出来的，而不是发现或者再现出来的。因此，在这里，我必须就《我不哭泣》这部长篇小说进行分析，以寻找体现在作者笔下的成熟作者的魅力，以及构成这种美丽的叙述的内在力量。

说到意义层面，吉成小说给我的感觉是丰富、宽厚与深刻。这种突出的印象使我不能不改变关于叙述的话题，回到传统的解读方式之中。在这里，为什么叙述，以及叙述所产生的结果远比叙述过程更为重要。

读完《我不哭泣》这部长篇新作，我感到吉成一如既往地显示着长期生活在滇东这片土地上的富有热情与责任感的作家那种敏锐、深刻与严肃。农村，换一个概念，大概也可以叫做生活下层，是这部小说直接切入的世界。吉成站在滇东的群峰之间，用诗意的笔触打开一道小小的想象中的窗户，透过它，我们看到小箐，一个小小的村落，一个小小的家庭，一些言语不多，但心性丰盈的普通而平凡的小人物——农民，他们带着他们的牛、鱼以及众多野生和家养的动物植物，还有一个黑暗的煤矿，在 20 世纪的“现代文明时光”中浮现出来，但又迅速地远去。短促的一幕，仿佛几个拉得很远又推得很近的镜头，倏然就在你的眼前滑过——这是吉成快节奏语速造成的阅读感觉。视像消散之后，在惊愕与惆怅之中回过神来，你才看到了真相，那并不仅仅属于这个滇东小箐的长期积淀而成的，但又被深深压抑着的幻想与失望，无奈与悲情，不公正与被忽视，胆怯与小心翼翼的抗争，爱与怕……在这个叫农村的地方，生活在艺术的世界里，具体说是在吉成的笔下，显示了它的宽度与厚度，虽然它本身是那样单纯甚至单调。

说到这里，我们也许已经清楚，吉成并不是一个感觉的作家，而是一个思考的作家。感觉会使笔触滞留在自己的身边，甚至自己的身体与皮肤之上；思考则会将笔锋拓展到生活与历史深处，使你也会跟着触及许多沉重而闪光的东西。属于后者的吉成，在沉稳的笔法之中远离开当前小说界的浮躁与喧哗，他在试图建构属于我们滇东的艺术化的历史画卷。有时我感到，他的写作属于《白鹿原》那一种类型，是回望性的，他找到了值得回望的东西。在滇东的群峰之上，历史的足音当然会具有更为深沉洪亮的艺术回响。吉成的尝试肯定会显示超越它自身的价值。长久以来，滇东一直渴望着史诗性的作品，吉成的努力为这种渴望增添了可能。

当然，在达到这种艺术境界的过程中，作为作家，关键是你是否意识到了这一点，关键是你是否有所发现有所获得，更关键的是，你有没有讲述这一切的技巧与持久的耐力。我觉得即使是吉成这类持之以恒的作家，在这些旨意宽泛要求严格的游戏规则之中，所做也是极为艰难的。“我不哭泣”，一个轻飘飘的带有时尚写作色彩的题目，十余万字并不浩繁的文本，吉成装进了多少东西？“我的父亲”，一个牛倌，却有着坚毅、浪漫的内心，原来他曾经是一个叱咤风云的革命者，做过县长；一个来历不明的“老红军”，在缺少尊严的生活里成为尊严的守护神；一个聪明过人的村长，过去的劳改犯，用金钱维系着权力与为所欲为的霸道，却被民主的力量轻轻击倒；而“我”，一个小小的农村知识者，在扮演观察与讲述角色的同时，忍辱负重，不知不觉中化身为“正义”；“母亲”的性格中柔弱温顺与刚毅勇敢并存，作为未婚妻和妻子的年轻女主人公，身体与内心黑白杂陈，难以简单言说……这就是吉成笔下的人物众生相。可以说在吉成讲述场景中亮相的人物，它们几乎都会获得某种自然的或人为的丰富性，它们都是有“内蕴”的人物。吉成从哪里捕捉到这类生灵？吉成用什么来提升那些普普通通生活着的人？回答只能是严肃的思考、理想化的信念和机智而艰难的整合。在这部小说里，我不能不说大多数情况下吉成做得十分成功。他巧妙地设置了深远的历史背景，他自然地进入了革命这个大话题之后又悄悄抽身，他鲜明地突出了地域与民俗，让珠江之源为文本增添了适当的活性，他迅猛地直击金钱与权势最黑的部分，但对不幸的婚姻与热烈而无声的爱情却有更多的诗性宽容与颂扬，他还冷静地展示了暴虐的精神戕害与无声无息的死，宿命与无可奈何的人生选择，以及大政治阴影下的黑色幽默。在《我不哭泣》这个文本中，你可以明显地感觉到这些关键词后面隐藏的意义。对这些意义只要稍加梳理，便会显露出高雅文学所追求的终极关怀色彩。虽然这种色彩还有待于进一步强化完善，但它已经展示了一个严肃作家的胸怀与明智选择，并为这部作品的档次打下一个重要的基础。

毫无疑问，这种选择提升了小说文本构成的难度，作者在叙事层面上必然会受到更多阻遏。吉成是如何讲述他所热衷的那一切的呢？一般而言，丰富的话语内在意义只会加大认知的沉重性，从而使读者与阅读快意离得更远。应该说吉成遇到了这个矛盾，并且他并非能够始终自如地应对、解决这个矛盾，有时这个矛盾还使他的写作显出因过分急切的表达而产生的漏洞，《我不哭泣》中存在的那些空泛的议论就是证明。但在这里我更愿意辨析吉成的成功之处，因为我在对这个长篇的阅读中，确实被他的叙述所吸引。我总是在思考，吉成笔下一个十分简单的故事，一段很短的虚拟的时间，一个并不神秘的人物活动空间，到底如何释放出它们的吸引力量呢？

讲述是构成叙事文学的最根本的因素。对于一个小说叙述者，他必须面对一个天然的大容量的对象世界（像吉成这样的作家，还会有意识地让这个世界的内外在空间变得更大），叙事者所要解决的首要问题，是如何将这个复杂世界中已经发生和正在发生的东西整合为叙述的线性状态，以适应语言表达的需要，没有这个能力，你就没有办法超越世界的“并行的同时性”。美国小说理论家亨利·詹姆斯说：“当我现在说话的时候，有一只苍蝇在飞，亚马逊河口一只海鸥正啄获一条鱼，在亚德隆达荒原上，一棵树正在倒下，一个人在法国打喷嚏，一匹马在鞑靼尼亚正在死去，法国有一个双胞胎正在诞生。这告诉了我们什么？这些事件，和成千上万其他事件，各不相连地同时发生，但它们可以形成一个理路昭然联结而相合为一个我们可称之为世界的东西吗？但事实上这个‘并行的同时性’正是世界的真正秩序；对于这个秩序，我们不知如何是好而尽量与之疏远。”这是一个小说理论家的困惑。在小说家这里，需要的不是疏远，而是切入与表达。能不能跨越这道门槛，以何种方式跨越这道门槛，实际上并不是一个纯技巧性问题，而是一个具有本质意义的分野。前者区分了小说的档次，后者则定位了小说的形态和价值取向。

就小说档次而言，低档次的做法是将文本纯化为单一的线性结构，以时间作为内在联系，从而抛弃了生活的丰富性和小说文本的历史、文化背景，创作乃就范于事件，文本成为故事；反之，则是以因果规律作为内在纽带，消解时间关联，构成一个看似破碎散乱的但却具有跳跃性的新的艺术时空。吉成的小说显然属于后者。就小说形态和价值取向而言，叙述方式的整合力量不断推进了小说的发展，使它释放出与之相适应的多种意义，这是难以空泛而论的，结合吉成的小说，也许倒可做一些具体表述。

在《我不哭泣》这个文本中，我们必须首先注意吉成所选择的叙述角度，“我”，这个被现代小说越来越多地运用的人称，在文本中主要以两种方式出现：其一是作为一个人物，这是实现限制叙事的有效方式，它可以使小说世界大幅度地逼近现实世界，把作者的感受巧妙地置换为读者的感受，作者也就相对退隐于文本之后。它的价值就在于暗合了现代社会多元文化取向对一统性文化观念的消解，作者的隐蔽使文本归于平易，在读者心中造成真实与真切感，这是一种“后现代性”文化吸引。其二是作为一个纯粹的叙述者，它不参与情节，不发出动作，在人物面前它只是一个旁观者，言说者。这个“我”是一个上帝式的存在物，是全知叙事的主宰者，但它却化了妆，表面上将自己的神性削弱，以便平易地进入到读者世界中，造就叙述与接受的亲和力。实际上这掩饰化的叙述主体同传统全知全能的叙事主体一样，仍然保持，甚至加强了对生活的超越能力，使小说文本呈现出一种更为鲜明的诗性色彩。莫言的许多作品就是用这种方式写成的。可以说，这是源自于抒情文学的中国传统文学手法的现代转型。在创作领域，对这两种叙述方式的单一化选择是十分常见的。但吉成不同，在《我不哭泣》中，我们看到的不是这种非此即彼的选择，而是合二为一，他将这两种方式统一在一起，“我”既是一个主要人物，又是一个叙述者。在这个“我”即牛不群的身上，便产生出两种阅读感觉，一方面“我”的讲述是普通人那种感受性体验性的，另一方又是上帝式那种超越性先知性的。吉成很好地利用了这两者的优势，在它们之间自由回旋，使他的文本带上既现代又传统的色彩，形成一种特别的叙事结构，或者叫叙事组合。可以说这正是吉成小说艺术张力的根源所在，是我们解读其小说叙事过程的基本路径。

作为人物的牛不群（“我”）在属于他的时间流程中活动，正是这种设定才使这部小说的文本有了小说所不能缺少的叙述面，或者说具体时空。没有这类时空，任何小说都会失去形象感，人物无法出场，无以立足，其人生的悲喜剧如何拉开它的帷幕？从欣赏角度而言，读者无法进入文本，因为文本中根本就没有提供这样一个可供进入的具体时空；这种写作是违反小说接受心态的。因此，牛不群作为“我”，必须按一个真实的人的方式来编织他的生活网络，推进他的人生故事；与此同时，他还必须对自己视野之外的人、事、物有所不知有所不晓，服从于“我”被限制的观察角度。做到这点，小说文本才会获得一个叙事起点。在吉成的叙述中，牛不群确实是这样，这个“我”不知道自己为什么会被警察抓起、关押、殴打，不知道自己的母亲和自己的妻子为自己所做的种种超乎常理的勇敢和懦弱的事情，更不知道自己的对手村长刘天阳已经采取和正在采取的各种攻防举措……吉成在这种叙述中还原了生活，展现了作品的真实性状，也使这部作品有了可以进入的叙事空间。如果说这个空间的设定是一个小说创作的常规行为，那么对这个空间的具体定位肯定是作家创作旨意和创作追求的主动体现。我对后者更为关注，我注意到吉成将“我”这个重要人物写得十分普通，又十分特别，从而构成一种平易的个体叙事角度与叙事口吻，这其中当然掩藏着一些重要图谋。牛不群在经历贫困、经历农村的不公正、经历村长的为所欲为之时，他有思想有不平有愤怒，但又十分无奈、十分软弱，即使后来被选为村长，也缺少充分的主体行为支撑。这是一个内心丰富但外表弱小的人物。他身上那些令人不可思议的、有时甚至是屈辱的忍受到底要达成什么表达意图？想想吉成所写的是农村和农民就会很清楚，你能指望这些弱势的边缘人群能发出什么壮举呢？一个牛倌的儿子，到哪里去获取支配一切的力量？吉成在这个平易的叙事时空中造就这样一个人物，让他平静地展示自己的一切，不正是一个有价值的审美选择么？没有声息的压抑和忍受才是一种大痛苦、大悲哀。在这个特定的环境中，越是将人物小化，将事件简化，将叙述平淡化，越有一种沉重的力量产生出来，无边的静寂才会使你透不过气来，直至彻底失望。所谓言外之意、味外之旨——那些叙述过程背后的东西不正是以这种方式产生的吗？

但《我不哭泣》这部小说并不单纯靠这种方式来获得厚度和吸引力。一个不经其他处理的狭小的叙事空间永远都无法承受太多东西。吉成的叙述力量还体现在另一个更重要方面，那就是他总是让这个处处受到限制的人物在不知不觉之间超越天然的身份局限成为一个自如的叙事者，这个“我”总是在人物和叙述者之间波动，而且作为叙述者的“我”与作为角色的被动状态截然两样，他无所不知无所不晓，始终保持一种话语高度，具有洞悉一切的神奇力量。他可以讲述自己从未经历从未闻见的事件，譬如“我”父亲在龙凤坪这块宝地上的浪漫与怪诞的行为、甚至父亲的婚姻以及结婚之前的革命经历，在这些时空中，作为人物的"我"尚未出生，当然也就不可能参与其中，但这个超时空的叙事者，却用一种亲历亲闻亲见的口吻，将话语的触须伸到任何一个角落，伸到遥远的历史深处，伸到神奇的大自然之中。他讲述小箐宗族的来源，爨这种滇东人常常引为自豪的文化，红军在这片土地上留下的足迹……我们一读就知道，这个层面在《我不哭泣》中是非常宽广难以复述的；他还充当一个开拓者，不断发掘现象之后蕴藉的意义，将这些远离小说人物、事件的东西巧妙地转化为推动它们运动发展的原因，最终黏附在那个直接呈现出来的时空之中，成为人物与事件的血肉，甚至灵魂。他还是主观化写景的实施者，在他的讲述中，作为客观现象的景物带上了明显的主体色彩，因此无一例外地诗意化了。这种语言方式有着天然的感染力，它会像刻刀一样将那些动人的感觉刻在你的想象里——

"月光泻在树叶上，发出淡蓝色的光，这样我们就能从银色的树冠上清晰地看见风。即使微风轻轻拂过，我们还是一眼就能看见。它有时是像一朵蘑菇云，在我最初的印象中，我看见院子里的树叶和草屑就那样像一朵地上升起来的大蘑菇，但更多的时候风是长的，像小松鼠一样长着长长的大尾巴。"

这种从感觉出发又超越感觉进入到诗意空间的景物描写，只能属于人物与叙述者合一的"我"这个特别组合之中。吉成在这本新作中，始终运用这种方式，因此获得了独特的叙事力量，最终造就了这个厚实的文本。

再说具体一些，"我"作为一个神奇的叙事者释放的叙事力量，所产生的最大收获就是使叙述过程打破了时空的局限性，得以自由地回旋在任何时空中，语言也由此产生出自如的张力。阅读中我有一种感觉，只要吉成思之所及，兴之所至，便能形诸笔端，几乎所有构想都可以被他自然地讲述出来。这简直就是散文的笔法，却在小说中得到最巧妙的运用。因此吉成可以写得极随意，甚至不用分章分节，娓娓道来，自成体系。奥妙当然正在于“我”的双重身份之上，叙述的“我”服从于人物的“我”，人物的活动或感觉过程是叙述的主干，叙述者的讲述旁逸斜出自由超越则是枝叶和花朵。主干突出，枝叶丰茂，花朵艳丽，这就是《我不哭泣》的文本状态。虽然这棵叙事之树还有成长与完善的空间，但现在这种状态，已经充分显示了作家的叙述技巧和才华，它说明吉成是一个具有文本意识的作家。

那么，“我”的这两种“身份”是如何变化的呢？上文说过，在文本中，这种变化首先是自然而然的，其次又是经常性的，也就是处于动态的自我完善过程之中。只有巧妙的构思与娴熟的设计才会达到这种境界。在作品的开头我们就看到了这种痕迹：“这片青草地，叫龙凤坪。这名字怎样，有点俗吧。我也不是十分喜欢，但是毫无办法，这名字是我爹起的。”在这段简短的开场白中作为叙述者的“我”与作为人物的“我”同时出场了——

> “现在我坐在龙凤坪上，望着阳光下青青的小草，阳光刺目，我的眼睛有些发花，可我仍然能分清楚草和花的形状和颜色。这些小草都是今年春天刚刚长出来的，嫩得跟水一样，我跟他们说着古往今来的事。他们总是一幅懵懵懂懂的样子，我知道，这些小草其实是不懂的，它们太纯洁了。”
>
> “只有这个时候，面对春天的太阳，让青草的气息浸过心底，我的心才变得无比湿润，仿佛自己又重新找

回了纯真的童年，我还有一颗嫩草一样的心。”

在紧接而来这段话语中，人物从感觉和亲历这个现实起点开始说话，不知不觉就逐渐转化到一个叙述者的不受羁束的时空中，说出一些玄妙而诗意的味道来。这个变化过程是自然而然的，难怪我们的阅读感觉会被轻易牵走。值得一提的是，在这种话语转换的许多关节点上，我们还感受到了悬念和暗示的力量；眼看就要明白见底的叙述突然就会被打断，结果，欲知后事如何，且看后面分解，吉成在平淡中也能不断吊一吊我们的胃口，使我们的阅读欲罢不能，只好紧紧追逐着他那忽近忽远忽高忽低的话语，一直抵达文本的末尾。

该打住了，虽然读到这本小说的末尾，我还有一些另外的想法。譬如，吉成不该让他的叙述匆匆收束；《我不哭泣》开场时那种大气的起势，应该产生更为波澜壮阔绵延不息的推衍；还有人物，他们在意义的丰富性之外还应有更多的行为丰富性等等。但这些都只是局外人的假设，在小说中，我信奉叙述的力量，我当然知道，即使在小说中，叙述的话语也是一次性的，它有不足它才有个性，它有个性它才能生成更为巨大更为可靠的力量。

对于滇东重要的小说家吉成，他拥有了这种叙述的力量，对于他的读者，一切已经足够。

二　开掘生命的内在空间

——杨卓成小说中的文化姿势

当我阅读作家出版社出版的杨卓成的又一部长篇小说《生命有约》时，我最初的感觉是一种惊奇和欣喜。这个置身云南东部，每天做着非常具体的领导工作的作家，用他的小说创作体现了一种独特的文化姿势，这是与20世纪90年代以来浮泛的创作潮流截然不同的文化姿势，也是我刻意搜寻、心向往之的文化姿态。

巴尔扎克曾经说过，小说是一个民族的心灵秘史。这个观点深深影响着我对小说的解读。许多时候，我总是挑剔地在纷纭复杂的小说人物活动画面深处，下意识地寻觅画面之外的韵味与意义。我始终认为，一部不能提供这种韵味和意义的作品，哪怕它的外观多么华丽迷人，哪怕它能够对人的感官形成巨大的诱惑与冲击，也绝不会是一部优秀的作品。在小说的成长历史中，使小说超越“丛残小语”“街谈巷议”而具有“大达”意味和文本价值的，不就是那种不断被强化被提升的小说内在空间吗？

因为这个视点的支配，我曾经对中国20世纪90年代小说创作中的某些倾向（比如过分私人化的感觉和表达，浮于表面的玲珑与精致等）保持一种怀疑心态，我无法接受“以人为中心的观点被打破，主观感情被消弭，主体意向性自身被悬搁，世界已不是人与物的世界，而是物与物的世界，人的能动性和创造性消失了，剩下的只是纯客观的表现物，没有一星半点情感、情思，也没有任何表现的热情”（王岳川《后现代主义文化研究》）这种90年代文化状态对小说价值的影响，也就是说，哪怕是在后现代语境中，我也趋向于小说应该建构而不是解构自身的文化空间，我深信米兰·昆德拉在《小说的智慧》中所作的断言：小说在“叙事的基础上所拥有的理性和非理性的叙述与沉思，可以揭示人的存在的手段，使小说成为精神的最高综合。”

杨卓成正是这样做的。他把“生命”这个已经被急功近利的文学观念视为十分沉重而无趣的话题，因而在许多人的写作中逐步放弃，或者无法进入的领域，作为自己创作思考和深入表现的起点与归宿，无论怎么说，这绝对是一个高层次的定位。正是因为这一点，《生命有约》虽然写的是极为世俗化的，也可以说是极为平凡的生活，即一个出道不久的县长助理所经历的人生三部曲：大学生活、教书生涯、官场经历，其中并没有奇崛险峻的矛盾冲突和曲折起伏的故事情节，但却产生了很强的吸引力，来自现象内部的吸引力。也就是说，在整体上，《生命有约》带着明显的心灵化趋向，追求的是严肃思考的路子。它靠不断开掘生命的内在空间来获取小说文本的内在空间。作家试图用这种空间来容纳生活，容纳他精心构造的人物，当然也容纳读者的阅读探究。明白了这一点，我们便不难理解作者为什么要用这样的话语开头：“只要思想在活动，肯定能通向希望；只要人生在继续，肯定在描绘灵魂；只要记忆不枯竭，肯定会赞美青春。”客观地说，这种话语，并不特别适合小说这种叙事文体，也许《百年孤独》开头那种跨时空的预叙所形成的叙事张力才更为小说化。作为一个成熟的小说家，杨卓成不可能不知道运用这种话语所具有的潜在危险——将写作的全部内在意义直露地展现于作品的开头，等于一开始就将写作逼进一个死角，即使抒情散文的写作也会忌讳于此。但作者确实这样做了，确实就在这个坚硬的起点上开始了他的叙述。作为一个读者，我只能根据文本推断，作者是在寻找一个支点，一个具有升华可能和升华能量的支点，以便能够充分地将他对生活表象后面的意义展示出来。应该说在《生命有约》的写作中，杨卓成实现了这种构想。因此，对于这部小说的阅读，那些话语也就成为起提示作用的关键话语。换言之，在生命的内部，杨卓成所要开掘的是希望、灵魂、青春，这是一些无论对于生命还是对于文学而言都具有永恒魅力的因素，对它们的切入，会使任何一个作家获得一种可贵的文化品位，当然，同时也会获得一种超拔于表象世界的自如，有了这种自如，作家必然要逐步成为一个能动的、自为的创作者。

杨卓成当然也是这样的。不信，我们看看他那种既写实又富于想象色彩的描写：

> 他独自一人在宽大明亮的政府大厅里走着，暗红色的花岗岩地板映出了他变了形的身影，犹如一个装得鼓鼓囊囊的麻袋，随着皮鞋与花岗岩间“咯吱咯吱”的亲吻声，缓缓地滚动着。鲍军突然想到了组合，世界上的排列组合真是太神奇太美妙了，人影映在贼亮的地板上会那么酷似臃肿的大麻袋；云朵映在池塘中会出现那么虚假的温柔，人的习性一旦有了掩饰，社会就会显得如此的丰富多彩；神圣严格地说仅是一种空泛的象征，如果当成桂冠授给谁时，他一定会被压得大汗淋漓气喘

吁吁。鲍军正漫无边际地想着，一道影子挡住了他花岗岩石上滚动的身影。

这就是《生命有约》中主人公的亮相，我之所以要不厌其详地引述它，除了证明作者有着由现象切入心灵的自如之外，还在于它是一种很典型的杨卓成式的体验和表达方式，一种由现实景象突然而生的精神化叙述方式。在整部《生命有约》中，它是一种基本方式，贯穿始终。正是它使读者从庸常的生活中不断领会出超越庸常生活的意趣，产生出阅读的耐心。应该说，这是一种诗意化的小说建构的方式。可以肯定，《生命有约》是一部具有诗意内质的小说。

这对于我们理解《生命有约》的结构尤为重要。至少在这部作品里，杨卓成是一个不重视时间维度的叙事者。当读者顺着时间的流动来把握这部小说时，遭遇到的绝对是突然的跳跃、中断或颠倒，大跨度的自然时间和大跨度的自然空间在作品里已经被压缩，被打乱，被重新组合在一起，这使专注于原在时空的读者甚至可能误解作者的叙事能力，以为作者的叙述失去了真实性。事实当然不是这样，作者变形化处置时空的目的并不纯然出于叙事需要，也并不纯粹只是出于一种技巧的追求。对于叙事来说，依赖于时空的自然流变倒是最可靠最方便也最有效的手段。在《生命有约》中，作者另有所图，作者的意图是诗意化地建构作品的内在空间，将写作的重心放在内指性上，将叙事的价值放在对生命内涵的开掘上，因此外在的时空才变得不再重要。用文学理论话语来说，也就是作者选择了因果关系来取代时间顺序，选择情节张力来强化故事的吸引力。可以肯定，这是一种更为小说化的方式。有了这种方式，人物的成长便会获得一个良性的内在空间，他们有悖于常规的行为便会被艺术的色彩所笼罩。

《生命有约》的主人公鲍军、舒吉娅等人就是在这样的空间中逐渐丰满起来，并最终走向作家所预设的理想化艺术境界中的。鲍军是杨卓成着力刻画的主要人物。在小说中，作家对人物性格的处置，无外两种基本方式，一是预先设定，一是让它在人为的“自然而然”的过程中生成。鲍军属于前者。这个看重个人人格、情感、理想，艰难地保持着正直、宽容与理解的人物，在《生命有约》中，其性格是“先天”的，换句话说，他是作家本人关于生活、生命所作思考的形象化身，是创作意念的典型体现。在整部作品中，杨卓成似乎不看重鲍军性格的形成原因和形成过程。他看重的是这个人物对自己创作意念、生活理想的阐释功能，以及由这种功能导致的行为方式和一系列新的活动。也就是说，作家要用定型化的性格来冲击常规生活状态，形成新的矛盾冲突，并以此显示与众不同的诗意特色——我们不能忘记，小说的诗意色彩是靠人物来体现的，否则所谓诗意就会成为伤害作品的负面因素。关于鲍军性格的这种特征，在作品的章目中就有明显的体现，如“品尝世俗”、“难得平凡”、“拒绝诱惑”等，如果人物本身就是一个“生活中人”，那所谓“世俗”、“平凡”、“诱惑”就会影子一样永远跟随着他，何须品尝？何谓难得？只有一个“先在”的纯粹化或者理想化的主体才会有这种感觉，所以鲍军可以说是世俗生活的“天然”抗拒者。在这点上，他不同于苏吉娅，苏吉娅的性格是“生成”的，是在生活多样性（如出国的诱惑，爱情与婚姻的失意，对祖国对故乡故人的依恋等因素）支配下形成的，她后来似乎不求回报投入巨资修孔子庙、塑孔子像，表面看是在寻找旧日情怀的痕迹，但当这一切成为至死不渝的愿望时，其意义便超越了行为本身，最终使苏吉娅也成为一个心灵化的人物，回归到纯粹的生命意念中。由于她是一个在环境中生成性格的人物，所以她的现实行为有时就会十分迷乱，在许许多多关键时刻无法把持自己，她甚至要劝说鲍军这个对抗世俗的人世俗一些，以搞好与其对手唐子营等人的庸俗关系，而这几乎断送了鲍军（收下唐子营的一万元钱差点让他划上仕途句号)。从创作的角度来说，多样的人物类型必能丰富小说的整体形象，强化小说的艺术色彩。一本小说能够写活两个以上人物，肯定就会进入成功的行列。从鲍军与苏吉娅等人身上，可以看出，杨卓成做到了这一点。我猜想，虽然杨卓成有指向性明确的创作意念和主题设定，但他肯定意识到，达成这个意念必须通过不同的方式，殊途同归，小说人物群像之间才会形成和谐的网络，构成鲜活的画面。

事实正如此，有了苏吉娅等人的映衬（尽管苏吉娅并不是一个纯粹的陪衬人)，重要人物鲍军才更为鲜活。这个体现着作家创作意念的人物，是一个注定要与生活发生矛盾的人，甚至是一个注定要“伤害”他周围那些构成其生活环境的人，包括深爱着他的人。原因何在？因为不认同是他的天性，也是他存在的意义。在情感方面，无论风华正茂置身校园，还是初入社会置身“多彩季节”，或者浪迹官场感受世俗与平凡，鲍军都有幸运、巧遇，都有可爱的女性爱他，但他似乎从未真正接纳过她们，即使已经与其中的小学教师周玲玲结婚也无法限制他，离异最终要在其并无太大负罪心态中成为突然到来的结果。这样的主人公到底预示着什么？这样的人物性格是否真正可爱？用世俗的眼光衡量他，答案是否定的。作家之所以要着力刻画这样一种性格，也许是要展现人那种潜藏于灵魂深处的不可止息的冲动。在这个层面上，鲍军符码化了，或者说成了一个象征。这个不知止息的人，即使在与苏吉娅生死吻别时，虽然情真意切，但也并没有显示出安宁与平静——一种发现价值或归皈于它的安宁、平静——

马莎在园外等他，他得赶快回到中兴县去，……他想，在不久的将来，文庙中的孔子像一定会耸立起来，那溪水公园也一定会风景如画。

这就是小说结尾之处而自身行为没有结尾的鲍军。一如既往，人们同样看不到他内心过分的沉痛，这种应有的沉痛已被新的期望新的开始取代。在事业的选择上也是如此，我们同样不知鲍军职业索求的最高理想是什么，小学教师？局长？县长助理？都是都不是。因为对于这个诗意化的人物来说，这些都过于外在，他的内心，他的生命内部，涵容着的是永不停息的灵魂躁动，痛苦只是一种动力，行动才是真相。也许这就是一种亘古不变的生命约定——不仅只对于鲍军，也对于我们所有的人。

这便是作家杨卓成为我们开掘出来的生命内在空间，这个空间扩展了《生命有约》这部小说意义，也扩展了我对滇东文学90年代以来小说创作价值的寻找与思考。

三　往昔并不遥远

——晏国珖：历史与小说的结合

随着西方文化日渐深入的影响，中国新时期小说创作领域不断拓展。观念和手法的更新使人们获得了透视和表现的新角度。于是人们开始热衷于种种标新立异的深入开掘，对历史文化和各种传统价值观念的怀疑成为时髦。无论先锋小说还是寻根小说都不同程度地在追求生活深层真相时离开了生活表象。然而，现实生活毕竟是历史的延续，你可以渴望这种延续是一系列充满新意的转折突变，但它一定是基于往昔的转折突变。文化无法摆脱先天的规定性。因此我总感觉在新时期小说创作对传统价值观念冷落的背后，潜藏着的似乎是人们自信心的逐渐消解。时至今日，如果文学实际上确实无法建构起新的价值观念（在此之上文学会受到多种因素的制约），那么，人们必将再次回过头去，重新审视和呼唤历史文化深处闪光的东西。20 世纪 80 年代，中国艺术中体现出来的对传统文化的总体诉求就是一种证明。它使我感到，往昔并不遥远，特别是如果人们真正理解并信仰过它。

晏国珖就是一个富于这种信仰的作家。新时期十余年时间里，他一直潜心于越来越为人们所冷落的历史小说创作，并且写出了自己的特色。他习惯于把观察和表现的焦点放在中国文化史上那些赫赫有名的人物身上，以他们为原型，运用富于内蕴的语言，张扬他们的品德和精神，塑造出一个个有历史真实价值的艺术形象。因此，在那个时段里，晏国珖的作品虽然不算太多，但却有《热泪洒青词》（《边疆文艺》1980．8）入选1949年至1981年全国《短篇历史小说选》；《金山行》（《边疆文艺》1984．11）入选1982年至1985年全国短篇历史小说选集《血溅承华宫》；《徐霞客游黑山》（《山花》1979．7）被选入新时期短篇历史小说选集《秦宫月》（北京文化艺术出版社出版）。

当我作为一个评论者重读晏国珖1979年至1986年间发表的六个短篇和一个中篇时，我有一种强烈的愿望，想去窥见作者执拗尊崇历史文化的内在动力和支持力量。然而，我可以面对的除了作品里一系列形象的历史画面之外别无其他，应该说我对晏国珖本人知之甚少，因此我只好沿着老路对他的作品进行一些常规化的演绎推理。

我的话题必须从题材开始。

虽然在新派作家看来写什么并不重要，重要的是怎样写，然而作家毕竟是写“什么”的人，从他的题材取向上无疑可以见出其艺术上的某种倾向性。作为一个历史小说家，晏国珖的作品都取材于历史。然而他并不像我们所见惯的某类历史小说家那样，总是猎奇式地盯着历史上那些武侠剑客、宫闱秘事、情场风月等。晏国珖有自己独特的追求。它开始于《徐霞客游黑山》（《山花》1979．7），这是晏国珖的第一篇历史小说，也是他很有代表性的一篇历史小说。在这篇作品里，我们看到从湖南、广西跋涉而来的明代五十三岁的地理学家徐霞客，在云贵交界的黑山上历尽艰险，考察盘江源头的情景。作者把主人公徐霞客放到作为历史人物的徐霞客的生活里真实地活动着，于是，古代杰出的地理学家、散文家徐霞客栩栩如生地站在了我们面前，并以那种早已被我们这个民族认可了的伟大精神和人格促成了这篇小说明亮、庄重、典雅的格调。这个特点后来一贯之地出现在晏国珖所写的一系列以另外一些赫赫有名的历史真人为主人公的作品里。也就是说，他用同样方式塑造并且“利用”了科学家徐光启（《〈几何原本〉的命运》）、沈括（《金山行》）、医学家孙思邈（《百岁寿辰》）、文学家龚自珍（《热泪洒青词》）、杨慎（《入滇第一关》）等历史人物。

因此，我无法不在这里冒昧地说，晏国珖的这类历史小说一定程度上是靠这些人物照亮的。当然这也是一个有信仰的作家所作努力的必然结果，说到底是不可磨灭的中华文化伟大力量的必然结果。值得肯定的是晏国珖有自己的巧妙之处，他善于把他的人物既放到历史真实里又放到想象世界里，让多种矛盾重新炼就人物的灵魂和人格。就像在《徐霞客游黑山》里我们看到的那样，主人公不但要与险峻的山峰、恶劣的气候搏斗，还要与势利的官吏、凶狠的土匪周旋，可谓九死一生，百折不挠。最后当他登上黑山，初衷实现之时，一方面要为山川大地的壮丽感慨万千，一方面又决意继续跋涉，进一步考实山川水源，所谓“西望有山生死共”。这就是晏国珖笔下徐霞客性格的完成过程。在其他作品里，作者基本上也是在这个冲突程序中完成人物塑造的，所不同的是人物从事的事业。换言之，这种不同是因为作者写了不同的人。譬如《〈几何原本〉的命运》，人物既然是科学家徐光启，就必然离不开《几何原本》的翻译，离不开西方传教士利马窦。西方思想和宗教的介入使作品复杂化了，但人物始终没有离开自己追求的事业和社会守旧势力相矛盾这个核心。

可以说，晏国珖在塑造人物上总是恪守自己习惯的逻辑，因此他可以迅速形成自己的特点。

这种人物成型过程使我们得以窥见晏国珖处理历史题材的另一个基本思路和方式，这就是让人物为理想活动，并且这种理想是远大的合于民族利益、合于传统道德观念乃至社会进步的理想。因此它注定要使人物高大完美，闪着耀眼的理想光辉。当然，也许你可以说徐霞客式的历史伟人本身就是这样活动的，但我还是宁愿把这种处理看作晏国珖的方式。因为作为实在的人（无论历史的还是现实的），其行为动因都是多层面极为复杂的，现在晏国珖按自己的审美愿望，无一例外地把他们理想化纯粹化，使我们在他的小说人物系列里无论面对的是科学家徐光启、沈括、地理学家徐霞客还是文学家杨慎、龚自珍，都可以一眼看到他们身上共同的亮点和所代表的文化的深厚魅力。他们极少思及个人利弊安危，即使身处艰难，命运多舛，仍然要为崇高理想、善良道德、美好愿望孜孜以求艰苦奋斗。这种行为其实是自强不息的中华民族的精神写照。民族精神的再现使晏国珖笔下的精英具有强烈的感召力，它显示了晏国珖所尊崇的历史文化的真正内涵和价值取向。具体说，就是对祖国壮丽河山的热爱，对国运民生的关切、忧患，对科学、真理、新思想的渴望，对无私奉献精神和美好道德的赞美。

晏国珖就是这样不断地通过他的人物塑造来追求这种崇高的价值，这种追求使他必然不能容忍陈腐的落后的历史行为。因此他的作品在歌颂的同时又充满了批判色彩。他厌恶皇帝昏聩政治黑暗，痛恨奸臣弄权道德沦丧，为科学真谛、进步思想得不到张扬而悲哀。对历史负价值的批判使他每篇作品里几乎都并立着两个截然不同的世界。它们黑白分明有如昼夜。无疑，一个世界由作家所热爱的人物构成，它包括上述历史文化名人和生活下层的许多善良之人；另一个世界则总是由奸臣恶吏及其走狗帮凶构成。即使如《百岁寿辰》那种较正面的作品，作者也要设计一个势利庸俗、利欲熏心的吴员外以病人身份纠缠于百岁高龄的医圣孙思邈周围。在这类人物中，虽然偶尔也有一些写得较好，如《〈几何原本〉的命运》中的魏提督，其霸道阴险、无知腐朽被非常形象地表现出来。但从整体观之，作者对这些坏人的刻画并不很成功，可以说他们大多数只是某种意念的产物，其性格的合理性和多层面缺少深入开掘。但是，由于他们只作为"好人"的反衬，在作品中处于铺垫地位，是为了使主人公走向崇高完美的台阶。因此他们的活动意念越分明，越能明显地实现悲剧阻碍，使主人公的追求、主人公的命运显出悲壮气势。或者说它至少不会使主人公正义凛然厉声呵斥恶行颓风的行为显得做作或虚张声势。别忘了晏国珧追求的是一种纯粹精神，因此好人坏人泾渭分明相互映衬的方式虽然简单而传统，在这里却有着某种难以简单否定的价值。

写到这里，我似乎已经清楚，晏国珧之所以乐此不疲地按照非常相近的方式塑造出一系列理想化的、有信仰有追求有责任感的历史人物，根本原因正在于他本人就是一个富有强烈社会责任感的人。作为一个作家，这种基本的良知会赋予他巨大的力量，因此他才能不畏寂寞一直默默耕耘在历史题材里。文如其人，作品是照见作家人格最好的镜子。晏国珧不胡编乱造以求其新，也不屑以奇诡的刀光剑影、放纵的情欲宣泄和玄妙的语言罗网来迎合读者的低级趣味。无论在题材选择和人物造型上，晏国珧都用心良苦态度谨严。我相信他在第一篇历史小说《徐霞客游黑山》附记里说的一段话："原意是用形象的方法，再现一下徐霞客在科学的道路上不畏险阻、勇于实践、勤于攀登的风貌，以期给现在的青年朋友一点历史的感性的东西。”可以说这个创作初衷一直支配着他完成了龚自珍、徐光启、孙思邈、沈括、杨慎等形象的塑造。即使在1986年发表的写小人物的中篇《松江歌女》中，他也努力实践着自己的初衷。他把正义感、同情心、深切之爱以及舍己为人等品德充分赋予了歌女幽妍、学子张圣清和樵夫侠士徐大哥等人。并以悲剧性的结局鞭笞了摧残美好人性和爱情的制度与礼教，因此，这仍然并不是一篇为写爱情而毫无节制的作品。

由于上述原因，晏国珖的人物常常大发宏论，其豪言壮语铮然有声，譬如徐霞客就如实回答采药老人对他探山探水原因的叩问：“说来简单，不求有助于世，但求有利于后人啊！神州河山如此壮丽……我们活在这中央国土，竟然弄不清龙脉水系，何以对得起黄天厚土，怎配做皇帝子孙!?”由于这是作者真诚的理解和表达，又由于它与特定历史人物及其活动的联系，我们并不感到这类语言有说教者的装腔作势之嫌。真诚是打动人心的巨大力量。晏国珖有这种力量。在中国新时期文学创作的多元格局中，我觉得像晏国珖这样一以贯之地以强烈社会责任感维系创作的行为是非常可贵的。相形之下，那些盲目西化或极端俗化的做法必然现出浅薄和取巧的弊端。

取材于历史真人，实实在在讴歌他们的伟大业绩和人格，这种旨在弘扬民族优良传统的创作观念，使晏国珖的作品有了巨大的认识价值。但是你千万别误解晏国珖就是在写人物传记。从艺术角度看晏国珖的小说有许多可取之处，他总是有办法突破题材和人物原型的局限，使作品具有层次感和跌宕起伏的走势，从而不断强化了作品的弹性和张力。

这首先体现在晏国珖善于利用大自然来造就作品的整体氛围之上。

在晏国珖的作品的背景世界里总会恰当地排列着与人物相关的自然奇观——或者高高山岗巍巍雄关；或者滔滔河流漫漫长路；或者浩渺宇宙遥迢星河。这些被语言美化的自然景象至少具有两种重要功能：其一，作为审美的新视点吸引读者欣赏思维运动于人物与自然之间。我们知道欣赏思维的动势是美感的基本前提，因为它能激发欣赏主体的参与机制。其二，以强烈的暗示（或象征）指涉人物，使其崇高化壮美化。在任何作品中，暗示都是加强层次感的有效方法。在晏国珖笔下，巍巍山岗滔滔大河也就成为人物品格、精神的形象体现。

自然对于人类不但有物质价值还有更为重要的精神价值。艺术尤其珍视这种价值。因为它能最大限度地把人与现实的诗化关系形象地体现出来。生活在“风雨判云贵”的胜境关下，置身于高原雄伟神秘的地貌之中，目睹斑驳的驿路弯弯曲曲仿佛伸进历史深处，任何艺术心灵都不会无动于衷。我敢肯定地说滇东高原给予晏国珖的滋育是深厚的。他生活于富源的胜境关下，这是入滇第一关，也许他最初的创作冲动就来源于高原雄伟而富有文化意义的景象的启示。时光流逝了，山川仍依旧，曾经留在这山川之中的那些伟大足迹肯定不会彻底消失，晏国珖很自然地就在其中看到了徐霞客等人。我想，作者一定和许多滇东人一样对这位遥远时代的旅行家倍感亲切，因为他在我们身旁的大山大河上行走过。如果说晏国珖是在自然的背景下完成他的审美塑造的话，那么这一切无法离开自然对他最初的激动，两者互为必然，显示出晏国珖敏锐的观察力和表现力。因此，他注定要在第一篇作品里写到滇东，然后兜一个大个圈子，又在我所看到的最后一篇历史小说《入滇第一关》中回到这块神奇的土地。当然在此过程中他同样极成功地把对自然的理解化入到其他作品里，从而使它们获得了整体的庄重宏阔氛围。

其次，我必须说到晏国珧对小说特别是短篇小说结构的熟悉。

晏国珧虽写真人真事，然而却从不拘泥于真人真事固有的时间线索（那是人物传记所看重的）。他习惯于在历史人物生活的纵线上截取一个有典型意义的横面加以渲染铺排，并以某个特定的物象（或物或事）网结它们，这就使写作的笔触得以离开抽象的概述而进入到形象具体的细节之中。人物一生的功绩、贡献自然隐退到背景世界里作为底蕴而存在，便不但不会伤害作品的形象性还能加强作品的深层意味。这种处理的体现之一是几乎每一篇作品开头我们都可看到作者对人物的亮相式描写。请看：

> 徐霞客远眺冠盖群峰的黑山，那在朝霞辉映下格外雄峻、峭拔的黑山，乐得又是搓手又是捻须，心里暗暗地说：呵，黑山，你这被《大明一统志》定为盘江发源地的峡岭，徐宏祖今天便将登上你的顶峰。
>
> ——《徐霞客游黑山》

> 宋朝哲宗元祐四年元日——十一世纪第八十九年的春节。黎明，窗棂的薄纸上抹着一层枣红的霞光，袭人的晨风送来几声清脆的鸟啼，沈括一觉醒来，披起外衫悄悄走出房门。
>
> ——《金山行》

这是两篇小说的开头。人物粉墨登场，亮相（描写），再往下看，才是对其身份地位、行动原委的介绍（叙述）。这样做的目的是一开始就置人物于横截的时空中（这是短篇小说特别需要的)，从而使细节描写得以展开。对细节的重视正是作者上述构想的体现之二，细节之于小说的重要性不言而喻。晏国珖对之有深刻的理解，他在《漫谈鲁迅小说的细节描写》一文中把它提到关乎小说活的灵魂的高度。正因此他在作品中才会刻意追求生动、细腻、传神的细节描写，从而使人物真实可感，呼之欲出。

第三，以梦境或幻觉强化小说的内容张力。

晏国珖在多篇作品里都写到主人公的梦或幻觉，运用这种通俗但又有特别意义的手法，是因为要解决小说点面（或具体性与包容性）的矛盾。重要的历史人物决定晏国珖不能忽视他们的事业和功绩，小说的特质又使他无法纵向地概述他们的一切。变通的方法也就带来了梦境描写，因为它可以随心所欲地闪回到任何时空中去。这种手法类同于中国古典园林建筑的花窗借景。于是人物身历的种种磨难、事业的方方面面都可能随意地被插叙倒叙暗示出来，这必然会扩大作品的内容含量。有趣的是晏国珖几乎是按同一个模式来设计人物的梦境的。如龚自珍因义斥鸦片烟馆而被打伤从而幻化与仙人张果老同游仙境皇城，得以目睹(其实是为让读者目睹）英才和奸臣的不同言行。这与徐霞客被土匪击伤而梦慈母别时缝制赠送远游冠，杨慎因旅途备受折磨，劳顿不堪而梦冒死哭谏被殴打及痛别爱妻等情形如出一辙。它们在作品情节发展和性格展开过程中都起着重要作用。由于这些梦境带着上述明确的目的性，因而虽然具有超现实色彩，但仍然不能改变作品的写实格调。

最后我想谈到的是语言。

晏国珖的语言是富有内蕴的，这得力于他丰富的古典文学知识和古文基础。如果撇开洗练简约等表象进人内部，我们会发现晏国珧热衷于赋予作品语言以传神的表意效果，犹如中国画那样，无论描写人物还是景物，语言所指涉的都是对象的灵魂和精神风貌（因此语言才可能是洗练简约的），应该说，这种语言方式是传统的，譬如《三国演义》写英雄“相貌堂堂”、“威风凛凛”这种着眼于精神状态的语言，并不拘泥外观实实在在的细节因而也就缺少修饰成分，但它成语化地浓缩了丰富内涵，任凭你自由想象，反倒意味无穷。这些特点在晏国珧作品的语言中随处可见——

> 金山，山上有寺，寺里有山，山寺浑然一体。远眺，江水环绕，丹碧辉映，楼阁亭台，层层相接，殿阁厅堂，幢幢相衔；近看，楼上有楼，楼外有阁，阁中有亭，曲廊、回檐、石级连缀山腰，别致精巧。
>
> 沈括凭窗眺望，四周面面有景：东西焦山如碧玉浮江，晶莹玲珑；南面长山郁郁葱葱，青烟缈缈；西面钟山紫气腾腾，朦朦胧胧；北面瓜州烟波浩荡，舟樯林立。他置身画屏之中……
>
> ——《金山行》

这就是典型的晏国珧的语言。谁都可以看出其中充满十足的古典意味，它追求流贯圆和，工稳精巧，因此与作品整体风格浑然一体。

另外，晏国珧大量借用古典诗词，化它们的意境为自己作品的意境构成因子，从而使作品古意盎然无比典雅。这是晏国珧常常使用的另一种语言方式。

总之，语言的魅力显示了晏国珧对中国古代文化的热爱和谙熟，他敢象《红楼梦》那样硬写各种几乎已经消逝的古代民俗民风以及有关的数学地理天文音乐文学等现象，而不是用空洞的语言轻轻地避开它们。这有力显示了我们民族优秀的文化传统对当代作家的重要意义——这是一种有魅力的文化，你不应也不能远离它，相反，借助它你就获得了同样的魅力。

我想，熟悉晏国珧作品的人都不会否认他的执著。这执著促成了他上述诸多优点，当然也会带来一些难以回避的缺点，比如取材的严谨导致表现面的狭窄，多篇作品情节结构人物塑造的程式化等等。晏国珧的创作有时有些拘谨和不够开放。越专注的人就越不易于随手写来。同时，由于过分沉浸在传统文化氛围中，有时不免难脱窠臼，譬如《松江歌女》这个中篇，虽然作品的主题“爱而不能得其所爱，但又不能忘其所爱”是很深刻的，但从整体来看，它的爱情模式和悲剧构成都给人以似曾相识之感。中国传统文学对私订终身、父母相逼、不幸离散这种古老的爱情悲剧毕竟已经有过较多的表现。

无论怎样说，作为一个辛勤耕耘于民族传统文化之中的历史小说家，晏国珧的一切努力都是有价值的。我们面向世界和未来的目的正在于发展自己民族本身，如果张扬这个民族所曾有过的闪光精神，我们将会获得更大的信心和力量。

往昔并不遥远。在新时期文坛的多种声音中，如果我们已经听到晏国珧那种富有价值的述说，那么我们必然相信这种有价值的声音会更加自信更加洪亮。

四　滇东小说：在比较中领悟

我对滇东作家吕克昌、杨艳琼、孙俊等人的关注，在一次比较思考中获得了细致化的结果。那是缘起于一次短篇小说擂台赛的观察与思考。

1996年初，当曲靖、玉溪、红河三地州短篇小说擂台赛摆好阵势，击鼓开场时，我内心颇多腹诽。我怀疑这种过分显在的功利刺激是否真的适合于艺术的宁静淡泊，当喧嚣与热闹潮水一样退去，我们是否真能获得生活之海的馈赠？但一年以来，一浪高过一浪的激情把第一轮赛事54篇作品推到台前，在日渐沉寂的地州文坛上引起了躁动和惊喜，我发现我的担心似乎有些多余，特别是当我作为评委之一，认真研读了这些作品，与其他评委一道，又更为认真地讨论评选出它们中的优秀篇章，并为其特色和成就吸引时，我不能不说这是一种有价值的尝试，它直截了当地向我们展示了三地州短篇小说创作的实力和水准，展示了不同地域作家的不同创作特色和美学追求，并使我一直以来对滇东文学的审视获得了比较的参照，也获得了更为深入的领悟。

在这里再次提到这场文学的竞赛之时，我无意于对那种一决雌雄一分高低的潜在竞赛心理作评判，因为那样可能画地为牢，无助于小说创作精义的探寻。我感兴趣的是擂台赛本身所营造的整体艺术氛围，以及这氛围里潜藏的艺术成就与差距。我相信唯有这种观点才能为今后的创作提供更多启示，使我们关于滇东文学的思考得以深化。

这种思维使我总想在那些具有特色和个性的作品中寻找共同点，但这并不意味我将忽视特色和个性，因为任何宏观的东西都将由个别因素汇集而成，不能促成整体品位的作品自身必然是缺少品位的。如果说我们已经被本次擂台赛的整体艺术氛围所吸引，那肯定意味着我们对多数作品的具体特点已经有所领略。是的，在这场颇有声势的赛事中，充满着多元的艺术追求与尝试，其中鲜明的时代气息、先锋的创作技法、深厚的历史意识给我留下尤为深刻的印象。它们大致地把获奖作品分为三个类型，构成三种各具特色的艺术景致，勾勒出三地州作者短篇小说创作观念的整体状貌和不同走向。

让我们首先从鲜明的时代特色谈起，它由众多的参赛作品流露出来，充塞我的视野，使我不能不为作者们对生活的投入与关注所感动。

在获奖的12篇作品里，从唯一的一等奖《无地自容》（李琳）开始，有一半以上作品紧扣现实生活，从而促成了擂台赛的写实主义主潮。这些几乎都以现实生活为表现对象的作品，用极朴实细腻的笔触，展示了众多普通人物在丰富多彩，不断变化的现实生活中的欣喜、困惑与无奈，他们的情感旋律无疑加深了我们对生活的理解，并且释放了我们类似的情感积淀，生活的力量就这样经由艺术途径再次抵达我们的心灵，变得丰盈绵长，既富有启示警策价值，又饱含审美韵味。这正是关注现实生活、准确地反映现实生活之所以成为艺术的一种美好品质的原因，我们不能指望过分远离生活的写作能带来有价值的东西。在此意义上，我要充分肯定这次擂台赛的基本走向，肯定生活为作品内容含量和思想意义提供的有效砝码，当然最终必须肯定作者们端正的生活态度和创作态度。但是对于创作特色和作品价值来说，题材永远都不是根本性的导因，否则抄袭生活也可以形成最完善的创作。更重要的作用力量仍然只能来自于作家主体思想能力和创造能力。因此在阅读这类作品并确定其现实意义时，严格地说，我并不十分在意它们是否取材于现实，而主要看其是否通过现实题材传达出带有现代色彩的思想观念和审美态度，也就是说，我总是力求寻找作者有意无意潜藏、渗透在作品写实化现象中的主体意识，寻找因为具象的加工改造而带来创造与升华。

当然，这种寻找必然要在荣获本次大赛一等奖的作品《无地自容》中得到最大的收获。李琳这一篇准确巧妙地把握了当代知识分子尴尬心态的小说，与李云华的《祸水》、吕克昌的《星星点点》、黄玲的《作家老何》、张永明的《小太妹》、陈建功的《二狗趣事》、路人的《乡戏》等作品一道，共同建构了擂台赛的主要风景线，又很典型地体现了上述创造的思路。

《无地自容》开始于白建康副教授一家为与商人杨忠汉一家一起去郊游所作的许多繁琐的准备，结束于郊游归来那个无可奈何的夜晚，但在这个被剪裁得合于短篇小说表现的有限时空里，白副教授却经历了一次漫长的精神折磨和考验。他所坚信的知识的价值几乎突然间失去了光彩，“在这拿钱说话的年代，也许真的没有什么道理比金钱还雄辩还有说服力？”白副教授就是在这样的疑问中不得不痛苦地改变观念，向金钱靠拢，但金钱世界又拒绝了教授。读完作品，我们显而易见，作者在思考一个重大的与现代生活息息相关的价值观念问题，这是作品最可取的地方。也就是说，《无地自容》的成功就在于以平静的生活表象来展示了内心世界强烈的躁动与无奈，以舒缓的表述达成了表意的明确和完整，作品表征的通俗化可读化与内在的精神取向之间拉开了一个较有弹性的空间，它自然地启发着读者、并容得下读者的推理和品味。当然精神与物质的对抗是个由来已久的老话题，并非作者独创，但当它被改革开放的潮流再次推到一个显眼的地方时，作者准确地把握了它，体现出思考的敏锐和鲜明的时代感。现实生活中许多人都在商业大潮里深切感受到心灵的震撼、经受着价值观念转变、失落产生的痛苦，这无疑为作者立意的机敏做了极好的佐证。一个重大的关于精神和信仰的话题必然要使一个小小的短篇获得升华，哪怕它在形象塑造上单薄一些，线索铺陈上单一一些。应该说，李琳在追求表意的深刻性时显得有些急于求成，一个教授与一个商人似乎天生就不是一对，把他们放在一起，必然就露出“安排”的痕迹，冲突和意念肯定会直观化、浅浮化，人物形象、人物性格也就难于达到自然的鲜活丰满状态。好在作者巧妙地设计了那次周末郊游，设计了那些繁琐的小事、细节以及几个女性的插科打诨巧作铺垫；较浓厚的生活气氛基本掩饰了创作意念的外露，最终仍然达成金钱孔武有力、咄咄逼人的架势和精神软弱疲惫、节节败退两者交织发展的格局，结果教授“无地自容”，几乎找不到自己在生活中的位置。至此作品的精神取向在作者的精心编排下变得非常明朗，这正是创作主体思考能力，创造能力的体现。并且我们同时注意到一个更可贵的现象，那就是作家把理解、同情始终放在教授身上，通过他健全正常的心态和言行来展现其思想境界的合理性，从而把人们关于知识贬值、价值观念嬗变导因的思考引向现实与社会，而不是归结于教授的个性古怪或故作清高。换言之，作者是通过展示知识价值的失落来追寻这一价值的，虽然这一追求和思考尚未有结果，但它所拓开的思想空间，对于促成一个短篇小说耐人寻味的艺术境界，似乎已经足够。我们不应要求艺术作品给我们提供完整的社会学答案。

与《无地自容》一样，保持着对生活现象的关注和思考的另一篇重要作品是李云华的《祸水》（二等奖），它依然较好地表现了主人公在尴尬境地中的挣扎，但这种挣扎更多的是相对于外在复杂的人际关系网络而非内在的精神和观念的嬗变，比起《无地自容》而言，其思想的敏锐和深刻略逊一筹。但作品取材于大厂和工业，这个当前改革事业中最重要最复杂的部分，以形象化方式去揭示、分析、乃至批判困扰其发展的众多不良因素，从而使作品直观的现实色彩显得更为亮丽，而且作品略带悲剧意识（尽管它并不太完善），通过它构成了对现实一定程度的审美化把握，因而《祸水》仍然不失为一篇有感染力的作品。在关系中刻画人物，这是这篇作品始终依循的准绳。主人公林丽，这个漂亮精明的大冶炼厂的厂办主任，在被别人误认为是“祸水”，差点被新任厂长免职的尴尬境地中，并未无地自容，无可奈何，而是主动为工厂的生存发展默默工作，以其独特的才华和能力改变了工厂的困境，同时也改变了人们的看法。显而易见，正是复杂的矛盾和关系造就了这个人物，由于作者重视了矛盾和关系，作品自然多了一份动势与活性，也多了一份可读性。但由于常常需要多种矛盾关系搭建好林丽活动的一个个舞台，因而这个人物又往往被事件和情节支配、使役、限制，总是蜻蜓点水式地闪现于作品，有时甚至退隐于背景；加之，作者为了突出林丽的超常性，宁可降低其他人物如厂长等的智慧水平，让他们在基本的人际关系中显得无能为力，结果是在整体上降低了人物的感染力。而在性格的内在构成上，作者成功地把新与旧的观念交织在一起，林丽成为兼具传统的忍辱负重和现代的精明能干两种人格力量的人物，因而她能够含而不露，以静制动，具有较深厚的内在气质。然而综合使她具备的静态个性，在动荡的矛盾关系和事件背景前又显出了过分的平淡，这甚至影响了作品最终向悲壮和崇高升华，当林丽为给工厂争得贷款而喝酒身亡，我们从这个悲剧中只感到了一种强烈的现实批判力量，而缺少艺术悲剧那种涵泳深厚、韵味无穷的感动。但是，尽管如此，我们仍然不能否认《祸水》那种开阔的视野和敢于重视现实矛盾的勇气给作品带来的力度。

如果说《无地自容》和《祸水》是具有理性力量的作品，那么吕克昌的《星星点点》则体现了情感的柔和与迷人。从一声轻柔的叹息开始，现代生活的“无聊”和这“无聊”后面隐藏的美好韵味开始星星点点地闪现出来，给貌似平淡的生活和人物的心灵增添了美丽动人的光彩，同时也使作品充满了绵密的诗意与浪漫情调。《星星点点》展示给我们的是远离或者说升华了喧嚣与嘈杂的宁静景致，它没有大起大落的情节，没有大悲大痛的情节，它有的只是异常平静的追忆与渴望，漫不经心的沉静与怅然若失的回味，生活的外在动态被心灵体验化解。因此可以肯定，作者不是在再现生活，而是在表现生活、感悟生活，这使《星星点点》更具有艺术品位，读着它，我被作家的创造能力深深感动。我首先惊诧他的细腻和婉约，在女主人公娟的平平常常的学生生活和知青岁月中竟能升华出那许多诗意十足的亮点，一件女式军衣，几块碎瓷片，倏然便成为人物心灵的情感的载体，伴随着人物成长，并深深地把我们吸引到充满着纯真、幻想和爱的朦胧意境里。美妙的青春，难以忘怀的岁月，谁的记忆中没有珍藏着一些说不清道不明的感情与激动？谁没有把玩过那许多满含柔情蜜意的小什物？现在这一切，在吕克昌笔下如此真切细致地呈现出来，使我们无法不再次感动，然后仔细想来，这感动背后，竟包藏着我们对自己的青春与梦想的无限爱恋与神往。时光如流，悄然而逝，只有传神的艺术才能复活我们心灵中绵长的怀想与美的意象。可以说吕克昌的写作貌似平淡却意味深长，貌似单薄却深邃厚实，这是一个成熟作者的标志。我们千万不要以为作品那种天真的格调会来自同样单纯的主体思想。《星星点点》充满着老辣的技巧，只不过我们不易看出它，难以看到的技巧才是真技巧，它体现在：（1）以巧妙的回想方式拉开时空距离，又不断以心理体验方式将多重时空交织渗透，从而造成层次感与内在景深，为绵长的情感留下回旋余地；（2）始终把写人放在首位，哪怕这种要求对于短篇小说已变得宽容，在数千字篇幅里，吕克昌以简约的笔触写活了娟以及她周围三个极富个性的男人，它们众星拱月，丰富了娟的生活也丰富了作品的抒情色彩和浪漫格调；（3）对事件有分寸的表述与人物心理的巧妙把握严谨地对应着，重要的环节点到即止，留有回味余地，使整篇作品意蕴丰满精致完整。然而事物往往有利弊互易的两面性，作者熟练的创作技巧，刻意求工求精的形式追求，在提供了有魅力的审美价值同时，也使《星星点点》失去了开合自如的大气度。

这次擂台赛吸引我们注意的另一道风景线是以杨艳琼的《生命的组合》（三等奖）和孙俊的《时光如刀》（佳作奖）等为代表的极富先锋色彩的作品，在这个系列中，传统的阅读方式受到了阻拒，我们无法按上述写实主义解读方式来把握这些强化了主观性和形式感的作品。但正是这种鉴赏认识的困难使我们感到这次擂台赛的另一种新取向新尝试，无论它带来何种价值，它都证明了三地州小说创作者具备一种开放的心态，在借鉴、移植新的观念、手法时，它们的趋新与活跃拓宽了我们的视野，丰富了我们的阅读。我并不奇怪在被外界视为封闭落后的高原深处竟有如此先锋的意识和写作，因为西方现代主义形形色色的创作方法对于中国新时期文坛早已不是一个新话题，它的积极面已越来越多地被人们接纳。但读完那些作品，我仍然被它们所达到圆熟程度吸引。现代主义那种极端化的心理体验，那种无常乃至虚无的人生感慨，那种精心构置但又显得随心所欲的结构，那种飘忽不定梦呓般的表述，乃至整个形式系统对内容的挤兑与颠覆，似乎都在这些作品中有不同程度的体现。但现代主义绝不是为反传统而反传统，当然也绝不会故作荒诞与无聊，它所依傍的现实基础哲学基础早已为其深刻性与新颖性作了积极的注脚。因此在阅读《生命的组合》这类作品时，我们不能皮相地被其陌生的手法与形式阻碍，任何形式内部都潜藏着东西，否则形式便无法存在。那么我们在这类作品内部看到了什么？

从题目就可以知道，《生命的组合》试图表现一个大主题，读完全文，我们确实看到了一系列生与死交织，爱与恨交织，美与丑交织的故事，它们组合在一起，造成了一个复杂的情感旋律，其中有冲动和向往、怀旧和梦魇，也有欢乐、嫉妒、惆怅与悲哀，每个人心里却隐藏着秘密，苦涩与甜蜜相伴，追求与失落同行，五味俱全的繁复组合构成了生命的全部内容，无论对于漫不经心的人物（如乔荻）还是专注执拗的人物（如“我”），它都是沉重的炼狱，都是不可摆脱的羁绊，生活之流就是这样蛮横而强悍，它在消解生命意义时达成了它的全部意义。因而我们不好孤立地说生命的价值在于爱情、艺术（舞蹈）还是那些隐秘的往事与不可预期的未来，我们所能做的只不过是无止境地去体验那种复杂的组合。所以在《生命的组合》里，我们只看到作者一味地沉浸于"我"的心理体验过程，一任它枝蔓不息而不采取任何主观化规约，这正是意识流小说最明显的特点之一。然而无答案的生活其实并不是一种客观真实，传统文化早已赋予了生活约定俗成的解释，因而力避创作主体参与的意识流动过程，其实是又一种主观化理解的结果，但它故作姿态，以人物意识的放任来消解了传统小说那种作者全知全能君临一切的特性，从而造成生活现象和作品构成的神秘性和难以把握，并以此来激发读者的主体意识的参与，而这种参与，必将带来对生活的逼近，带来崇高感的丧失，作品的生活于是再次复归为生活本质状态的琐碎与平常，这又是意识流小说的另一个特征。《生命的组合》具备这种特征，因此，我们似乎不必要去探究它那复杂混乱中的主题，因为生活的复杂混乱也许正是作者要告诉我们的主题，诚如生命的组合过程也就是生命本身一样。

到此为止，我们在形式层面追求价值内蕴的传统开始显得意义不大了，我们必须再次回到形式本身。在《生命的组合》这一类具有现代派色彩的作品里，形式才是迷人的所在，实际上《生命的组合》已确实足以靠形式感来打动我们的，它最先吸引我的正是细腻且充满哲理与诗意的语言以及促成这种语言的艺术化感觉，它是心理流程的体现（这个流程本身极富迷惑性），但同时还搭建了作品起伏跳跃的结构，使本来简明清晰的人物关系纠缠成为一张难以捉摸的网，这种模糊化编排本来是一个缺点，但在此却起了必要的作用，它暗示了生命组合过程那种既清晰可感，又让人捉摸不定的含义。但在畅达的语言之内，作者试图塞进太多的东西，使它变得过分拥挤。一个关于生死与爱的主题是一个几千字的短篇难以承受的，何况它还要承载如此之多的先锋意念，因此在许多关键之处，作者往往笔力不逮，显示出缺少处理大题材大构想的气魄与笔法。

《时光如刀》的探索性更多地体现在语言形式安排上，就内容和思想而言，三代女性对表征不同但实质一致的婚姻与命运的反抗并没有太多创意，但小说明显地学习了法国新小说那种把几个不同时空中的故事，拆散糅合在一起叙述的方式，使三个女性的经历互相映衬，自然地引出了对比性思考，这对拓展小说的表意性起到了积极的作用。

最后，我必须谈到本次擂台赛浓厚的历史意识和文化。它们在艾扎的《河颤》（三等奖）、廖会芹的《情仇》（三等奖）、杨永明的《地主》（佳作奖）等作品间回荡，使大赛多少具有了幽邃与远奥的韵味。我所说的历史意识绝不是指作品表面化地运用历史题材或者传统手法，而是指作品能从历史的纵向角度上来观察、思考那些既现实但又由来已久的现象与观念。譬如《河颤》对传统文化和价值观念嬗变的忧患；《情仇》对一个古老的婚姻悲剧所作的寓言化处理；《地主》对由来已久的土地观念的颂扬等。在时间长河中，积淀着许多闪光的文化观念、优秀品质、道德准则，作者把它们放在变化的生活和颤动的人性中，展示其巨大的魅力，讴歌其积极的成分，流露出对传统价值的迷恋与沉浸。当然我并不赞成盲目的历史意识，那是极其有害的东西。因而我格外注意在历史意识的表现过程中作者所保持的现代视点和批判眼光，应该说，在这一点上，三篇作品都缺少犀利的思想锋芒，但它们都揭示了冲突与对抗，并在矛盾过程中展示人物心灵的震颤，从而婉转地达成了对事件的文化审视。在此意义上《河颤》与《情仇》的悲剧结局产生了较大的价值。

在本次擂台赛中，《情仇》是一篇极富特色的作品，它潇洒的语势和节奏，它洗练的情节与结构，以及关键之处的巧妙暗示点到即止等等，使它具备了短篇小说的众多优点。然而更可贵的是作者在平淡中见神奇的创造能力，她用一个司空见惯的故事——丑陋的丈夫用一个漂亮的替身为自己娶来一个漂亮的妻子，开掘出人性中那些恒久的因素：命运和人对它的不满与反抗，爱对婚姻形式的挑战，复仇之火的褊狭与狂热等等。这些潜藏于人性中的东西被逐一唤醒以及对人物命运和生活状态的改变，使作品从人性天地里获得了丰富的内涵，作品似乎在告诉我们一切美好和灾难的根源，它难以摆布更不可摆脱。我们有理由相信作者有这种深邃的构想，因为一个被人物讲述的故事，并且舍弃了确定的时间背景，结果整件作品产生了一种寓言的感觉。寓言是人类智慧的体现，它的文化色彩来自于对具体文化背景的超越而达到一种普泛的哲理状态中，因而它的内在空间是极开阔的。我正是在此意义上把《情仇》视为具有历史意识和文化色彩的作品。它的不足在于细节（比如“茄子”等）的象征、暗示关系不够清晰明确，从而破坏了它晶莹剔透的程度。

比起《情仇》，《河颤》显然凝重深沉得多，这不仅因为它直接抒写了一个老人对生活的感慨，还在于通过这种感慨，作品把传统观念，由织机和土法染布工序中流露出来的传统观念放在与现代生活价值的直接对立中，并且让一个孤独的老人来承受，来作为思考判断的基点，这样其分量必然被强化。可以说《河颤》是以一种使人难以喘息的沉重的、孤独的、矛盾的忧患情感基调来打动人心。在这种情感状态中，人物——孤独的淘金老人只好与亡灵对话、与狗对话、与黑夜中神秘的黑衣女人对话。然而最重要的是与自己的心灵对话，不，严格地说，这已不是对话，而是一种挣扎、反抗，老人爱自己的儿子，却受到其嘲笑，沉醉于淘金却害怕见到金娘娘……其反抗挣扎的艰难可想而知。最后，大河震颤，悲剧结局掩盖了人物所有心理印迹，但思考却有力地交给了读者。读着《河颤》，我们无法不沉湎于幽远的历史、文化气息中，当然也不会不对生活的发展带来传统观念的嬗变无动于衷，因为作者是以极熟练的手法，通过象征、暗示和娓娓的内心独白来展示其艺术构想和文化思考的，它一步一步地吸引了我们，尽管我们也许并不赞同作者用情感偏向（他过多地欣赏淘金老人的怀旧心态）体现的审美判断。但艺术毕竟是艺术，有了感动才可能有其他更深刻的启示。

应该结束这次漫长的擂台观礼了，虽然还有很多有价值的作品没有一一谈到，如黄玲的《作家老何》，张永明的《小太妹》，陈建生的《二狗趣事》，路人的《乡戏》等，但相信它们对众多小人物有特色、有个性的描绘一定会得到读者的喜爱认可。

擂台赛是众目睽睽的地方，是展示才华的地方，当然它也是一个嘈杂的地方，实力较量与虚张声势的呐喊也许交织在一起，一时让人眼花缭乱，难辨高低，但这个热闹的场所毕竟吸引了众多三地州的小说高手和精英，我们不能怀疑在艰苦的努力和比试之后，地州文坛相对狭小的创作心态和滞后的创作观念不会得到改观。实际上，它对滇东文学的影响已经在许多细致的层面中体现出来。

第四编

女性写作：早春的独白

我听到了她们的声音，在滇东的群山上，在风中的树林和清浅的水边。她们轻轻诉说，像早春的独白，使滇东文学之中充满了女性的情采。这些柔和的声音来自一个群体——滇东的女性作家。她们是李倩、尹坚、宋德丽、邓芬兰、邓琼芬、杨艳琼、陈锦琳、敖惠琼、张玲、王晓丹等。在 20 世纪 80 年代以来的滇东文学中，具有女性写作特色的女性作者很多。这是滇东文学又一个值得骄傲的方面。

女性写作，性别的后面躲藏着身份、抗争、敏锐的感受与文化区隔，甚至意识形态。但在这里，我看重的是滇东女性独特的感觉与韵味。它们丰富了滇东文学，使它粗犷的骨力之中有了柔美；它们也完善了滇东文学，使滇东文学有了足以独立于世的更为多彩的景象。滇东文学因此更加立体化了。

我愿选择“女性写作”这一视点，对我有限视野之中的一些女性作者的写作进行描述。

一　女性风景

——滇东女性诗歌剪影

1990 年第六期《珠江源》，专辟女性诗栏。我看到十二位女性以细腻的语言建构了一片心灵的风景。她们以群体方式亮相，显示了滇东女性的写作潜力，为滇东文学铺垫了“女性写作”的基础。

那时，我的兴趣开始于“女性诗辑”的编辑本身。在这片雄阔的高原深处，我们听惯了阳刚的脚步和喧嚣的大河，并且我认为在精神层次上，艺术并没有性别。因此，我怀疑“女性诗歌”这种分类的价值。然而，女性的声音毕竟是迷人的声音，既然她们试图以自己的语言深入到精神深处，既然在我们缺少诗性的生活中突然站出了这么多用诗说话的女性，那么，我们还有什么理由无动于衷呢?

但这并不意味着我将离开艺术的本性盲目地赞美这些出自女性之手的诗歌。艺术之所以值得人们珍视，是因为它至少提供了两种常为现象掩饰的东西，即真正的人类精神和使这种精神凸现的方式。所谓审美的全部意义就在于此。如果回过头去，我们会看到众多的苦难虽然使历史的脚步曲曲折折，但从未使它停止前行。人们在黑暗中向往光明，在理想中汲起绵长坚韧的力量，趋前心理不断提升着美好的内涵。因此，历史的本质并不是时空的变更而是心灵的合目的跋涉，它永远没有尽头，也永远没有满足和安乐。

人类的历程正是这样一个充满痛苦和不断追寻的过程。然而这种整体理性往往会被个体安于享乐的惰性扭曲乃至消解。因此，必须有某种方式使人不忘或者回归于道义及良知的深处。于是，我们看到了宗教、艺术及许许多多塑造信仰的文化方式，它们恒久地释放着日渐强大的力量，使个体自觉不自觉地被纳入到历史的引力中而无法纯个人地固守自己的心灵。在这种矛盾的但无法选择的建构中，个体的欢乐必须通过整体的苦难才可能真正实现，反过来，整体的幸福也必然会以个体的痛苦作为代价。因此，如果我们哲学地注视世界，我们不会得到真正的持久的欢乐，欢乐永远只是一种幻象，它的价值也就在于它是一种永远的幻象。唯有理性的痛苦才使我们感到真实可靠，也才能使我们触及生存本相。在这个意义上，可以说，诗人的唯一使命，就是用这种理性的痛苦把人们召唤到精神寻乐之中，以此达到超越历史和现实的状态。换言之，也就是把人召唤到人的本性之中，从而避免在尼采所谓的日神幻影中麻木地沉沦。因此，我觉得作为诗人首先需要的是洞见痛苦的能力，据此他才能真正感悟生存价值，触及诗性。当然这种目的性的感悟和触及本身也是一个过程。目的和过程共存于语言，使语言的灵性成为诗人品格和智慧的写照。

以此作为背景透视“女作者诗辑”，李倩的组诗《无始无终》首先吸引了我的注意。在这三首诗里，作者聪明地把充满目的性的有序生活虚化，让物质的生存方式退隐到精神方式之后，使我们一下子就直观到那些深藏于肉体的痛苦，于是情感的漫游充满折磨，悖律浮出水面，生活像一个无始无终的怪圈。荒诞、失落、压抑、无可奈何必然犹如一日三餐那样司空见惯。当常规的生活亮色被理性的黑光笼罩，种种为人们所珍视的东西便以变异的令人难以接受的方式出现——

雨季一来
你每天在某一时刻都在放同一音乐
据说你在等一个人的
到来
这个人一直没来
……
你早已疲惫而麻木
耳边滑过一阵细削的声音
仿佛是一段二胡独奏
而她两条漆黑的辫子
如两根弦
在暗影中一阵幽咽
一阵哑然
来人就站在门边
出山的路
已很远

——《等待路上长出青草》

漫长的等待滑稽而没有价值。然而人们毕竟等待过，并且以后还会继续等待。不管等待的是戈多还是其他什么，等待注定要充满目的又漫无目的，因为等待本身已成了一种必不可少的人生方式。

这些所有的消息都来自情人所在的地方
那个地方显出诗一般的图形
却只是一个地方
一只信封
最终被不慎扫落
成了一枚秋叶
覆盖着我的手掌
风吹之际
在城外的河流与泥潭间
选择人工湖

——《旧信封》

浪漫的爱情如此单调乏味，凸现着时过境迁的功利色彩，这和古典的坚强守望是毫不相干的。

九月的最后一天
我修理着冬青树丛
一些刚长出嫩芽的树枝在我手里死去
第二天我突然生病
满屋子都弥漫着清苦的药味
没有一种窃语能悄无声息
尖锐的痛楚令人无望
你以一种错乱的神情为我指点迷津
我沉默如铁

——《冬青树》

如果这是对爱和友谊的表白，那么这种残忍而冷漠的爱给人以悲痛而没有丝毫温存。但彻悟了现代社会的人不会对此感到惊奇。人们身受隔膜戴着众多假面在人生舞台上匆匆而过，犹如黑色湿枝上瞬息即逝的花瓣。众多的现代派大师不是已为我们真正指点了迷津了么。

李倩诗中这些奇怪的构思，使我想起翟永明、唐亚萍、伊蕾等中国当代女性诗人笔下不断出现的“黑夜意象”。人们津津乐道于她们的理性深度和以自渎方式怀疑文化、历史、现实的勇敢行为。事实上，她们的深邃理性来自于对现代生活的感性直觉而不是抽象思辨。节奏越来越快的现代生活给予人特别是女性的巨大压力，使她们更多地靠近了艰难和痛苦，而其敏锐的心灵又能充分地感受哪怕很微小的失落和寂寞，这就促使她们与整个人类在精神层次的际遇不期而合，“黑夜意象”的出现成为必然。也就是说，既然生活的亮色会被思想之手拂去，结果不是很明显了吗？艾略特、卡夫卡、马尔克斯、庞德等人的思考不正是在这点上使我们震惊吗？也许人们在那些残酷的意象面前会感到不舒服，然而这毕竟是一种具有人文价值的警醒，它无情洞穿浑浑噩噩或故作轻松的生活表象，启示人们自省历史文化和人自身。在这个意义上回到李倩的作品，我想说，《无始无终》体现了作者是一个在现代社会里敏感到生存困窘的女性，她的直率表白使她自觉或不自觉地汇入中国当代女性诗歌的总体氛围中。这在滇东女性诗作中，不能不说是一种良好的创作势头。

在诗意建构上与李倩相似的是张玲和王晓丹。她们喃喃低吟着自己对生活的独特感觉，并且深信这种感觉的诗意所在，从而使我们看到一个个孤独的、与背景世界有种种不和谐的影子飘然而来。是的，无论在张玲的“望海”过程中还是王晓丹的“夜景”里，我们都难以找到盲目的尊崇和空洞的幻想，以及由此带来的种种喜悦（而这些似乎是年轻女性中不可或缺的成分），但我相信这种苦吟并不是天生老成或多愁善感导致的。这在张玲诗中可获得明显的证明。张玲的诗首先让我们看到的总是她力图与现实和解、认同的预备姿势。但在追求这个目标的过程中，她又敏感到个人愿望和现实的强烈反差。这种反差毫无余地置人于尴尬境地，使对“我”的感觉的抒写，变成了对普遍人生真谛的叩问。请看：

不再透过什么去看什么
发现的快乐太纯真因而愚直
你想轻轻走入纯青的炉火
文饰某样真实的面孔你同样感到很累
但不能证实归宿的
就在空洞下
就在你注定了的经纬间一败涂地

这种由我及他，由小及大的方式使张玲的诗显出一种执拗的扩张力量。当我在作者那些失败了的情感里读出她对现实的观照时，我不能不再次相信女性的直觉和真诚对于诗的价值。总之，张玲通过上述追寻过程，使诗境获得厚度。然而经由个人感觉表面进入到存在的内部，毕竟已涉足于理性范畴了，这势必要减弱诗的形象亮度，并使诗境的贯通受到阻碍。这个毛病在张玲诗中是很突出的，作者遣词用语的生涩就是例证之一。因为同时具有较大意义功能和表现功能的词语在自动化了的日常语言中极难寻找，而作者又要强求它，因此，较之李倩那种“我酷爱在这个城市蜷缩/备受呵护/细致地把一封一封的信压薄”既有较明晰的形象感又有较丰富内蕴的语言，张玲的语言不能不说还缺少充分的诗化。

与张玲热衷于情感嬗变过程不同，王晓丹看重结果。作为希望之梦的表象，红帆船消失之后时空便滞留在记忆里，这是一个与其说是浪漫不如说是压抑沉寂的结果。因此，我宁愿抛开“红帆船”的古典味而注意它负载的现代感。《夜景》是一个孤立的镜头，但它极成功地画出了抽象的落寞之情。然而，读王晓丹的诗，我们只看到她站在那里而没有作任何走动，难免使人感到单薄。

在这期女作者诗集中，如果说李倩、张玲、王晓丹等体现了一种现代倾向的话，那么宋德丽、尹坚、邓芬兰的作品则流露出较强的古典（或传统）意味。所谓传统意味的核心在于诗人相信现实的种种具象之中，深藏着许多值得人们珍视的精神，它召唤着诗人去发现它，歌颂它，从而最终构成主体与客体的和谐共存（而不是双向背反，它会导致精神的痛苦）境界。因此这种诗歌大多充满耀眼的亮色。无疑，作为人们长期以来理解世界的一种方式，古典浪漫精神使人更多地亲近现实，并且它带有的普遍的大众意向，使它最大限度地消解了主体纯个人化的偶然、片面，但却有灵性的感悟。客体公认的价值需要的是发现而不是新的赋予和创造，因此主体往往被客体溶解，最终纳入到一个整体的规范之中。说到这里，我们就会理解为什么古典浪漫主义诗歌总是抒发“大我”之情的内在原因。

由于这种创作精神的无形制约，古典浪漫型诗歌在形象的建构上只好更多地依赖客观具象，以便在客体中发掘出更多更深的价值。这使它和现代派诗歌有了明显的分野。后者热衷于对主体本身的开掘，并在主体意念的支配下随意地利用、涂改、变异各种具象，从而使之具有反常性。我们或可这样理解，在古典诗歌中，事物和它的符号及它体现的意义是常规的约定俗成的结构关系，如劳动意味着创造，意味着一种优秀品德；红花绿叶暗示着美好的生活或者爱；动人的田园画卷里活动着充实的人生；而人们的心中，更多的是理解、挚爱和友情。总之，世界和谐得密不透风，偶有痛苦和失意，那也仅只是表层的暂时的，随着发现的深入，必然出现令人感动的大团圆式的喜剧结局。古典浪漫主义就是这样试图以各种各样的天真使人们进入一个晶莹的梦中，在这里举目四望，到处都是珍珠般的露水、红纱巾、月亮宝石及和平的鸽子与绿叶。由于诗人有意无意地避开了个人的痛苦感触（我认为极少有人彻底没有这种感受），我们无法看清诗人的真面，当然也就无法看清他的假面。我这样说并非贬义。因为从欣赏角度看，人们确实需要这种浪漫的引导，特别是当人们身历苦痛心力疲惫之时，美好的幻觉不啻于一支强心针，除非他渴望真正地沉沦。所以作为一种诗歌方式，它反而易于激发人们的共鸣，获得认可，最终为它的存在价值增加了筹码。

回过头看宋德丽的六首诗，我们很容易就可捕捉到上述那种古典精神。那就是她对生活或者说某种积极的人生价值的崇敬。《果果》中果果关于稻子的梦必然地在热情的劳动中化为现实——“果果周身的血管里/割出了遍地金黄”；《走进田园》其实是走进充实的有“圆圆太阳”的桃花园式的生活境界；即使在有人愁肠百结的寂寥黄昏，也会有一种声音“轻轻进来……/钻进我的四肢/使我感到舒服”（《有一种声音》）；也会有“一枚神奇的邮票”“渡来你灼灼的诗心”，从而唤起我的“拳拳爱心”（《一枚神奇的邮票》）。《窗外的风景》很典型地体现了宋德丽处理痛苦（这种痛苦在宋德丽诗中很少见）和外部世界的关系，应该说这是一首有反差的诗，但这种反差没有导致更强的阵痛和反思，却在意想不到的瞬间被和谐地消解了——

在围成四壁的红房子里
有我的血在悄悄流淌

有我的梦跌碎在瞬间
赤裸的双臂环抱自己
推开心窗
回眸一笑
窗外的风景正好

这就是宋德丽式的结尾，惆怅烟消云散，留下的是对生活无限的爱及因此而生的欢愉。今天人们在越来越多地反省了历史文化及人自身之后，在越来越多地体会了生存悖律之后，对人类自身的忧患日渐加重，可以肯定，以那种纯净的目光审视生活的人已寥寥无几。惟其如此，宋德丽那种真纯才显得可贵，它使她的诗晶莹剔透，如有神助，充满了明亮的光辉。就像好莱坞在美国艰难时代用豪华生活和浪漫爱情吸引人们一样，宋德丽以热爱生活的人采撷的花朵感动人。“只要耕耘在那块土地上/会结出一树果”，我们不能怀疑她的真诚，虽然她似乎时时回避把情感律动汇入作品，也无意通过这种自我的感触去窥见世界的另一个侧面。

世界在尹坚眼里保持着宋德丽式的温馨和明晰。她的关于一个少年的《印象》证明了她的情感基调是青春少女那种常见的浪漫和热情。在这种情调支配下，世界不会有纤尘和瑕疵。于是“鸟儿唱红了半边天”“你的眼睛是深蓝的海”这种被移情幻想渲染的句子随处可见。与此相应，其诗的形象构成也相当单纯化——具象加天真的想象，这就是尹坚的模式。如《梦哭》，全诗由两个常规比喻构成，无须深入推敲便可触及诗意。当然我们无法否认她情感的细腻和传情的明晰。不过这于诗道而言是仅为前提的。有时尹坚也试图更深沉地理解生活，如《过春节》《出殡》《那种感觉》等，但这种理解和表现离不开她那个模式，因而显得生涩，有点为赋新词强说愁的味道。

邓芬兰对哲理有特别的嗜好，她热衷于在每一种现象里找到它们。对哲理的迷恋和追求根本而言也是一种传统方式，它的目的是求得对现实的深层把握，从而更完美地和谐共存。我不反对诗中有哲理和信念，但我反对把它们直接暴露出来，因为这会伤害读者的知解力和参与机制。当我们听到“阳光是公平的/只是你敢不敢面对它”时，我们除了被动地说“是的”之外就不必再去做什么了。作者说出了诗味也就没有了诗味。因此邓芬兰的诗较之宋德丽的诗，没有较大的形象包容力；较之尹坚的诗又缺少那种细腻的热情。但我并不就此否定邓芬兰笔下那些哲理，它们毕竟是艰苦思考的产物。

在上述两类取向不同的诗作之外，我想特别提到邓琼芬的《爱的复眼》。我之所以不把它归入上述任何一类，并不因为它有特殊的表现方式，而是因为那种对爱情的复杂体验使我诧异。历来我对爱情诗持一种审慎的态度，我讨厌那些做作或者轻狂或者夸饰的吟唱。而邓琼芬并不如此，她以冷静忧郁的眼睛透视爱情。爱而能超然地审视，痛苦而能执拗地守望，这是坚强心灵的写照。在邓琼芬笔下我们看不到人约黄昏的浪漫，也听不到月下盟誓和夜半私语。作者似乎总是以一种禅悟了人生离乱悲欢的心境来反照那些悠远绵密的情感，无论爱还是被爱，也无论爱还是不爱都是痛苦的。痛苦在这里已经不同于传统爱情诗那样作为一种点缀或一种反衬出现，因此，这种痛苦和爱的交织就获得了升华的潜力，也可以说它具有了一定哲学意味。就像人类在漫长历史中追求的那样，爱之不可得又不能忘其所爱，这个永恒的文学母题在这里得到了不自觉的写照。我不敢肯定邓琼芬在布置爱情复眼时是否想到了这些深远的文化内核，但实际上这些爱情诗确实给了我一种整体的沉重感，一种精神撞击而不是形象的感染，因此我宁愿不对她那些充满硬度的语言进行纯技巧的剖析。她的诗实际上是在使用氛围而不是语境吸引我们。

在我所要描绘的这些女性风景中，还有一幅虽然幼稚但却充满生气的图画。这就是钟煜、赵继慧、高丽萍、刘莉和王小琼笔下的小小世界。这些世界告诉我们成长着的心灵所渴望的东西。钟煜的《找太阳》追寻理想、温暖和美好；刘莉和赵继慧迷恋着大地的恩情；高丽萍和王小琼则自足于少女的心灵世界。你可以说这些情思天真幼稚，但无法说它做作。我想无论对于诗歌还是人生，真纯都是一束高贵的阳光，尽管它无法镀亮纷繁世界芸芸众生。正因此，我才不想用那些老成世故的逻辑演绎来撕破它们。是的，它们经不起这种折腾，但生活需要这种真纯，哪怕只作为一种理想。

当我以粗陋的文字完成这次心灵的游览之时，我再次想到了“人类的艺术”。在这个大背景之下，这些女性风景肯定有诸多不尽如人意之处，但作为滇东女性诗歌创作群体的一次展示，我没有权力过多苛求于它。诗歌的发展犹如造山运动，谁能肯定我们今天看到的女性风景不会在未来的时光中变为滇东文学的美丽奇观呢？

二 明亮的河流

——宋德丽诗歌的感觉与表达

我几乎无法找到一个恰当的词组概括宋德丽的诗歌写作。宋德丽在她的诗里始终保持着一种纯净和明澈，似乎任何语词的指涉与规约都将使它泛起涟漪，从而使我们的透视变得散乱或不着边际。你可以面对玄奥神秘喋喋不休，但却难以在毫无设防的真诚面前显露令人生厌的老谋深算。有时我会觉得宋德丽那些灵秀的诗歌应该属于感觉而不是逻辑和语言。

但这显然并不能构成在理论上忽视一个有灵气的作者的理由。作为一个实践者，宋德丽在 1986 年滇东诗坛尚很沉寂之时就开始并且后来一直不断地在《诗人》《诗刊》《诗歌报》《边疆文学》等刊物发表作品。可以肯定地说，她以勤奋的写作丰富了滇东诗坛的整体形象。然而更重要的是作为接受文本，宋德丽为我们的阅读提供了一个真正富有女性色彩的世界。她把年轻心灵的敏锐和女性感觉的细腻极好地结合在一起，从自我微妙的情绪律动开始，以青春女性的向往和追求、热情和惆怅建构起一个个明亮的意境。其中闪烁着对爱情的真挚渴求、对人生的独特颖悟，对乡土、劳动的热情歌赞以及对亲情的缠绵沉醉。宋德丽似乎并不热衷于对现象进行深邃的理性开掘，她专注的是直觉和情感，再加上巧妙的构思，因此她的诗作在抒情层次上显示着充分的和谐。就像阳光下一条明亮的小河，没有浑浊的浪涛也没有大起大落的喧腾，它静静地流过我们面前，在滇东的大山和峡谷衬托之下，显得极为秀气和柔媚。

读宋德丽的诗歌，有时我会想起阿赫玛托娃那些细腻、精美、简洁、凝练的室内抒情诗，想起“阿克梅派”这个20世纪20年代的苏联诗歌流派对象征主义的矫正。这么说并不意味着我以为宋德丽达到了那种理想的高度。但我们确实没有权利也没有必要去否定90年代中国滇东诗坛上某个女性作者从以往某个大师那里获得的提升之力。时间可以改变现象但无法改变心灵，因此也无法改变诗歌的内在气质。宋德丽的写作环境跟她不知不觉与之趋合的那种诗歌的环境有着天壤之别，这种差别才是我的真正目的所在。如果说我曾对阿赫玛托娃在那个时代里对方兴未艾的象征主义进行叛逆感兴趣的话，这种兴趣便自然要延续到我目前对宋德丽诗歌的思考之中。

谁都知道，中国新时期诗歌的整体氛围在哲学层面上是无穷无尽的寻根、文化反思、心灵叩问和理性探索，在艺术层面上则是日趋普遍化的隐喻、暗示、象征等结构准则的盛行。这是西方现代主义和一个开放时代的躁动与渴望结合的产物。这种氛围当然也笼罩着滇东诗坛，并且由于地域的相对闭塞，滇东文人对生存环境和文学的思考有时显得滞后但也更加深沉。于是我看到高原意识常常弥漫在我们粗放有力的写作风气之中。但宋德丽似乎一开始就置身在这个氛围之外。看她较早的《星星》（《诗人》1986．9期）：

星星在哪里

你轻轻地说
在这
我轻转过身
看着你的眼睛
却只有我
在你柔黄的瞳孔里
星星
我问你星星在哪里
你微微地皱起眉
唉，星星只能就是你

再看她最近的《关窗的时候》（《文学天地》1992. 3 期）：

关上窗子
等于关进了孤独
而孤独是一个熟透的果
把房间映得通红
美味的果
总是奇特的
走进床头的梦境
把孤独扔在枕边
用清晰可亲的声音
问候自己
让一些记忆回到我们中间

抛开具象的不同，再抛开情感由企盼转向回望的变化弧度，我们获得的是作者用诗展现心灵的坦诚和直率。在这里你找不到意念的故意外化和铺张，也找不到高原文化现象的故意涌入带来的拥挤和牵强。可以说作者是在用纯粹情感与直觉造就诗歌，从而使诗的真实性和艺术价值好像建立在心灵的自然状态之上。“好像”意味着那是宋德丽有意为之的结果。因为我不相信不加任何升华的自然心灵能够成为创作的母体。如果以为宋德丽只是自我心灵的忠实记录者，那就过分小看了她。因此我们与其说直接抒写心灵是宋德丽的一个基本的诗歌观念，还不如说这个观念是用心灵主动去融汇、内化外物，从而使之呈现高度诗性更为准确。我想，有了百余首一以贯之地体现着上述观念的作品，说宋德丽是一个诗的自觉者和自为者并不过分。

那么她为什么必须如此结构作品从而使自己仿佛置身在那躁动的诗歌氛围之外呢？这看上去像一个无法回答的问题，因为它似乎已经超出了我们可以面对的文本。然而事实上在任何一个有作为的诗人作品深处，都可以窥见作者之所以如此作为的原因，比如为一种精神爱情而写作的艾米丽·狄金森，再比如为不可割舍的田园和乡村而写作的谢尔盖·叶赛宁。那么在宋德丽的作品深处看到了什么，答案是明确而一贯的，那就是她对生活美好面的信仰和尊崇。换言之，在宋德丽的眼中——不，应该说在她的诗中，生活总是被赋予了理想的美丽色彩和圣洁的光辉。宋德丽用自己独特的方式把复杂的生活纯化，从而使它成为温馨和谐、晶莹明亮的艺术境界。当然在她不同类型的作品中，达到这个境界的方式又各不相同。

让我们先来看看她分量最重的爱情诗系列。不过说它们是爱情诗也许并不很恰当，因为其中大多数作品并不涉及某个确定的爱恋对象，也不追求传达某种普遍的爱情信条和哲理。它们给人的印象是潜藏于少女心灵深处的某些情绪对敏锐感觉的依附。也许作者自己的概括更为准确，宋德丽曾经把这个系列中一组极重要的作品定名为《青春期情绪》（见《诗人》1989 年 11 ~ 12

期)，我觉得这几乎可以作为这个系列的总称。青春期情绪是一些具有丰富内蕴的情绪，像宋德丽这样注重心灵和感觉的年轻的女性诗人，以此作为创作的主要园地是再自然不过的。然而我所重视的是宋德丽如何处理这些情绪和她处理的结果。因为我们知道，处于这个生命阶段的女性心灵是融汇着多种矛盾的复杂的运动体，它热情而脆弱，执拗而多变，充满各种莫名其妙的幻影和惆怅，总之并不是每一种因素都有艺术意味。因此在作者对它完成的审美升华中必然可以看出主体的创造能力和创造的价值。宋德丽看中的是青春期情绪中的幻想和浪漫成分，也可以说是显示青春和生命美好的成分。为此她需要一个抒情对象来充当升华的阶梯。于是我们在她这类诗中，随时可以看到一个时而明晰时而模糊的“你”，它的存在使作者的情思得到激发同时又找到归宿，当然也使作者所有表述显得极像恋人的喃喃低语——“只要读你/似天上的一滴雨水/地上的一颗露珠使我清醒”（《眼里的路》），“我的心/写进你的诗篇/每当我读到它/便溅起一阵阵心跳”（《心底的小溪》），踏着鹅卵石路面/往事欢乐/随你飘向遥远”（《夜》见《诗人》9~10期），其中《一枚神奇的邮票》（《诗人》1990年5~6期）最有代表性：

一纸如帆
渡来你灼灼的诗心
给我一个蓊郁的林子
我是那林中鸣唱的鸟
当我走进密密麻麻的叶脉中
那躁动的音符
把一卷卷旋转的梦
收藏在及天的绿叶里

一叶如舟

摇在我拳拳之爱心

在这种已近乎于纯粹爱情诗的方式里，如果没有“你”，作者恐怕怎么也难以拉开想象的空间。也正是“你”才使这些诉说显得缠绵悱恻，像一个低徊的旋律，它绵延于宋德丽整个创作过程，充分展示了她情感的真挚和幻想的浪漫。对于诗歌来说，这是一种可贵的气质，因为它与艺术宏观上对生活的美化涂改是一致的。生活的哲学本质也许是悲剧性的，但这并不排斥诗人浪漫的权利。诗毕竟不是哲学，何况我们也很难说在痛苦的生活基点上钟情于美好理想就没有一点哲学的超脱。从这个意义审视宋德丽的作品，我们便不会在它的真挚和浪漫面前无动于衷。除非我们心灵中已经没有任何一点爱心。

但我说过这个作用巨大的抒情对象并不确定，否则它肯定要使宋德丽的写作显得狭隘。宋德丽并不是自己作品里的一个现实者或者说一个恋人，她是上帝一样支配自己诗歌世界的主体。因此她所做的一切都不过是一种技巧（如果你看不出它，它就接近了好技巧），她试图以此来达到两个取向相反的诗歌目的——实化和虚化。前者以煽情为标志，后者以拓宽意境为标志。实际上宋德丽做到了这一点。这主要体现在她常常选择那些具有柔和的表情性质的具象，如梦、红房子、爱的小屋、诱惑的太阳，以及眼里的小路，心底的小溪、星星、雨丝，神奇的邮票等作为情感载体。这些载体的运用首先使抒情对象虚化，即使它只作为象征本体潜藏于太阳、小屋、梦、小路等现象的后面，这必然造成由此及彼的联想和深邃的层次感，从而增加形象的厚度，同时也使语言变形有了合理性和可能性。因此表面看作者似在吟咏特定的具象，而实际上是在表达自己独特的情感体验。在接受者那里它激发的是欣赏思维的活跃运动，从而产生栩栩如生的感觉。其次那些作为载体的现象都有约定俗成的大众效应，它们与世人常规思维中关于柔情蜜意的幻想常常不谋而合，因此无需多少知解力参与鉴赏也能激发浓郁的浪漫情调。有了上述两种基本方式，宋德丽的诗便能在单纯中显出情感的深厚，在漫不经心中显出意念的执著，在轻松的语言组合中显出结构的沉稳。如果作者想表达对美好生活的向往，对青春期带有朦胧色彩的美丽心态的肯定，她确实就能做到丝丝入扣，一步步把你吸引到那种氛围里。

我们可以从《红房子睡熟时》获得具体例证——

当红房子睡熟时
一种距离残酷地移动着
睫毛夹着孤独的晶莹
用银丝织成七色的花篮
放在枕边
抽象成甜甜的梦

这是第一节，它的目的是有意摆弄一种“距离”，但与现代派截然不同的是，这好不容易展开的距离并不是目的，因此如果你以为宋德丽要在这距离中引入对存在的深刻体验（如不和谐，或者大悲大痛）你就错了。这只不过是煽情的手段，或者说是力求与你站在同一水平线上的借口而已。距离其实并不重要，重要的是化解、折出这个距离的心境，也就是结果。这才是宋德丽的真实意图。因此在“距离”和“孤独”之后，一定要出现“甜甜的梦”或者其他类似的东西。这是宋德丽的一贯方式。当她获得了这个主观视点之后，她就可以尽情地让纷繁的现象呈现奇异的浪漫色彩，于是我们接着就读到“窗花闪着带野味的眼神”“赤裸的夏夜/浅浅地溢在早晨的露珠上/遥远的宁静被火球击碎/成紫色的记忆”这类被移情联想涂满新奇色彩的句子。当然其中最动人的是：“夜灯下偷偷把一瓣桃红/印在唇上/让微笑在我的空间里游动”，无论从形象的明晰程度，还是情感的纯真、浪漫上看，这都是真正富有诗意的创造。“微笑”充满情感但又是超功利性的，于是它便大幅度拉开了现实的距离，从而张满了审美的力量。当我在思维屏幕上看到这个沉浸在浪漫幻想里的女孩形象，关于爱的纯粹和圣洁的想法同时充满了我的思想。这可爱的女孩是一个幻象，使她富有生气，仿佛触手可及。宋德丽就是善于通过这种有跨度的心灵空间的巧妙布置把我们送入一个个并不虚幻的梦里，从而引起我们关于美和爱的想象。结果可想而知，由于触及了生活中最可贵的东西，纷繁的现象给我们带来的焦虑痛苦便得到缓解乃至消除。可见宋德丽并不是在简单传达而是在塑造一种积极的生活信念。惟其如此，它才充满了感染力度，才在复杂的青春期情绪中显得纯粹晶莹。这正如阿赫玛托娃的唯美抒情诗强化了她纯粹的爱与美信念而使她几乎始终远离嘈杂的现实一样，它体现了诗人的创造力对生活的有力矫正和美化。因此在读宋德丽《爱的小屋》《眼睛》《醒来的梦》《感受温暖》《窗帘》《枫》《枯红的日子》《信》等作品时，我常常格外小心地注意那些作为上述心灵对应物出现的现象。譬如“躲在一片氛围里/袒露深刻的温馨”的鲜艳果子，以及在空旷的原野上点燃相思，并“向红色/诉说孤独”的枫，等等。但它们表面上几乎都新鲜奇特，有强烈的形象感，但它们真正的魅力来自于温柔之爱赋予它们的诗性，来自于它们对优美与平静和谐心灵的象征。只有仔细品味它们蕴藉的春意和朝气，你才能真正把握宋德丽爱情诗歌积极浪漫的内在气质。

上述敏锐流畅的青春情绪，在关于乡土和劳动的作品里，体现出另一种浪漫情调。

宋德丽，这个热情的歌者把故乡、土地、高原、劳动的人们以及自己的童年生活作为写作的第二个重要方面同样是很自然的事情。然而我觉得，对于久居城市，其实并无复杂的乡村生活体验的作者来说，这种题材应该是陌生的。事实也确实如此，宋德丽的诗几乎都不涉及具体详细的乡村生活细节，她不需要或者有意避开了那个她并不十分熟悉的主体对客体的体验过程，她所依赖的是自己基本的生活信念和诗歌观念，据此她才得以把大山、大河、野花、水稻、蚕豆、胡萝卜、草帽、老茧、秋天的话语、乡村的记忆、小女孩的歌谣等等都化为想象世界的迷人情景——有的甚至接近蜃景。于是在《流韵》（《全国首届千家青年诗选》）的结尾“变密了的日子/在笑声中抽芽/悠然地/嚼出了稻香”，在《者海》（《大西南文学》1988年9期）的结尾“无穷的绿/挤满了大山/大山醉在湖泊里”。在《牛栏江》的结尾，“两岸的群山都绿了”，宋德丽几乎都以这种方式来结束她的每一次吟唱。谁都可以看出她使客体现象发生了大幅度理想化变形，最终使它们都成为与主体和谐与共的顺己力量，哪怕实际上它们是多么严峻地对抗着人的生存，譬如者海，其实它只是一个在遥远年代就干涸了的高原死海，在那生活的人们每年都如盼望神灵一样地盼望着雨水；再譬如牛栏江，它对高原有力凶猛的切割造就的大峡谷和山脉断裂无不使人触目惊心，进而深感生存的艰难；而所有劳动恐怕都不会是轻松浪漫的。但宋德丽就是要使这一切都变得轻松而浪漫，即便她不得不涉及痛苦（只有少数时候她才正视这些痛苦，就像《牛栏江》的前半部分那样），那也是为最后升华作为铺垫。所以读她的乡土诗我总是会遇到一个突然的转折点，而这个意外的变化几乎无一例外地把我导向那种光明的结尾。因此可以说宋德丽并不是一个严格意义的乡土诗人或高原诗人，那些人几乎都以追求对乡土的投入和认同作为归宿，他们看重在细致的乡村生活和高原环境体验中触及生存的滞重、痛苦、朴素的温情及其由此所引发的绵长怀念和愁绪。与此相反，宋德丽总是以富有浪漫色彩的心理定势来涂改对象从而使之沉浸在牧歌式氛围中。

因此，我们才可能从她的诗中读到高原苍茫的大山的另一种动人情景——

家乡的山
像骆驼在行走
山将风安顿好
让我们停下来休息
山坡上的花
在整齐地跳舞
收割后的土地上
留下了一堆玉米

一切都显得轻轻松松，仿佛说声“芝麻，开门”，装满珍宝财富的神奇的石门便缓缓打开。这是一种真正的神话境界。然而轻松并不意味肤浅，这正如神话并不意味无知一样。因为我们知道，任何自在状态的物象本身都不会有什么天然的艺术意味，它们之所以能成为某种艺术符号和情感载体，那是人的实践活动特别是艺术家的创造思维外射到它们身上的结果。因此对艺术创作而言，纯然自在的客体并没有决定性制导力量。有这种力量的是主体的生活信念和艺术理想，是它们借助了想象才改变了客体从而最终使其成为具有主观色彩的意象。因此想象的飞腾飘逸和不切实际有时不但不会破坏艺术的价值反而会加大这种价值，只要它在整体上合于人类至善至美的追求。而主体的生活信念和艺术理想只能来自于超越狭义生活体验的更广泛的文化哲学意识领域，对创作来说它应该是一个先在的视点（注意，它并不同于一个先行的观念，后者因急功近利而显得异常狭隘）。这样来看宋德丽的主观化诗歌方式，我们便难以简单否定它的价值。难道我们可以无视劳动创造的价值吗？难道我们能够把心灵的渴望从灵魂的版图中抹去吗？如果不能，那么像宋德丽那样把劳动视为人的高尚品格和精神的形象标志，对它带来的丰硕果实和欢乐进行毫不掩饰乃至夸张的礼赞，把严峻的现实按理想的方式进行最为动人的塑造（即使只是作为一种幻象）也肯定是一种富有价值的艺术创造方式。当然由于持之以恒地使用这种方式，有时难免使人感到整体上缺少变化。但单纯只要体现了信念的执著和心灵的坦诚，那么它就不可能是一个缺点。何况按照这种方式，宋德丽把自己的敏锐感觉和丰富细腻的想象结合起来，力求做到使每一首具体作品都具有独到的韵味。譬如《豆声》（《诗歌报》1992 年第 5 期），没有人能否认它的生动传神，而这种生动传神就来自于上述信念和技巧的结合——

俯身在一片温馨的豆声里
摘一枚青豆
如摘青青的月亮
打开青豆
一些晶体粒状
露出微笑的脸
清澈的眼睛
闪着泥土的声音
蹦出弯形的住所

便能听到豆子的叫声
看到豆荚外的人们
在秋阳下
交流黄金的语言

这是青豆的自然描摹吗？这是一个摘豆过程的简单展开吗？不，都不是！这其实是对劳动和田园生活无限热爱的童话式表现，是精神在朴素的劳动中充实丰满的最形象的写照。

只有这种深厚内蕴作为背景才会使再平常不过的青豆活灵活现有声有色，像一个青色的精灵。也就是说生动的青豆不过是一种象征，真有魅力的是它的创造者，秋阳下喊出金黄的语言的人们。然而反过来我们又无法否认，人的魅力是由于青豆的生动才生动起来，这种相辅相成，必然使作品获得极为对称均匀的内在结构。可以肯定地说，这决不是简单的忽发奇想所能促成的。

除了上述两个重要的创作取向外，宋德丽写了不少对普遍的人生哲理进行叩问追索的作品。她很认真地注视现实中纷纭的现象。执拗地想获得某种独到的颖悟。实际上她确有所收获。在一支燃烧的蜡烛中她发现人生价值和无私奉献的关系（《烛泪》）；在一面破碎的镜子里看到毁灭的创痛和坚强心灵的真正作为（《破碎的镜子》）；彩虹中有热烈壮丽的启示（《虹霞》）；春光里满含抵抗孤独的力量（《春韵》）；山与河的相互依傍体现着友谊的可贵（《山与河》）。如果说这些作品使我感到了禅悟的价值，那么也使我感到作者所作努力的艰难。这类作品几乎都流露着某种程度的现代感，因为它们触及了事物的内在本质，从而使宋德丽无法避免地要去表现生存的不和谐及相应的痛苦。我们知道，这是违反宋德丽的一贯想法的，因此，为了达到她所热衷的平和宁静的诗歌境界，她不得不用更多的气力和技巧来消解它们，于是我们在这类作品中，常常可以看到故意深化带来的别扭和牵强，看到客体的痛苦规定性和主体欢乐色彩的不和谐共存。总之，除少数作品如《草——内部的河流》之外，宋德丽并不能很好驾驭那些沉入现象内部的构思。理性并不是她的所长，许多时候她都会使刚刚展开的更有价值的思考消失在突然来临的对哲理表浅触及的快慰和满足中。

现在让我们回到开头那个话题。

如果说对宋德丽创作状况的描绘，已经使我们获得了她之所以乐此不疲地建构自己诗歌世界的原因，那么，我们不能不对她这种以抒情而不是以理性开掘为支柱的创作方式进行深入思考。抒情是诗歌的传统本质，是使诗作为美的最高形态的基础因素。但它容易使人满足于幻象，从而沉湎于自足的享乐原则之中。这是它之所以受到某些现代派艺术排斥的主要原因。后者往往建立在对世界，对历史现实和未来的深入把握之上，也就是说它热衷于理性，热衷于来自哲学的深刻（当然它并不是哲学的翻版）。然而在日趋复杂、混乱、无序化的现代社会，人们所面临的普遍危机造就了人们对理性的渴望，因为任何盲目的行为都只能加深危机。这是一种别无选择的选择，并不能证明情感的无价值。在此意义上，把追求抒情层次的诗歌创作笼统地归于媚俗的大众文艺而加以轻视并不明智。并且我以为，如果艺术的价值确实需要潜在理性来界定，那么真正的抒情艺术并不就是彻底缺少理性的，否则它必然杂乱无章。像宋德丽那种具有明确的积极的情感取向的诗歌，只能是信念的产物。这是个起码的价值基点，它证明了作者的作为具有合规律合目的性，它把人与世界，与自我心灵的和谐作为理想凸现出来，而理想具有日神光辉，因此即使如悲剧哲学家尼采，在充分肯定酒神艺术的深刻性的时候，也无法否认日神艺术的存在价值。有时仔细想想，艺术确实不过是一场梦，所谓艺术精神不过是展望未来幻想美好的精神。正是现实和理想的反差才使人总要热衷于理想，但并不是每一个人都能充分注意到自己真正需要的东西。现在有了宋德丽的写作，有了这条明亮的河流，它把我们必须昂首仰视才能看到的蓝天、白云、美丽的彩虹、自由的飞鸟倒映在我们面前，我们感到明净和新美是必然的。它浪漫但并不虚幻，因为在它的内部，我们可以“默默地品味/匆匆的人生曲/会感到真挚的/爱无限……”，这是1992年宋德丽《信》这首细腻诗歌的结尾，我想，用它来作为对宋德丽诗歌阐述的结尾不会有什么错误，因为它极形象地代表了宋德丽作品所传达的情感世界和表达方式。

三　女性视野：寂静与躁动

——杨艳琼作品中的丰富层面

（一）

在我认识的滇东作家中，杨艳琼是颇具特色的一个。

我第一次读到她的作品，是作为评委在一次小说大赛的评奖过程中。那时，我并不知道这个年轻的女性，二十刚出头，已经有了颇为丰厚的创作成绩，并且肩负着一个大县文联常务副主席职务。我只是在那篇形式感极强的小说里，在那种飘逸畅达，艺术韵味十足的语言中，触及到一种先锋的创作观念和深厚的文化思考。这与我所了解的滇东作家的写作方式不大相同。可以说杨艳琼的写作充满了独特鲜明的新意。

后来，面对杨艳琼的散文集《另一种方式》（东方出版中心1999年版），上述零星的感觉开始变得丰富。

认真读完《另一种方式》，我觉得，杨艳琼的确是一个极富见地、有着灵敏的艺术感觉和独特表现方式的青年作家。在这本集子中，她并不靠丰富的生活阅历和奇异的题材来支撑其艺术世界，她只是凭着青春的活性与敏感，留心平常而又平常的生活中那些极细小的事情，让它们在一个少女纯真而又浪漫的视野中幻化出一种近乎纯粹的美，做到了细小中见深厚，平淡里出韵味。在“踏着三月的风”这一辑具有代表性的作品中，她的身影穿过春天的草地、树林、花丛和小河，兜一个圈子，仍然回到这些使人神往的景色里，这里没有夏日惊雷的跌宕起伏，也没有秋雨的凄苦与缠绵，更没有冬日肃杀的寒气和悲意，一切都是清晰而明快的。作者为童年的友谊、向往和朦胧的爱而激动，为山野的清风和村童的淳朴而沉醉，一切都是清晰而明快的。她热爱每一只小鸟、每一个人甚至每一寸时光。有时她会坐在风铃叮当的窗前，凝望白云悠悠的蓝天，生出许多诗意的幻想，她用始终如一的轻盈的语调写道：“我喜欢看春天里大自然的一切，就连风过后树枝的微微颤动也使我有写诗的冲动，——我还喜欢看蓝蓝的天和白白的云，时时在蓝天的深幽和白云的飘渺中进行着无际的联想和编织，自己觉得这就是上天赐给自己的最大幸福了。我还喜欢春天的绿树，有月亮的晚上，树的影子长长地拖在地上。我也喜欢在春天的夜晚，看着窗外不停地眨着眼睛的星星，回忆一些充满着温馨和诗意的生活情节……”这类话语仿佛是一个长长的甜梦中的独白，听着这样的独白，我们仿佛也会不知不觉走进那个纯洁静谧的世界，耳畔倏然少了市声的嘈杂与喧闹。在这个纷繁熙攘的世界上，难得有如此深挚的真情与童心，使我们得以怀想童年，迷恋自然，唤起对生活之美的心驰神往。

这就是杨艳琼，一个真实、诚恳，甚至有些稚气的话语主体。

当她沉浸在她的述说中，她几乎目不斜视、一气呵成。连贯的语势中透出明显的自信与自如。她善用层层深入的句子，连最细小的事物在她笔下也会被挤出深藏着的内蕴。因此她的写作自然获得了丰富的抒情机缘和依托，有了众多的感悟与激动，以及一份难得的细腻与从容。

但我们不要把杨艳琼误认为一个矫情的说教者或被浪漫的幻想所笼罩的中学女生。因为她一方面真诚地感受着这个世界，真诚地热爱着它的美、它的赐予和诱惑，一方面又用少女特有的忧郁和迷惘的眼睛注视着它的阴影，她知道自己的写作充满了理想的光辉，文字与情感造就的玻璃世界与现实之间天堑相隔，是所谓的“另一种方式”。一种本真的美好的情感、理想、生活状态乃至爱情和婚礼中的浪漫原来竟是外在于我们自身而存在的镜中花水中月，亲历现代生活的劳碌、忧患与疲惫的人，对此大概会不无同感。在这个层次上，你会读到杨艳琼笔底蕴含着一种文化沉思，一种若有若无挥之不去的关于无常人生的怅然。当然它是以形象的方式展开的。你会感到杨艳琼所建构的纯美境界正越来越多地超越我们所置身的现实空间，成为一个意念，一种梦，一个情结，或者一种普遍的心理趋势的象征，其中幻想与浪漫、感悟与哲理、痴迷与怅然交织而为人生的另一种方式——闪现着本真与纯粹，但对我们而言已远而为梦的方式。

当然，这也是独白者的话语方式，她执拗的语气必然让人难以亲近，难以通过简单的浏览，便获得散文那种特有的世俗与平易的感觉。杨艳琼强烈的创作意识已使她的作品离开了散文那种常规的叙事格式。因此《另一种方式》尽管萦绕着早春和童年的稚气，但那是它的外观，它的内部诗意浓厚哲理细密，即便是短句集成的“断章”一辑也这样。它们需要阅读的耐心，需要细致的体验和品味。对于散文而言，这也许是一个缺点，但是可以肯定，它同时也是一种优点。因为在我们周围，有太多的写作拘泥于客体，使我们难以看到作者我行我素的创造气度。

（二）

杨艳琼强烈的创作主体意识在她的小说中体现得更为充分。在20世纪90年代后期，我读到她的一些小说作品，这些作品后来大多被收集在《冬天的舞蹈》这个集子里。从中我们可以强烈地感觉到杨艳琼写作的丰富层面。女性视野，寂静中暗藏躁动，躁动中内聚寂静，一个复杂的小说世界使我感到了深入阐述的必要。

在写作越来越精细化的时代，写作者的角色意识、主体姿态已经成为一个不能忽视的重要问题。过去，所谓角色和姿态，是自然而然地形成并潜藏在作品中的。写作毕竟是作者的写作，文本既成，角色与姿态同时也就得到展示。这种“放任”的传统写作方式，并不适合文化的多元与多样性，缺乏精确定位与角度选择，会使无所不能泛化为无所作为。譬如过去占主导地位的上帝式的全知全能叙述，表面看十分明显地凸现了作家的主体性，但全知全能是一种真实吗？生活，特别是现代生活并未给它提供足够的可行性，坚持全知全能，实际上只能宽泛地理解和处置一切生活与文化现象，浮于事物的表面，甚至提供更多的假象。正因此，限制叙事、纯客观叙事，这些表面上削弱了叙事主体色彩，但实际上却要求更多主体智慧的叙述方式，才越来越多地显示出了自身价值。当然，小说叙事者的角色意识和主体姿态是一个比叙事方式更为宽广的领域，它要求作者在明确的角色意识引导下，充分展示出切入生活把握生活的独特性与言说的明晰深刻。在此意义上，可以肯定地说，角色意识和主体姿态的主动呈现，是写作状态切近时代的一个标志，也是写作者走向成熟的一个标志。

杨艳琼正是以这样的方式出现在她的小说世界中的。

读她的小说集《冬天的舞蹈》，我有一个鲜明的感觉，那就是叙述方式的吸引力超过了事件本身。对于叙事文学作品的写作，这不能不说是一个重要特点。在这部小说集的10个中短篇作品中，杨艳琼自如地讲述着她所理解的生活，而不是被生活事件所支配。她用自己富有特色的方式，一以贯之地将生活现象纯化为一种心灵状态，使它们的粗糙、繁杂和喧嚣倏然退去，呈现出一种艺术化的寂静。杨艳琼的作品里一般没有构成事件的具体翔实、丰富多样的细节，甚至连事件的整个外观和边界也是模糊的，人物的言行举止常常在缺乏铺垫的情况下突然发生，鲜明而飘缈，动荡而平静，这是十分典型的心灵时空中的图景，一种被涂改了的生活。也就是说，杨艳琼在她的作品里展现了一种独特的小说情景，这种独特的情景只能来自于独特的叙述方式。那么，这种独特的叙述方式是自觉的选择还是自然的巧合呢？“我一直在思考，我该以怎样的方式，走进阳光……”，这一句被杨艳琼用作《破裂》题记的话语，当然是一个暗示。只不过，对于《破裂》而言，它暗示了本篇小说荒诞外观内部的意蕴倾向，而对于《风中的舞蹈》这个集子而言，我以为，它暗示的则是作者把握生活、建构小说世界所要追寻的个性化方式。换言之，它证明杨艳琼已经意识到小说叙述者的重要性。小说永远都是言说者的世界，它的价值取决于你所言说的生活，但更取决于你如何言说它，即你到底掌握着“怎样的方式”，这是一个自为的小说作者应有的认识。

杨艳琼的作品提供了很多证据证明她是一个有自为意识的叙述者。她细腻而富于幻想，她关注情感的每一次颤动，她展示内心，试图为它寻找最恰当的归宿。她将爱、婚姻与理想，甚至与死亡紧紧捆绑在一起，让笔下那些青春的生命行走在这个充满诱惑与冲动，也充满羁绊与限制的世界，进行着无可奈何的选择……在对这一切所作的言说中，杨艳琼作为叙述者的姿态并不是传统小说那种普泛外露、高高在上的姿态，而是将自身消融于过程的姿态。作者既驾驭着文本世界中的生活，又让这种生活显示出不可驾驭、无法驾驭的力量。其中叙述的智慧色彩和当代色彩是十分鲜明的。我感到这种小说方式与20世纪以来日渐显示出独立价值的女性写作方式是紧密相连的，甚至可以说，杨艳琼正是以女性写作方式，提升了自己的小说品位，使自己的写作因“入流”而获得更多的价值。

当然，这种判断需要文本状态提供支持。因为所谓女性写作并不由作者的性别来决定，并不是任何一个女性作家都可以使自己的写作成为“女性写作”。杨艳琼小说的女性意识，体现在她独特的观察视野和表现方式所构建的艺术空间中，这个空间给我的整体感受是寂静与躁动相辅相成，融彻为一个艺术整体。这是一种蕴藉于作品之中、荡漾在作品之上的韵味与风貌，并不属于作品所直接展示的有形之物。直观地看，杨艳琼的小说也不断地写到狂暴的行为，比如情杀，在《风中之门》和《荷女》等篇中，作者甚至还将它的血腥与残酷作为叙述的支点；杨艳琼还写动荡的情感纠缠，甚至可以说《冬天的舞蹈》所包含的10篇作品，都是以这种纠缠作为编织经纬的，因此，各种形式的婚外恋、三角恋以及由此所牵连出来的性，在这些作品中便有了举足轻重的地位。对于小说而言，这些东西肯定是外展性的，充满了诱惑的动势。奇怪的是，它们并没有使杨艳琼的作品成为以外部动作体现内在意义的作品。在阅读时，我们感到的是一种内敛与收缩，动荡归于宁静，喧闹归于沉寂，仿佛看一部倏然消失了声音的精彩影片，在惊奇与焦急之余出现的强烈感受是费解，是与作品的隔膜。杨艳琼写得越好的作品越令人费解，像《冬天的舞蹈》（这个中篇的题目又被当作整个集子的标题）《风中之门》《流夜》《荷女》《嬗变》《破裂》以及《印痕》都是这样。由于失去了“声音”，你只好调动其他感觉，甚至思想去切近作品，结果，由于感受方式的变化，你在这些作品中当然会产生更为陌生的独特印象。

怎样来理解这种并不具体的无形的独特印象呢？我感到一种表达的困难。牵强地说，杨艳琼小说的独特首先由她对生活的选择与纯化体现出来。从题材角度看《风中的舞蹈》，其10篇作品几乎全部取自情爱，即使《荷女》所展示的复仇，《游戏规则》所展示的商业权谋等，也是以情爱，甚至性爱作为动力的。杨艳琼所写的情爱，并非融会于事件中的情爱——像《红楼梦》所写的那样，而是以情爱为中心来构置事件，这倒有点像琼瑶那种通俗化的女性言情方式。如果没有升华，这显然是一个缺点，因为小说是一种热衷生活细节与生活多样性的文本，就生活本身而言，情爱、性爱当然是重要内容，但不是唯一内容。那么杨艳琼为何作这种单一化的选择呢？在对《风中的舞蹈》的解读中，我感到，这恐怕要归结到作者所采取的叙述角色的“天然”限制和这一角色所具有的“天然”优势这两个矛盾因素的交融统一之上。作为女性作者，杨艳琼当然有可能在其小说言说中成就“女性角色”，但更重要的是她在力求成为具有现代意义的女性作者。这种角色选择首先使她无法更为开阔地更为自如地开掘生活，开掘文化。严格说，这并不是杨艳琼个人的局限，而是女性文学的整体状况。在女性文学特别是中国女性文学的历史进程和相关行为中，女性总是处于一种更为被动的地位。作为文学的对象，女性无法摆脱“被看”、“被支配”地位；作为文学的表现主体，女性作者首先必须展示这种被看与被支配才会获得基本的言说价值。而被看与被支配的最好场所，首先当然是情爱与性爱世界。即使在20世纪末期，女性文学成长壮大之后，人们对之的考察与评价，仍然无法离开这个世界。人们似乎仅承认，只有在情爱与性爱世界里有了超越和独立意识的作品，才是真正成功的女性文学作品。这导致大胆的自我展示、自我呈现（如私写作、身体写作等）也成了争取“独立”、获得女权的一种方式，甚至形成一种文化潮流。在这种情况下，女性文学的自主选择，实际上成了无法自主的被动适应。但即使在这种情况下，女性作者的细腻与敏锐也并不因为这种限制而消失，相反，她们在这个需要细腻与敏锐的情爱世界找到最好的发言场所，她们可以自如地按自己的方式，充分展现这个世界并使之获得某种升华。因为在情爱问题上，女性是天生的理想主义者。而作为文学，因为有了这种升华，便会开始闪现艺术的光彩。杨艳琼的作品可以作为个案，从一个方面，丰富我们对中国女性文学的整体性认识。

那么，杨艳琼是怎样来升华她所纯化的这个生活世界呢？换句话说，作为一个女性作者，她的理想主义色彩到底如何体现出来？这不能不再次说到《冬天的舞蹈》中所弥漫的心灵化方式。“我多么渴望一种自由的飞翔啊……”，这是《印痕》的第一句，一个叙述的起点，谁都可以感受到它的诗意倾向。你可以设想，在这个理想化起点上所展示的叙述将是一种什么样的叙述，在这篇作品中的男主人公落寞、苍凉但又充塞着渴望的内心深处，那种女性化的纯真与浪漫将引起什么样的躁动。在《冬天的舞蹈》这个最重要的中篇中，上述心灵化趋势更为明显，更为有力，也更为沉着。“我早已熟悉了这纷乱而迷离的霓虹。然而我讨厌那幽暗的过程。我一直在冰冷而漠然的角落里等待舞场结束华灯初放时那辉煌的一刻。仿佛只有在那样的时刻，我生命的钟点才真正敲响，并以一种隐蔽的方式，引导我走回原处，走向我人生的归宿……”，这种独语式的题记出现在篇首，十分明确地将写作导向内在的心灵空间，结果，外在明晰而简洁的生活状况、人际关系被挤压扭曲，发生了十分复杂的重组，在形式上就形成了对阅读的阻拒。可以说《冬天的舞蹈》是一篇难读的作品，但也是一篇较为深邃的作品。几代人之间的爱与恨，怕与无法选择的选择，在“我”的感觉里，在艺术（舞蹈）绵延不绝的力量中，幻化为一种扑朔迷离的心灵状态，一种似乎永远解不开（死可能是唯一的方式）的情结，使我们感觉到命运的柔弱与强韧。读完这篇作品，我似乎猛然发现，把复杂的生活单纯化，又把单纯的生活复杂化，这是杨艳琼最为重要的一个写作路数。当然在她的几个比较成功的文本里，由复杂到单纯，再由单纯到复杂的变化并不是不断回到原点的重复，而是螺旋型不断上升的，它的运动过程，拓开了一个个新的空间，在这内在空间中，平淡的现象被添加了特别的韵味，宁静的气氛里产生了躁动与不宁。正如帕斯卡尔所说，“这无穷空间的无终寂静使我战栗”，杨艳琼作品中的躁动正是一种寂静的战栗，或者说是一种被诱发的内部躁动，带着感觉深度的心灵躁动。它来自于女性的感觉和渴望深处，来自于小开掘引出的大主题。说到这里，我们也许就不能不说到体现杨艳琼小说独特性的又一个因素，即纯化生活的升华方式。

你可以说，在《冬天的舞蹈》这个集子中，几乎所有篇目都在书写“感觉”，其差别在于有的是直接展示作者的感觉，而有的则被转化为人物的感觉。感觉是细小的、表面化的小说因素，但在杨艳琼的笔下往往能够使它们指向某些巨大的深沉的旨意。在文学创作中，那些巨大而深沉的东西只会是艺术共同的母题，比如生、死、爱，以及由此派生的艺术理想、宗教信仰和哲学沉思。表面看，它们是世俗生活之外的不具备功利价值的因素，但却对生活的品位和质地起着十分重要的提升作用。对于创作来说当然也是这样。杨艳琼对生活的虚构化提纯正是靠这些从生活表面无法直观的东西提供支持的，否则它们不可能具备可信度，更不可能具备厚重感。比如《风中之门》所写的水镇，那是一个诗的小王国，里面充塞着诗人，几乎任何现象，包括情欲和它引来的凶杀都被诗化的感觉作了艰难的提升。纯粹的诗意弥漫的小镇有多少真实的力量？我只能将之视为一个想象的小镇，一个梦幻的世界，它给人的第一印象是不可信，但被诗意提升的情欲乃至人生选择则具有天然的感召力说服力，因此我们又不能不信。荷尔德林用“诗意地居栖”来艺术化地阐释海德格尔的思想，无论对于人生还是艺术，诗意地居栖都是不易达到的浪漫与痛苦并行的境界，但杨艳琼的作品要尽力靠近这个境界。水镇正是这样一个缩影，冬天不断上演的舞蹈所表达的也正是这样一个意蕴，在《随风飘逝》中，随风飘逝的同样是生活中的这一点浪漫与诗意。可以说杨艳琼小说的深厚正在于她力求通过女性感觉来传达关于生死与爱的文学母题，其中艺术——在《风中之门》中是诗，在《冬天的舞蹈》中是燃烧的舞蹈，在《随风飘逝》中是流畅的音乐——起到了串联、萦绕和升华的作用，或者说起到了贯通作品的线索的作用。这比起以事件中的时间和因果关系作为叙述线索的作品，杨艳琼是不是已经找到了一种更为写意化的小说方式呢？相信读者在她的作品中，自会找到自己的答案。

我想进一步强调的只是杨艳琼的叙述方式。这是一个已经被反复提到的话题，我想再作说明的是关于女性化的叙述角色和叙述口吻在杨艳琼作品中的具体体现。稍加注意就会发现，在《冬天的舞蹈》这个集子中，有许多作品选择的具体叙述者并非是女性，而是男性。一个男主人公用内心独白的方式絮絮叨叨地言说着他所感受的女性世界，但这绝不意味着杨艳琼的作品不是女性视野的展示，叙述角色和叙述口吻是属于作者的更为宏观的选择，它可以技巧化地转化为作品中的各种具体方式，包括一个男人的言说。不是吗？在杨艳琼所有以男性作为叙述支点的作品中，这个男人，无论是以"他"还是"我"的身份出场，他言说的重心总是在于他对其他人物即女性角色的感受之中，他自己几乎成为一个旁观者，或者一个身份不明的多余人，"我是谁?"这是杨艳琼作品中的许多个"我"常常发出的疑问，这种疑问将他们作为叙述手段的地位一定程度暴露出来。换言之，之所以以男性的口吻来展开叙述，那是作者的一个技巧，是作者女性角色的一个技巧化呈现。"他"只是一种写作手段，并没有构成一个新视野，即男性的视野。硬要将这些男性叙事者作为男性角色来对待那绝对是一个错误。实际上，杨艳琼并不真正了解男人——至少在她的小说中是这样，男人的行事方式不会一如既往地像其作品所写那样感受性地面对生活，男人是一个行动者，是带着各种冲动与莽撞的行动者。杨艳琼并没有展示这些，或许她根本就不想展示这些。因此，在她的作品中，男性的叙述者，那只是文本构成所需要的一个符码，她利用"他们"，在不同的作品中完成女性视野内部寂静与躁动的意蕴探究与展示，完成文本结构上的跳跃、转换与深化，使作品多了一些迷惑人吸引人的层次与力量。

因此，在这里，我不像解读其他小说那样，将视点放在人物形象分析之上。一切皆为了表义，从而使小说带上诗的痕迹，在杨艳琼的这种小说方式里，过多地关注人物性格并不明智。或者说杨艳琼的小说，许多篇目在人物性格塑造上都具有一致性，表义性过强的写作必然要将人物类型化，因为它不看重细节，不看重性格的生成过程。所以，当我们在感受杨艳琼作品耐人寻味的韵味之时，不能不一同感受这些作品的不足。有时我们发现，为了直接进入人物内心，杨艳琼不惜重复使用一些细节，比如一本用牛皮纸精心包装好的日记、一封信等，关于人的内心，信和日记当然是最为便捷的深入方式，但却不是最为小说化的方式。因此，在结束我的阐述的时候，我想说的是，女性视野充满无限的意蕴，它们静动交织，带着丰富的感觉和心灵色彩，但感觉是浮泛的，心灵则过于深邃，在它们之间，还有一个更为丰富的现象世界，对它的重视，会使小说获得更为完美的状态。我希望并相信杨艳琼的小说也会达到这种更为完美的状态。

第五编

自然与人文的滋育

每一条河流都是一种赐予，都是一种源源不断的恩泽与滋育。今天，在滇东名城曲靖，随便询问一个稍谙世事的人，什么是我们最值得纪念和自豪的东西，那你一定会听到一个响亮的词语：珠江源。是的，正是这个宁静的大江之源，把神奇美丽的自然风光和源远流长的人文色彩，源源不断赐予我们，使我们滇东的胸怀与人格深处，悄然积淀起一种品位，那是一份对自然与人生的珍惜和关爱，是一个柔情而浪漫的江源梦，也是一腔奔腾不息的生命豪情在山河中获得的审美提升。

对于滇东文学而言，这是最为强烈最为珍贵的自然与人文的滋育。

一　风景这边独好

——珠江源：大自然中的文学意味

（一）

1999年，一本书放大了我关于大自然与文学的关注与思考。这本书就是由云南民族出版社出版的《珠江源之旅》。

这是一本凝聚着曲靖所有江源儿女对母亲一样哺育我们的河流湖泊、山川大地无限热爱与敬仰的散文集。它以朴实而又俏丽的文学格调，描绘出滇东美丽神奇、雄壮灵秀的自然风光与人文景观，展示了曲靖深厚的历史内蕴和美好的发展前景，使我们得以在现实与心灵的双重意义上，完成一次真正的江源之旅，最终获得对自然与人的深切领悟。

这个宏阔主题的展示，必然有赖于开阔的观察与写作视野。因此，我首先对这部作品的策划、编辑群体和众多作者发生了兴趣，我想通过对他们的了解来领会这本装帧考究、外观精美的集子的整体设计和编辑构想。我们知道，这本书的顾问王敏、陈世贵，主编周云，副主编张长英、吕克昌，特约责编唐似亮，以及张长、汤世杰、米思及、杨明渊、吉成、杨卓成、唐似亮、许泰权、杨志刚、孙道雄等50余位作者，都是滇东这块土地上踏实生活工作着的或者是与滇东有着密切联系的领导、作家和文化工作者，正是由于他们深切地了解这块土地，因而才能以开阔的视野看滇东，从宏观与微观角度，把滇东美丽的风光和旅游资源尽收眼底，然后从容地一一展现出来，最终形成我们面前这本可以说是集滇东美景和人文色彩之大成的集子，同时也形成了这个集子的第一个重要特色，即多角度多层次看滇东看曲靖的开阔视野。

在它的四个编选栏目，即“中国第三大江源”、“滇东有名山”、“彩色视野”和“悠远的回声”中，这个特色就已初露端倪，可以说编者的编辑意图就在于全方位立体化地展现滇东风貌，从而体现一种宏观视点和大源头观念。因此，集子中的“珠江源之旅”，从云南著名作家张长的《滴水珠江源》开始，在让我们充分领略了珠江这条中国第三大江的宁静、明澈、柔媚、浪漫的源头之后，便顺着河流的走向，流连往复于滇东的名山古刹和森林公园之中，使我们得以逐一目睹曲靖的翠峰、朗目山、青峰山、寥廓山，罗平的白蜡山、葫芦山，富源的十八连山，会泽的金钟山，陆良的五峰山、龙海山，马龙的太极香炉山，寻甸的钟灵山等这些远近闻名的大小山峰的风姿神采；然后，又让我们看到了一幅幅山水相映、心景交融、自然与民俗浑然一体的动人画卷，在这“彩色的视野”里，或鲜花溢彩、或青草弥天、或云蒸霞蔚、或碧波万顷、或曲水成情、或丽人入梦，让你感到置身滇东山水之中真是一件人生幸事。特别是有着灵秀的山柔美的水的罗平，仿佛高原上的一颗明珠，让你油然而生出许多幻想许多神往。而在对空间现实景观的感觉与体验之后，肯定是绵长的回味与追寻，于是在“珠江源之旅”的最后一站，我们跟随编者一道，溯时间之流而上，从“悠远的回声”中，听到了滇东历史的灿烂与辉煌之音，被曲靖往昔岁月中的古道雄关、爨碑风采、诸葛故事、古刹悲客、丹桂红星等打动，而这一切，最终又归结于张玉祥《序》中所说那样，“曲靖这块热土应该在中华文明史上有它的一席之地”。可以说，这正是珠江源之旅的真正目的所在。由此可见，正因为有了作者和编者群体的这种责任心和爱意，有了他们的多层次构成状态和对曲靖的多方面了解，才形成了《珠江源之旅》开阔的视野和丰富的层次，以及多姿多彩耐人回味的魅力。

如果说以开阔的视野看滇东是《珠江源之旅》的第一个特点，那么以深邃的目光看滇东，便是它的第二个重要特点。

没有历史意识的旅游观光是浮光掠影缺少韵味的，同样，没有历史意识的写作也是平淡浅薄的，因为时间感的丧失会使作品的空间层面变得单薄而且单调。何况对于曲靖这个历史积淀深厚的地方，没有历史意识，任何意义的写作都会失去真实性这个大前提。珠江源地区的鱼化石，把我们同遥远的距今四亿多年的泥盆纪时代的生命活动联在了一起，在这个漫长的历史跨度中，时光通过炭化稻、八塔台战国古墓群、秦代五尺古驿道，大小二爨碑、三十七部会盟碑以及数不尽的佛寺古塔晨钟暮鼓，还有诸葛孔明七擒七纵孟获的美传、徐霞客踏考盘江水系的足迹、红军长征过曲靖英勇征战的故事等等方式不断向我们传来值得自豪值得思考的信息。有了这些历史的声音，我们便可以在中华文化的整体格局中获得恰当定位，而这种定位，对于地处边地的人群及其民族自信心的确立、良好的文化心理素质的养成和区域文化经济的发展前瞻等，无疑都是至关重要的。因此，我对《珠江源之旅》的历史意识尤为关注，我总想在它的旅行足迹和风情游记里发现那种更为可贵的潜在价值。值得欣慰的是这种寻找没有落空，我获得了我所珍视的东西，就像我每次徜徉在滇东的山水之中总会有绵长的历史感慨一样，我在《珠江源之旅》中看到了这种深邃的历史眼光，正是它，才使我们再次鲜明地感到，滇东，并不是被历史遗忘的死角。它往昔的辉煌，足以照亮我们前行的脚步，也足以使我们获得自然的更高层次的亲和。这种历史眼光不仅体现在《珠江源之旅》中有一辑"悠远的回声"以及许多篇直接书写历史古迹的作品之上，更重要的是那种潜在的历史眼光在各种现象、风物、古迹中的渗透，正是这种渗透才造就了表现对象或者说整个滇东形象的厚重神奇，以及书写风格的稳健深邃。譬如张长、汤世杰、吉成、唐似亮、杨志刚等人的作品便是这样，它们往往道眼前之景，说亲历之事，却意蕴深远，开合自如，流露出一种深邃的时空感，其原因正在于历史意识的张扬。在《江源记》中，吉成写道："马雄山其实就在身边，只是往往身边之物，并不一定就会入眼，更不用说入心。很小时候就知道我国境内有六大水系，珠江是南中国第一大河，只是没想到这闻名于世的大江竟是发源于自己的故乡，自己竟是喝珠江源之水长大的。倒是三百多年前，一位生长在迢迢千里之外，姓徐.名弘祖，字振之，号霞客的人想到了，并不辞辛劳，跋山涉水跑到这片当时被称为夷蛮之地的南国边疆来穷其源头……也因为如此，便几次前往珠源作细读以聊补这份遗憾。"这是一段很典型的叙述方式，作者在时间与空间、历史与现实之间，从容回旋，以自身体验为起点。发思古之情，志向往之愿，最后激发成一种源自山水的豪情与前瞻之力。在这本集子里，这不仅是一种写作风范，严格地说，这种心态，正是江源文化积淀而成的历史意识流，它就像珠江源的清泉一样。从万年溶洞款款流出，亘古不竭，它奔涌到海，终成气势。正如张长所写："亿万颗水滴创造了海洋，海洋又以亿万滴雨露把它还给大地；母亲哺育了儿女，儿女又反哺母亲……如此周而复始，不断循环，于是万物得以进化，生态得以平衡"（《滴水珠江源》）。这种艺术化语言描绘的境界，把亘古江源梦，把江源人活的灵魂、朝气与愿望作了形象、充分的表达。而有了这种意识和动力，未来，便一定会有对环境更好的维护和建设，珠江源头美丽的自然和人文风光将和我们的生活一道永世延续下去。

最后，也是最重要的一个特点，是《珠江源之旅》以审美的眼光看滇东，从而完成了自身的高品位形象塑造。

对美的感悟与审测，是人类高层次精神活动的体现，是人在物质创造和社会实践活动中对自身积极价值的确证与观照。在这种活动中，人们移情达物，心与物游，以神奇的想象感悟自然的宽厚与博大、神奇与壮丽、微妙与动人，从而广大其心开阔其志。在物我融彻中获得精神的自由、愉悦、满足与创造。这种主体对物境的投入与超越导致的美的创造心态，是我在《珠江源之旅》的阅读中始终感觉到的。

请看著名作家汤世杰在《岩石花朵》中因罗平鲁布格奇异风景而获得的颖悟与发现："春天在这里是平淡的，毫无雕琢。岩壁上，一些灌木绿了，一些还没有发芽，甚而枯枝嶙峋，衰草披拂。却斑斑驳驳地，在不经意间把眼前的世界布置成一幅天然的图画。就像一个大师。一个真正的大师，不会把自己打扮得随时随地都像一个大师——如果他原本就是一个常人，那么大师的意味所在，无非他的气质和品格；就算他真是我们想象中那样的大师，也必不会时时都摆出一副天下舍我其谁的架势，在经过泣血的、全身心的摸索和创造之后，他早已形销骨立，浑身疲惫，一脸倦容。而生命之花，恰恰就在那时绽放——在云南赏花，需要的正是那一点豁达，一点灵性，一点参与与发现。……峡谷中的一段大迂回江流，江流中一个陀螺般的漩涡，村路边一棵独自摇曳的小草，旷野里那成片生长的、粗放又寂寞的蕨，不都是'花'，不都蕴含着某种大启示、大智慧，能让我们在瞬间摆脱现代化的世俗与畸美，回复于天成，抵达于壮美?"因此，"只要你有一双慧眼，云南的石头上也有花。"这种超凡脱俗的审美心态，正是主体人格、胸怀融入滇东这个大善大美境界所获得的禅悟与升华，它反过来又使我们滇东的自然山水显示出一种人格化的神韵与魅力。

在《珠江源之旅》中，我们随处都可以看到这种创造主体和自然客体共同营造的艺术华光。无疑，正是它才真正提升了这部集子的品位，使它得以淡化风景随笔式那种直截了当的功利色彩，上升到一种具有普遍审美意味的价值中。

当然，也毋庸讳言，《珠江源之旅》首先是一本精细地介绍曲靖自然地理与人文地理风貌的文集，因而它必然具有写实的风格；然而也是最可贵的，它同时又是滇东作家对自己生存家园的一往情深的礼赞。心灵的参与，当然会有动人的发现与美的创造。所以每一篇入选的作品，几乎都闪烁着作者的个性与灵气，萦绕着作者的热情与爱意。可以肯定地说，是滇东的山水酿就了滇东文人的审美心态，而这种心态又反过来灵化美化了滇东的山水，两者互为成因，浑然一体。有了这个前提，写景则自然逼真，抒情则真诚可信，极少有牵强附会之感。这正是《珠江源之旅》的难能可贵之处，也是编者良苦用心的最好体现。

总之，《珠江源之旅》这本品位极高的旅游散文集的出版，实为曲靖文坛和文化、旅游界的幸事。它使我们在艺术的层面上再次领悟了自然的壮阔与美丽。使我们可以更为自信地说，风景这边独好，我们有幸生活于祖国第三条大河——珠江的源头，我们的心境，必将像这明净的江源之水，永远充满进取的活力与激情。

无论对于滇东文学还是滇东人的生活，美好浪漫的珠江源之旅都刚刚开始，在我们的前方，正在涌动着大海的涛声和新世纪的曙光。

（二）

关于人与自然在文学中的投影，我应该提到一次活动，一个春天发出的声音。

1996 春天，以环境保护为主题，一次小品征文活动在曲靖展开。这是一个小小的花絮，从一个侧面，体现了滇东文学的绿色意识。

许多新颖而动人的话题往往从春天开始，我们熟悉小品，但我们肯定并不熟悉以环境保护为主题的小品。用大家喜闻乐见的艺术形式来展示并唤起人们保护环境的现代意识，环保小品征文的新颖性和吸引力充分显示了举办者的苦心与创意。人置身于环境，赖环境以生存，但究竟有多少人真正自觉到它的重要，真正为它的日趋恶化而忧心呢？今天在世界范围内环保正在成为一个国家、一个地区文明程度的标尺。我们身处高原，但地域的阻隔并不能成为我们游离于文明的借口。我正是在此意义上感受到这次征文活动的积极价值。它是春天的声音，虽然弱小稚嫩，但却充满着生机、希望与美的内涵。

作为评委之一，我有幸首先读到那些情感充沛、想象奇特的参赛作品，这二十余件出自全区各县、市二十余位作者之手的作品，大致体现出两种基本特色。

其一是紧扣环境保护这一主旨，直截了当地揭露忽视环境造成的社会公害现象。许多作品对那些只顾片面发展生产追求表面经济效益而给我们的生活带来粉尘、污水、噪声和疾病的厂长、经理以及行政长官进行大胆讽刺、批评，使人惊觉其形象的可恶与可憎。如何处理发展经济和环境保护的矛盾是一个世界性难题，用本地区的实际材料把普遍矛盾具体化为艺术作品，可以说，大多数作品的基点是正确的。尤其可贵的是很多作品并不局限于纯粹暴露，其中还充盈着对环保有识之士的热情歌颂，作品通过描写他们的艰苦努力而把我们的目光引向洁净的环境和蔚蓝的天空，同时也使作品闪现了亮色。

其二是从生活出发，表现一种泛环保观念。这类作品并不直接叙写人为的污染与公害，而是把视点放在自然生态之上，或者让人物在自然的美丽面前倏然醒悟，意识到人与环境的精神上的依存关系；或者用离奇的情节把环境意识投映到人的心灵深处，并力图使它们构成有机整体，作品因而流露出淡淡的诗意。

但是对大多数作者来说，环保小品创作毕竟是一种新尝试，他们有的缺少环保知识，没有环保工作的真切体验，写作中难免观念先行、随意虚构、牵强附会，最终使人物就范于既定主旨而失去血肉和生气；有的则缺乏创作小品的必要的艺术准备，其作品在结构上流于简单化浅俗化模式，许多作品总是写一个糊涂的厂长、经理或某部门领导与一个明智的环保工作者或环境受害者的矛盾，两者是非分明，冲突一目了然，情节直奔主题，缺少剧情所必要的起、承、顶、转、合这一发展过程，这必然使作品干瘪单薄，缺乏层次，加之内容的直与实，又使作品失去整体上的机智幽默，语言表面故作机巧反而带来了更为明显的别扭感。

但是这些缺陷的存在并不能消弭行动本身的意义，它恰好从反面说明了此次征文的必要。当有人已经尝试为环保而提笔，就必然带来更多人对环境的关注。这是一个绿色的事业，春天的任何萌芽都将意义重大。对每年都会到来的 6 月 5 日世界环境日，我们毕竟已经有了三十余件作品和十一位获奖者，这无疑是一种最为有力最为实在的纪念。

二　布依文化中的文学意义

——必须珍视的罗平布依族文化

在我国众多的民族中，布依族是富有特色的民族之一。这个"自古以来就生息、繁衍于南北盘江、红水河流域以北地带"(《布依族简史》)的民族，现有人口24万余人，其中聚居于罗平县境内的布依人3.4万左右。罗平布依人是自宋朝开始，逐步由贵州、广西迁入罗平的。在长久的历史过程中，他们在罗平这块美丽的土地上辛勤劳作，不断创造着属于自己的独特文化，已经越来越多地引起世人关注。它为滇东文学创作提供了题材，也提供了情感和思想资源。

文化是深入理解一个民族的窗口，也是强化一个民族的灵魂。在世界迅速走向现代化、全球化的今天，如何建构良好的文化态势，索求文化价值，无论对于一个国家还是对于一个地区都是十分重要的。马克思曾经说过，在全球竞争的浪潮中，每一种思想、宗教与制度都必须要为自己的存在辩护，否则它将丧失存在的权利。也就是说，在世界融汇的潮流中，如何保持和发展民族文化的独立性，将成为关乎民族生存与地方建设的首要问题。无论从文学还是其他角度，这都是我们研究罗平布依文化价值的理论起点。

(一)

文化是一种复杂的现象。就广泛意义而言，它包括了人类所创造的全部物质财富和精神财富，它渗透在人类生活的任何领域。但这种宽泛的文化观念，并不是我们这里所需要的观念，否则，我们的文化作为便会同样宽泛化，失去意义指向。所谓“布依文化”应该建基在更为精细的思路之上，为此，狭义文化观念的确立至关重要。什么是狭义文化？人们对此的认识同样十分复杂，据说迄今有160多种定义。在这些定义中，美国文化学家克鲁克洪和克劳伯的探讨得到较多认同。他们在其合著的《文化：一种述评》一书中认为：文化乃包括各种外显或内隐的行为模式，借符号的使用而习得或传授，并且成为构成人类群体的显著成就，文化的基本核心包括传统（即由历史衍生及选择而生的）观念，而以观念最为重要。文化体系虽可被认为是人类活动的产物，又可视为抑制人类作进一步活动的限制①。以此作为基点考察布依文化，我认为，我们必须注重这种文化中的原生与再生、整体与局部、承袭与变革等对应与关联因素所构成的基本文化关系，以便形成清晰的罗平布依文化研究思路。

1. 原生文化与再生文化的不同内涵

原生文化是民族文化的基本部分，甚至是民族构成的主要因素。民族是在较长历史过程中逐渐形成的独特的人类群体，其独

① 克鲁克洪，克劳伯. 文化：一种述评. 转引自：彭吉象. 电影：银幕世界的魅力. 北京大学出版社，1991. 162页

特性体现在民族的人种血亲、生存时空、语言文字、艺术方式、风俗习惯等方面，它们综合而成整体文化氛围和文化传统，在民族生活中代代相传、不断延续。所谓民族原生文化，指的就是这种在民族生活中具有原在定性意义的文化成分。没有这种文化成分，民族的独特性和独立价值便不可能形成。布依族的先民源于古代越人中的骆越，即汉以后的“僚人”。在一千多年的历史发展中，布依族保持了自身文化的独特性而不被其他民族同化，可以肯定，依赖的就是这种原生文化的韧性和内聚力。关于布依文化状态的原生成分，今天已有众多探讨、研究，其突出的个性已为人所熟知。譬如，布依人整体上保持族内通婚习俗，以此获得族群血亲的稳定延续，婚俗过程中的对歌恋爱，或者媒说、订婚、办酒、坐家（或不坐家）等独特礼节，其实都是维持族内婚姻关系的直接或间接规约。在生存空间的选择上，布依族定居于祖国西南地区，其居住地总是有着秀丽的自然风光和丰富的河流资源，因此，在汉代他们就熟知并从事水稻种植，是一个以稻作农耕为主的民族；为适应在河谷湿热地区生活，其住房多为杆栏式竹木楼房。布依族虽无文字，但有自己的语言“布依语”，布依语属汉藏语系，壮侗语族，壮傣语支，与“壮语”有密切的关系。布依族的文化艺术活动也丰富多彩，“民间流传的口头文学，有民歌、故事、神话、寓言、谚语、歇后语和谜语、猜调等，以民歌最具特色，种类有古歌、叙事歌、情歌、酒歌和劳动歌等；形式有独唱、对唱、齐唱和重唱；曲调有‘大调’、‘小调’之分。每逢婚丧和节日，歌声昼夜不停。戏曲以地戏和花灯著称，情节生动、优美。常见的舞蹈有织布舞、狮子舞等，动作协调，矫健轻捷。乐器有唢呐、月琴、姊妹箫、锣、铜鼓等。铜鼓是历来受珍视的传统乐器，遇隆重节庆方能敲击，在丧葬和祭祀中须由鬼师敲击。工艺美术以'蜡染'素负盛名，色调纯朴，图案美观。"① 布依族还有自己的节日和节日独特的习俗，除春节、午五节和中秋节外，还有"三月三"、"四月八"、"六月六"等，"四月八"又称"牛王节""六月六"是布依人隆重的节日，仅次春节，布依语称"更将"。在宗教信仰上，布依群众信鬼神和"鸡卜"，崇拜祖先。……这些现象，证明布依族作为一个古老的民族，有着独特丰富的原生民族文化。这种文化成分，在某一地区的布依族人（如罗平布依族人）身上，并不一定有完整一致的体现。原生文化是属于民族整体的文化成分，不同于再生文化成分，后者是立足民族个体、支系的文化成分。

所谓再生文化是指民族文化发展过程中带有主动选择倾向的文化内容，具有不断更新变化的特性。选择以多种方式发生，主要方式是民族自身的优化选择和外来因素强制性影响所引起的变化。以民族自身选择方式发生的文化再生，会自然地迅速地转化为原生文化中的有机成分，成为强化民族的根本特点、促成民族文化不断发展的基本力量。但外来因素的影响则可能因动机、目的、行为手段的不同形成不同性质的文化结果。当然即使这种影响造成了强烈的文化冲突与对抗，也并非就是一场文化灾难，异质文化碰撞激发文化活性也是文化发展的一条规律。有伤害的是过分功利化和狭隘的唯我独尊的种族歧视与压迫，它们必然带来弱势民族特色和价值的消解。在布依族的历史上，这种民族歧视与压迫也常常发生，而且多以战争、武力的方式展开，如明代洪武十四年（1381 年）所发生的十万大军征伐云南的史实，就造成了对布依文化的一次巨大的冲击、影响。新中国建立以来，民

① 《中国大百科全书·民族卷·布依族》，中国大百科全书出版社，1998 年版。

族平等理想的实现，从根本上消弭了民族歧视与压迫，但政府的积极作为，在促使民族平等交融的过程中也会消解民族文化的原生成分，从而使其再生出新的文化成分，甚至是没有特色的文化成分。结果，一方面是民族在经济、政治领域的发展，一方面却是民族特色的消失。譬如，在现代生活中，布依人日常服饰就已相当汉化，有时人们只有在节庆和表演中才能看到盛装的布依男女。姑娘出嫁时手工制作绣花鞋子的情况也有了变化："最近几年，已有一些姑娘不再赶做这样多的鞋子，而是象征性地做几双，然后到街上去买不足部分。"[①] 在一些布依村寨，布依传统的杆栏式三层竹木民居已被与汉族并无二致的片石瓦房取代，"在现在的多依村年轻人中，会唱布依族情歌的人微乎其微，他们恋爱的方式也较以前直接、现代"[②] 等等。现代化的双刃剑，同时发挥了两种不同性质的作用。如果发展是必然的选择，那么，如何让布依民族文化在发展中再生出新的、并且同样具有布依特色的文化成分，可以说是我们所要思考的首要问题。

2．整体文化与具体文化的关系

如果说，原生文化是建基于民族整体文化之中的，那么再生文化，则必须由民族具体文化形态来体现。民族文化的整体状况不可能突然发生巨大变化，突然形成独特的内质，它的形成、发展往往是具体文化行为发展、变化积淀的结果。回到布依文化之上，如果用比较的眼光观察罗平布依文化，那么布依文化是一个更为庞大的文化整体，罗平布依文化在人口比重上仅为布依文化整体的十分之一；从历史源流看，罗平布依族是迁移而来的，可

① 马和萱著．木叶传情歌为媒．云南教育出版社，1995．9页

② 杨南丽主编．云南民族村寨调查：布依族——罗平鲁布格乡多依村．云南大学出版社，2001．76页

以说是布依文化整体向罗平的播撒。但迁移最早始于宋代，历时已久，新的生存时空必然要使罗平布依文化产生新质。也就是说，罗平布依文化既会保持布依整体文化的原生色彩，又会有自己的再生创造，其结果，罗平布依民情风俗虽然在源流上与布依整体联系紧密但又不同于这个整体，当然更不同于黔南、黔西南的布依民情风俗，这已成为不争的事实。比如，节庆活动中，贵州布依人重视“六月六”，视之为春节之外最重要的节日，而罗平布依人则更看重“三月三（布依语“更三粉”）”，这是罗平布依族隆重祭祀山神、水神，全民欢乐的传统节日，“家家户户染五色花饭，村村寨寨杀牛宰羊，青年男女彩衣盛装，涌至河边，赛竹筏、打水枪、吹木叶、对情歌、泼节日圣水。儿童们身挎装有彩色鸡蛋的蛋包，拿着小水车到河中玩耍。三月四日，滇、桂、黔三省毗邻的村寨，家家户户集聚在秀丽的三江口岸，共同吃大锅菜，同叙和睦情。”（朱有志《布依风情十篇·罗平布依族》）。这种不同地区布依人的文化差异，可以说在日常生活的方方面面都有体现，在具有创造色彩的文学艺术活动中体现就更为充分了。即使关于布依人共同来历的远古传说，其叙述方式也明显不同。在贵州的民间传说中，那是《洪水潮天》，在罗平的叙述者这里则是《开天辟地》，以歌谣的形式表现。故事的核心内容虽然都是讲两兄妹在洪水中劫后余生，成为唯一的生人，在神仙的撮合下，经历周折而结成夫妻，婚后生下一个奇怪的肉团，一气之下将之砍成无数碎块撒向四方之后，第二天却变成了许多人，但罗平的歌谣形式，带有更多的艺术色彩。至于那些反映自己所熟悉的自然风光、现实生活的作品，其差异自不待言。

综上所述，我们所说的罗平布依文化，相对布依民族的整体文化而言，它是一个自成体系、具有自己特色的布依亚文化体系，它既保持着布依文化整体的优秀成分，但又有着独特的再生创造成分，体现出鲜明的特色。更为重要的是，将罗平布依文化定位为再生文化范畴，我们的视点和研究重心将建立在促进、建设这种文化，而不仅只是宣传、利用这种文化之上。

（二）

以建设的、发展的眼光来看待罗平布依文化，对其特点的概括，不应仅立足于对布依原生文化的阐释上，从而忽视这种文化形态的历史、现状与未来之间的关系，忽视这种文化最重要的地域个性或具体差异。从这点出发，我认为，罗平布依文化有如下一些特点。

1. 以美丽的自然环境为载体

环境是民族生存和发展的空间，民族性格、韵味、精神的形成，很大程度取决于环境因素。同时，环境往往也被当成民族文化最为直观的形态，也就是说，环境状况实际上成了民族文化价值状况的直接写照。布依族居住地大多风光秀丽，罗平布依族在罗平这个大环境中更是得天独厚，尽享自然造化的恩赐。罗平地处滇东高原向黔西南高原过渡的斜坡上，地势西北高、东南低，地貌复杂，既有乌蒙高原的雄壮，又有喀斯特地质的灵秀，山峦起伏奇崛，境内河流众多，造就了神奇秀丽的自然风光，特别是布依人生活的南盘江、黄泥河、多依河流域，急湍的瀑布，陡峭的峡谷，茂密的森林，构成一幅幅动中有静、刚柔并济的神奇画面。多依河以及在三江交汇处形成的“三江口”已成为布依民族秀美生活环境的代名词。罗平布依文化就孕育在这神奇灵秀的山水之中，也可以说，美丽的自然山水正是布依文化的载体，长久以来，它把自己的特点，深深地印在布依民族身上，造就了极富魅力的罗平布依文化。在某种意义上甚至可以说，罗平布依文化的魅力，正是这片与布依人生死相依的奇山秀水的魅力。因此，忽视了布依人民的生存环境来研究布依文化特点，那是不合逻辑不可思议的。

2. 以独特的民俗民趣为形态

布依人长期形成的民情风俗，在体现自身文化内蕴的同时，也释放着巨大的吸引力。没有独特风俗习惯的民族是单调乏味的。罗平布依人在劳动生产和日常生活中，都有独特的行为方式行为习惯，它们既与布依文化整体保持着顺承关联，又体现出自己的特点。罗平布依妇女从小就练就织布、刺绣等本领，古老的织机至今仍然节奏明快地传达着岁月的风韵；多依河边缓缓转动的水车，仍在不停地倾诉着劳作的执著与生活的静谧；木叶传情，山歌对唱，年轻心灵之间因之搭起了爱恋的彩桥，比起任何一个民族，布依人的情歌都毫不逊色，而且极具自己的特点；至于婚娶过程中严格繁密的礼节，丧葬中哀婉绵长的《摩朽贯》曲调，无不传达出布依人对生活独特的理解；布依族还是一个快乐的民族，众多的节日，特别是“三月三”的狂欢，更是充分流露出这个民族的风格；布依人的服饰也具有显著的特色，“布依族男女衣着喜用蓝、黑、青三色，布料均为自种棉，自仿、自织、自染。男子以一长条黑布包头，上穿对襟‘四块瓦’短衣（或大襟长衫），下着长裤。……妇女头缠包布，身着无领对襟短衣，内衣的袖口长而小，袖口处绣织着花纹图案。外衣袖大而短，让内衣袖口处的花色层次显现出来。下穿白褶长裙，系围腰，脚穿翘尖满花绣鞋。

身上佩戴各式耳环、项圈、手镯、戒指等银饰品。随着时代的发展，女性的包头改用白毛巾。未婚女青年还喜欢在包头布的末尾处镶绣一些花纹图案，埋露在头顶上方与银头簪之间，下身已改穿长裤。”（朱有志《布依风情十篇·罗平的布依族》）这些风俗文化现象，正是罗平布依文化最基本、最重要的形态。

3. 以鲜明的民族气质为内核

一个刚强的民族，必然会给人以崇高感，一个柔和的民族，必然会给人以秀美感。民族风格和气质是在民族长期的文化积淀中慢慢形成的，是这个民族最有价值、最富审美魅力的核心因素。罗平布依民族的气质是什么？是否已经形成布依文化的独特气质？回答是肯定的。这个逐水而居的民族，有着与水一样的柔和与灵秀，其民族气质总体上是沉静平和的，就像他们周围的山水那样具有一种和谐与静态美。青衣如水，不重彩饰，是否暗示着内心与情感对狂暴和过分张扬的回避？在日常生活方面，布依人讲究礼节与严格的规矩，女孩出嫁之时所唱的《嫁娶歌》中，女孩每下一步竹楼梯，母亲都要谆谆告诫，从道德、礼仪到生活、劳动行为，无所不包无所不及，体现了精细而严谨的人生态度。这种态度在迎接客人的《迎客歌》、悼念亡人的《遗训歌》等歌曲中都有细致的体现。但这个宁静、严谨、柔和的民族，性格深处则潜藏着勇敢的因素，布依民族历史上出现过许多反抗官绅压迫、反抗殖民者的英雄人物和英雄事迹，它们为我们理解民族性格的多样性提供了有力的证据。同时，与许多少数民族一样，布依族也是一个浪漫的民族，只要听听他们丰富多彩的情歌就可见一斑。这些因素综合起来，使我们感受到的是布依民族内蕴充实的民族气质。

4. 以丰富的民间艺术形式为见证

布依民族虽无文字，但有自己的语言，他们用布依语创作了许多民间故事、传说、诗歌。这些艺术作品的创作体现着布依人的心灵与生活的紧密联系，布依人就是用这些歌谣故事表达着他们对天地、自然、亲人和自己的看法，其特色是十分明显的。令人吃惊的是各种形式的布依口头文学作品十分丰富，单就罗平布依族而言，一九八九年，罗平县文化局、文联、民委组织搜集整理，由张亚森任主编的《云南省民间文学集成·罗平布依族卷》就收录了歌谣196首（其中有的长达几百行），谚语和民间故事19篇。其内容广泛，手法多样，有人称之“罗平布依族的《诗经》”[①]。布依族民间文学艺术肯定还有丰富的潜在资源可供挖掘，特别是民间歌谣所体现出来的艺术特色更富意味。在“摩杔贯”“醉梭”等演唱形式中，都有一定规格的调式、节奏和旋律交错搭配，其划分十分细致，如“醉梭”又分为正调和短调，短调又称为小调、杂调，即兴演唱时多为“羽调式”。可以说这些艺术样式，正是罗平布依文化特色的最好见证。

（三）

罗平布依文化需要进行有目的的价值建构。所谓文化价值建构，也就是在了解布依文化内涵的基础上，进一步探讨布依文化价值的思路和行为。行为有赖于有关文化工作者来具体完成。这里只简要谈谈一些基本思路。

① 张亚森主编.《〈云南省民族民间文学集成·罗平县布依族卷〉序》（内部资料）

我们所说的罗平布依文化，如果并不仅仅限定于整个布依民族的原生文化，那么我们所展开的布依文化建构，就不仅仅只是一种宣传、利用，更多的应该是一种再造，一种促进。再造和促进的方式如果合规律，具有科学性，那么必能在具体行为、状态上丰富罗平布依文化。文化建构的基本思路当然应该在前述罗平布依文化特点上进一步展开、深化。具体而言，我们的作为有可能是：首先，合理保护罗平的自然景观，特别是作为布依族生存空间的多依河流域等地的自然景观。其次，通过鼓励性措施，强化布依民族的民情风俗。在现代化进程中，少数民族民俗的消失是一个必然趋势，因此有组织地对它实施挽救性强化便成为不得已而为之的方法。第三，宽容地、欣赏地接纳并弘扬布依民族的民族气质、民族个性，有目的、有分寸地引导他们通过具体行为和艺术方式来强化这种民族个性。第四，加强布依民间文学艺术作品的搜集整理翻译出版工作，鼓励布依艺人形成艺术创作意识，保持创作的热情，不断产生新作品。

但是这些看似清晰的文化建构思路，在其现实意义上，却体现出复杂性。因为我们置身的时代，是一个走向现代化、全球化的时代，所谓民族特色，其实是一种“要求”下的特色，而不是民族文化自发的原生的特色，正如罗兰·罗伯森在《全球化——社会理论和全球文化》中所说的那样：“对特殊的东西、对表面上越来越精致的认同展示方式的寻求具有全球普遍性。”①罗伯森一语道破全球化时代弱势民族文化的“被看”与“被要求”地位，它们其实是按别人的期待发展的。在这种情况下，

① 罗兰·罗伯森．全球化——社会理论和全球文化．上海人民出版社，2000．255页

几乎所有文化价值建构行为都会在积极的出发点上派生出消极的负面效应。后殖民主义理论就是建构在这种思想基点上的，“西方人向东方推行自己的东方主义，本质上就是推行一种殖民文化观念……西方的东方主义目的是让东方‘西化’。”① 我们当然不是将布依文化建构比作文化殖民，但从中吸收有价值的思想资料和教训肯定有利于我们形成正确的观念。比如对布依文化价值的索求不能仅以促进旅游这个直接功利目的服务，地方民族文化可以促进旅游业的发展，但旅游业的发展则会更多地伤害地方文化，加速它的特色表浅化甚至消解。经济发展目的也同样如此，修路架桥、商品流通往往是以破坏自然和人文景观作为前提的。将这些因素考虑进去，罗平布依文化建构便成为一个具有相当复杂性的工作，如何解决可能遇到的问题，如何将上述思路转化为可行的具体行为，需要多方面的深入探讨，结论虽不明确，但有一点可以肯定，那就是必须把民族尊重放在首位，应以宽容的姿态面对民族文化的多样性、独特性，这样才能实现对任何一种民族文化的有效建构，包括我们所熟悉和了解，并寄予厚望的罗平布依文化。

① 张首映．西方二十世纪文论史．北京大学出版社，1999．551 页

三　诗画同源　和谐共生

——滇东文学与滇东艺术中的精神

诗画同源，让我们暂时从滇东文学创作中移开目光，去看一看滇东的一些造型艺术，看一看高原上的花朵怎样盛开在另一种艺术的心灵世界里。可以肯定，这种审视将使你感受到与滇东文学相一致的共同的艺术精神。在艺术的领域里，文化的整一性会有着最为充分的体现。滇东文学正是在滇东的整体艺术氛围里成长发展的。

（一）

让我们先从曲靖画院说起。自20世纪80年代起，曲靖画院的画家们不断在昆明、北京乃至国外的美术展览中亮相，可谓佳作辈出，成果斐然。

技法娴熟和功底扎实是这个群体的共同特点，他们中的大多数画家都能自如地运用多种创作手法。虽然展出作品多为版画和现代重彩画，但油画细致入微富有层次和质地的造型方式，国画飘逸畅达充满浪漫和诗意的创作技法明显地渗透在他们的作品中，从而使作品既有现代的清新明快，又具传统的深沉古拙。当然，纯技巧地谈论艺术难于真正见出其内在魅力，但我认为当技法一旦达到运用自如融会贯通时，其中肯定潜藏着画家同样宽广、开阔、丰富多彩的审美情怀。只有它才能促成高品位的境界与格调。基于这一点，我们便不难理解，为什么这些画家多年来一直在手法上求工求精，不断尝试探索；在观念上求深求新，热情贴近我们这块高原上丰富多彩的民族生活、宏伟的大自然和深厚的历史文化，从而把无论版画还是现代重彩画都画得声情并茂，风格独特。

但上述艺术共识在促成画院高原意味浓厚的整体风格时，并没有束缚画家的个体创造能力。在这个群体中，杨德华首先给人鲜明印象。这个手法精湛并对高原一往情深的画家，极富耐心地描绘出高原的壮美、神秘和开阔。乍看杨德华热衷于写实，但他那深邃的高原情怀和艺术眼光所营造的浪漫格调才是其作品的价值所在。它使我们得以目睹《塞外月》、《有风景的传说》等作品中那种梦幻般的韵味和赞美诗式的亮丽旋律。

卢汝能则以冷峻深邃吸引我们。他的作品多用蓝与紫这些内敛色调，构图常以折线和轮廓分明块面为主，从而获得更多的刚性力度，即使是温情的《捻线》和多彩的《傣女》《撒尼姑娘》，也被画家充满力量的手法推向意蕴深处，而不仅只具有显在的愉悦效果。我相信深沉的热情才是更为可贵的热情，因此，我乐于接受卢汝能那种沉着，虽然它的外在形式并不易为人接受。

李成忠则以奇诡的想象和大胆的夸张见长。他的作品中常常怪石危立，修长的女性妖娆地舞蹈着，《山林》中灵性飘忽，《苍穹》里神力突兀。沉滞与奔放、投入与超拔、亮丽与幽邃在李成忠的作品里相互对抗着形成一种奇异的和谐，使我们明显感到画家的人文观念，即追求自然、历史和人的熔铸，致力于万物通灵天人合一精神的弘扬与赞美。

刘金荣、杨永胜的创作则显示了一种新思路，他们的绘画语汇是使我们陌生的现代语汇。虽然刘金荣的《金色阳光》系列版画足以证明他在传统手法中获得的良好效果，但他还是毫不犹豫地解析了笔下的形象，使它们发生高度变形，使抽象与具象共存，强烈动荡的色块和迷离的线条，给我们暗示象征了高原文化和地域特色的心灵化格局。或许这只是刘金荣式的理解，但我们依然无法拒绝一种新颖的艺术言说方式对我们审美空地的补充。这种看法同样适合杨永胜，在他的昆虫系列版画中，我们读出了大自然的精致和华美，我们甚至感到他的刀法向艺术腹地切入所产生的新鲜和畅快。当然，杨永胜还热衷于其他东西，譬如风和气流，站在这些画前，就会感到它们从人物身上流动过来，给你或凉或热飘忽不定的感觉与想象。

此外，冉守疆富有生活气息的作品，朱锐、陈凯对色块的大胆设置和调度都极好地丰富了曲靖画作的光彩。

艺术是生活的花朵。正是我们赖以生存的高原才滋育出这五彩缤纷的绘画世界。我相信这种滋育将是恒久的，它必使曲靖美术创作展示出更为灿烂的前景。

（二）

对于杨德华的彩墨画，我们必须进行专门分析。这是一些展现了辽阔的高原情怀的作品。

欣赏杨德华的画作，我强烈地感觉到，无论对绘画语言还是艺术的内在精神实质，画家都有自己独到深入的理解。

杨德华毕业于四川美术学院绘画系油画专业，有着深厚的油画功底。但他似乎从来不把某种单纯的画法视为足以自豪的法宝。他不断追求着绘画手法和绘画语言的变化，尝试在油画、版画、彩墨画等创作中移植、融汇乃至创造出多种新的艺术语汇，从而把每类作品都画得有声有色，引人注目。譬如他的版画，在形式上，就因为运用了油画技术而得到了人们的肯定。然而更为重要的是，他不仅只在技法和形式上求新求变，他的真正目的在于通过这些显在途径，逼近艺术的内核，从而在有限的视觉空间中，展现出辽阔深远的精神境界。

这种自觉的艺术意识使他最近推出的彩墨画系列作品具有了特色。这是一些关于云南和西藏的“神话”，它们美丽神秘，首先以其强烈的形式感使我怦然心动。高度主观化的色彩、流水一样自由的线，描绘出高原的大山和草地，以及它们怀抱里安详温顺又充满力量的牲畜及鹰，当然还有高原的花和少女（有时是少妇和她的孩子），她们总是自然地占据着画面最重要的位置，最终使画面的光、色幻化出浪漫的热情和亮度。我曾试图以中国传统工笔重彩画和现时国内外流行的彩墨画为尺度来审视杨德华的这些作品，但我发现，无论哪个尺度，都无法完整准确地界定它们的意义。因为作家似乎既不追求传统彩墨画那种古典式的宁静平和的构图与雍容华贵的色彩，也不热衷于重彩画流行潮流中的装饰意味和商业倾向。他既不讲求远离现实的空灵，也不趋就急功近利的媚俗。杨德华在这些彩墨作品中自如地运用了国画流畅优美的线描笔法，又充分展示了油画那种层次分明、细致入微的色彩变化。人物造型和民族服饰的写实描绘既合于科学透视法则，又被虚化在抽象的背景格局和主观色调的笼罩之中……这一切构成了有价值的欣赏线索，最终把我们导向了画面的内在空间。是的，杨德华的画作具备这样一个内在空间，并且它是开阔厚实的。因为它的存在，才为画家那些丰富的艺术语汇提供了依据和支持，使我们在形式的观照中感到了浓郁的意味和神韵。

这个内在的艺术空间无疑来自于画家的艺术观念和人文思想。由于长期生活在西南高原，杨德华熟悉这里的自然景观、民情风俗，但他关注得更多的是高原文化氛围中潜藏着的关于生存与信仰、伟大的自然与丰富的心灵之间的种种诗化关系，并力求以艺术的方式传达出来。因此在这些几乎都以高原生活为题材的彩墨画作中，体现出他对高原的深入理解和精神上的超越。

杨德华的彩墨画大致有两个系列，一个主要表现傣族少女和她们所置身的有着奇异的花鸟树木的环境，另一个则是被他称为"西部日志"的藏族生活画卷。前者亚热带味十足，在婉约柔媚中透出云南边境的神奇美丽，后者则被注入了较多的刚性力量，显得更为深沉但仍然不失柔媚。它来自画家对西藏的一次漫长的充满探险意味的考察。杨德华本人似乎更钟爱后者。但无论哪类作品，我们都可从杨德华对高原景物、人物所作的细致描绘中感觉到他对高原的投入和热爱。他几乎不使用沉重的构图和压抑的色调来展现高原的苍凉、野性落后的一面，因为这不符合他对高原的情感。他总是用自己的独特的方式来对这块无比深沉的土地进行审美升华，他把画面画得轻松且富有人情味，把雄浑转化为柔美，把深厚的历史内蕴转化为瞬间的感觉状态，把人与自然的对抗转化为人与自然的和谐共存。在他的画面中，不用说那些采摘鲜花的少女（她们本身就是以花朵的姿态出现的），即使那些背负着孩子匆匆地赶路或者放牧牛羊和马的少妇，也面色安详，绝无苦相，与周围的自然景观和生灵极为和谐地融为一体。这是何等温馨的高原！由此可见杨德华不是那种猎奇式地使用民族特色作为价值砝码的画家。他深信自然中潜藏着的那种博大的力量如果确实给予了高原人生存的勇气和力量，那么也会给予他的绘画以精神的照耀，因此，展现大地的宽厚质朴以及万物的灵性必然会使作品获得内蕴深厚的美。实际上确实如此，我们在杨德华的画作中就随时可以感到由于上述主观精神的参与所造就的浪漫情怀，看到人因具有充实的信仰而显示出来的高贵的气质。

这种浪漫和高贵，以及促使它们形成的丰富的思想内涵与精致的艺术手法，构成了杨德华重彩画的基本特色。把握住这一点，我们就不难理解杨德华绘画中那些明显的与众不同——

其一，总是以女性作为主要表现对象，让她们主宰画面境界。杨德华曾说，从女性身上可以更为充分地展示地城与民族的特点。当然这只是一个表面的理由。女性身上天然的阴柔美和母性色彩才是杨德华追求的真正目的，当他试图化解自然与人类的对抗，展现生命的美好与动人时，还有什么会比女性更具表现力呢？我们知道，在绘画领域，女性的身体常常被功利化地运用，结果肉欲意念往往伤害了美的营造。杨德华显然成功地避开了这一点，虽然他运用优美的线条和细致的色彩，不无夸张地把那些女性描绘得身体修长，体态丰盈，面容姣好，甚至不失妖娆和性感，但他从不孤立地表现这一切，从而使她们成为猎奇目光的牺牲品。他总是赋予她们适当的活动舞台，用她们的行为、姿势和目光把我们引向理想化艺术化的境界。因此动物、植物乃至宗教氛围中心，她们迷人的形象鲜明而醒目，成为一种象征。欣赏者得以通过一条亲切的路径，观照高原天空下大自然和人的生命的价值与魅力。无疑，这种创意来自于诗意化的浪漫想象。

其二，总是让人物及其相关景象占据画面主空间，在视觉上造成满和实的厚重感。对于绘画境界，应该说这是一种危险的构图方式，因为它容易坐实绘画意图，使画境由于缺少远景的衬托而呆板。传统的变通方法一般是把人物从背景中绝对分离出来，以空白激发欣赏联想进行弥补。但杨德华并不这么做，因为留白似乎不合于重彩画的形式法则。他一方面坚持在每幅面中都采用这种近景似的画面结构（只有这样才足以传达他对高原文化中人的价值的理解），用熟练的技法极细致地刻划细节的逼真和微妙变化，这是极见功底和耐心的工作。另一方面，他又用种种方法求得背景世界在意念上的推移、拓展和动感。这包括：(1) 把背景抽象化符号化（如转经藏女一画）；(2) 赋予人物行动和情节，用其行为过程（特别是目光延伸）引发了想象产生扩张力；(3) 用光的变化进行直观性暗示，这是杨德华运用最多的方法。他总是把一个明亮的光源置于主体形象的背后，当这些逆光勾勒出形象清晰的轮廓，造就了视觉层次感时，背景世界及整个画面便开始显得庄重、辉煌、深远和神秘，体现出写意的丰富性。

其三，总是赋予作品主观化的色彩主题。色彩永远是最为生动的绘画语言，杨德华深谙它的价值，因此他格外在意作品的色调、色相，特别是它们的写意性。他的重彩画不是按照客观准则和装饰准则（虽然作者并不违背这些准则），而是更多地按艺术创造旨意来确立某种色调。月下马群的柔顺往往被一片透明的蓝所笼罩，使你感到高原月光的明澈与柔情，行走的母亲和地背上入睡的孩子则可能为淡黄所托举，这种温馨的色彩把母爱的热烈和质朴清晰地暗示出来。杨德华用得最多的是红与黄的组合，那是一种辉煌、宽厚、充满热情和力量，带有宗教神圣意味的色彩，它充盈在作家的多幅作品中，覆盖着那些美丽的女性、大山和草地以及各种各样的高原生灵，暗示着人们的期望和信仰，象征着高原人精神的博大辽阔，传达出画家强烈的浪漫之情，从而使画面无可置疑地呈现出厚实与深邃。

这就是杨德华画作给予我的精神触动。它使我再次强烈地感到“外师造化，内法心源”这一艺术创造法则的力量。作为一个严肃认真的画家，杨德华用他的重彩画拓宽了我们的视野和心灵空间，这种艺术的启迪将使我们获得对高原和自身价值的更为深入的领悟，也从一个侧面，注解了滇东文学的浪漫与美丽的品格。

（三）

一段时间，刘金荣的画作致力于尝试一种新鲜的言说方式。这是一种超越表象的言说方式。

艺术是一种言说，一种关于艺术家心灵和外部世界种种复杂关系的言说。它有客观与主观两个基本侧重。在众多艺术作品中，这两个极端常常会得到恰当的处理，从而使艺术境界显示出和谐的意义与价值。但这种人们习以为常的状态有时也会遭遇某种理解和表达的冲击破坏。譬如服从于特殊审美旨意的高度抽象化或者高度具象化，便会对常规的知解力构成阻碍。正是诸如此类的反叛才使现代主义和后现代主义的词典获得了许多新语汇。绘画艺术当然也不例外。但是无论出现何种情形，艺术的言说本质永远不会改变。因为艺术是植根于表达和接受两种心灵之中的，离开了心理动力，我们不知道艺术将以何种方式存在并体现它的价值。因此，对于艺术，我的兴趣始终集中在它的言说方式及其言说内涵上，我觉得艺术作品的所有创新意义都必须通过这两者的交互作用才能真正显示出来。

这个视点支配着我对刘金荣画作所进行的思考。注意，思考一词对于欣赏绘画这种直观艺术似乎并不是很有用的，也可以说至少并不是必要的。但在刘金荣的这些作品面前我们却必须思考，否则我们将无法找到进入作品内部的缝隙。刘金荣运用了一种新的艺术言说方式来编排他的绘画格局以表达对外部世界的深入理解。我们在他的作品里可以明显感觉到高度的变形，抽象化与具象化交织，清晰与模糊混杂，梦境式的错位与组接，加上重彩所造成的幽暗与明亮，低沉与亢奋等等。这一切不容置疑地打破了时空的确定性，造成常规意义的消解，画面构成因而离开了我们所熟悉的表象世界，在一种具有神秘性、隐喻性的组合中指向某种理性意念而不是感性的抒情状态。无疑，刘金荣致力于在画作中追求对具象的超越来使作品获得更多的内在厚度与张力。应该说，他确实达到了这个目的。他的画作总是使我们的视觉感知既能在新奇诡异的构图中产生强烈印象，但同时又受到来自理性世界的阻碍。正是这个矛盾的存在和运动才增加了他的作品的吸引力。由于我们总是想知道那种奇特的画面构成所要达成的意义，思考之后，作品于是便有了弹性。具体而言，依靠感觉对刘金荣的画作进行初步直观，我们也会有所收获，比如《骚动》里的心灵交流，《静野》中的生命力量，《心旅》中的历史过程，以及《往事》的经久难忘。但我们不能就此打住，因为这些现象几乎都是理性意念的幻象，如果满足于表面化的审视，会使我们在神秘的氛围里不知所措，无法听到画家心灵深处的声音。

因此，我们必须运用知解力来发掘更为内在的东西。我从不相信某种纯然的形式（其实它不可能存在）会使一个画家产生不同凡响的魅力，所有给我们以视觉撞击的形式及技法都包含着或显或隐的文化内蕴。在刘金荣所采用的绘画的当代性术语里，充满了西方现代派的思维内涵。我们知道西方现代派的根本特点在于反传统，在于打破自然、社会与人的和谐同构，打破现象与本质的和谐同构，以求得内在规律及人心灵世界和隐秘情绪的直接呈现。因此，对自然社会的表现都不能按传统的法则（如科学透视法、客观真实准则等）来进行，在主观意念的支配下，种种变异与重组、结构与解构方式便被大家采用。在这种艺术世界里，我们也就看不到相互依存的关系与和谐一致的秩序，我们感到的是矛盾、对立、冲突，是本质对现象的冲击与颠覆。这种艺术价值是文化发展的裂变造成的。在社会学意义上，它体现出来的对传统、文明和人自身的怀疑与忧思不无积极意义。因此，艺术上对现象的超越所带来的本质真实（内在真实）虽然在感官上会给人以不适，却因能在理性上给人以警策和启示而显出其合理性、深刻性。它所创造的是带有痛感的扭曲的美，不具备传统的温文尔雅的假象面具，也不力求达成主客体的和谐一致。对于传统审美心态来说，这种现代艺术在形式和内涵上必然是非常新奇的。

无疑，刘金荣的作品具有这种现代艺术的共性和价值准则，可以说，正是这种新的文化思潮影响的产物，因此我并不奇怪他何以要如此反常规地构建其艺术世界。我感兴趣的是作为一个在中国西南边疆高原氛围里跋涉已久的画家，刘金荣是从什么角度获得这种先锋的艺术意识来大胆地背离他所熟悉的高原表象及绘画技巧的。据我所知，不久之前他还致力于那种时空确定色彩鲜艳的云南风情重彩画创作，并画得颇有特色。反传统需要勇气和冒险精神，刘金荣这么做了，其中肯定有着独到的构想和创意。当然对艺术家心灵的深入是困难的，那些深藏于内心的精深或微妙的成分也许永远难以为我们了解。我们所能凭借的仅是他的作品，这是唯一的破译线索。

在刘金荣的作品里，被分解的是高原表象。我们从那些隐约可见的民族服饰和高原景物中可以断定这一点。这使我的理解获得第一个立足点。我始终认为，无论视野多么超拔、先锋的艺术家，他必须有一个体现其精神思考的基点，否则他的创作将是空泛的因而也将是毫无意义的。刘金荣用画笔来表现他对高原文化的思考，从而把具有当代性的普泛的艺术思想和艺术技巧具体化，结构出富于特色的变形化的高原景观。他的画面是西化的又是民族的，是先锋的又是传统的，我以为这是刘金荣的第一个创造层次。

再者，刘金荣理性地对待高原文化，他力图超越现象，发掘更为深层次的文化内蕴，他用构图和色彩淡化客体世界的外观，让它们以象征符码的方式出现，譬如地域的阻隔和心灵交流的微妙被抽象为闪烁不定的扭曲的脸庞（《骚动》）；生命力的旺盛和所遭遇的困厄被岩石、流水及火团一样的花的写意状态象征出来（《静野》）；杂乱交错模糊不清的步伐暗示了心灵历程的艰难（《心旅》）；突兀的具象化的眼睛造型叙述着往事的沉重份量，以及主体与外部世界的对立（《往事》）。总之这些符号化的绘画语言，组合在超时空状态中，实现了对现象的超越，言说着高原文化的深厚与滞重，心灵的孤立与痛苦，现象的神秘与虚幻。它们一定程度契合了某些普遍的人类心理状态，如渴望、忧患、孤独等，因此，刘金荣的言说方式是有价值的，它的理性力度超越了表象的确定性而获得构图上的丰富与奇特；超越了表象的表面性而获得了深入的文化内蕴和心灵真相的直接呈现；超越了表象的常规性而获得了思想的自由展示。如果画家在变形技法和画面结构方面做得更为自如，那么，这种独特的绘画语言将会产生更为巨大的力量。

（四）

时光如水，悄然而逝。它轻缓而有力的脚步常常被现实生活的匆忙与繁华掩盖。但悠悠岁月情，在书画家张志永的笔下浸润、萦绕，20世纪90年代初，他推出了系列画作“岁月回眸”。

并不是每个人都具有历史意识，也并不是每个人都能在岁月拉开的距离中品味平凡事物流露的审美意蕴。人们生活着也遗忘着，但怅然若失的心态又常常使人沉湎于回忆，从而促成趋新与怀旧交织互补的内心世界，这无疑给敏锐而细腻的艺术家提供了机会，使他们能循着这条心灵的缝隙，用绵长的怀念来激活人们对生活价值及生命意义的感悟。

张志永就是这样一个艺术家，在现代化高楼林立的今天，他却非常专注地用朴实简洁却意味深长的绘画描摹着往昔岁月，三十年前的老曲靖，使我们在无比亲切的氛围里再次看到久违了的极富传统文化色彩的文庙、石坊、古柏及名人的花园，还有熙攘而平静的北门老街，古风盎然的康桥和桥下清澈的流水等等。这种艺术化的回望，使我们悄然进入了回忆深处，进入了一个温馨的旧梦，被曲靖养育过的人，肯定会记起这些古旧事物陪伴我们度过的青春时光，进而抚触到内心的激情、活力与冲动。谁能阻止时光之水长流？唯有艺术能用想象与美复活青春，让生命之树长青。

我正是在这种感悟中领略到张志永绘画作品的精神价值。因此，我不想专门谈论它们那种返朴归真的艺术格调和技巧，虽然这也是张志永画作极富吸引力的方面。我宁愿把这一切留给大家来品味，我相信，萦绕在张志永作品中的悠长的岁月情怀和文学意味，定能激活我们每一个人的灵感与悟性。

（五）

面对尹欣的摄影作品，我感受到的是一种宁静、醒目、深远的艺术境界。

再现生活是艺术的天性之一，但这绝不意味纯然的再现可以构成一件真正的艺术品，特别是当我们已经获得了某种高超的再现手段（譬如摄影）时。否则艺术在大幅度逼近生活的同时，也就失去了创造的华光。这种想法使我认为，摄影，作为一种最具再现性的艺术，我们必须背离再现性，才可能真正触及它的艺术内核。

因此，在1996年元旦尹欣的“多彩的世界”摄影作品展上，我总是提醒自己尽量避开题材或者物象的诱惑，尽管尹欣的作品在这方面的确是视野开阔、丰富多彩、极有吸引力的——它使我们再次体验到我们生存的高原的美丽神奇和民族生活的热情浪漫，我们甚至从这些作品中很容易地感觉出作者对生活的热爱和歌颂。但是如果仅到此为止，你也最多不过是了解了一个优秀的摄影者，而不是一个以摄影为表现手段的艺术家。

那么，尹欣用他的相机向我们表现了什么？或者说他用什么来体现对生活的创造性把握？要弄清这个问题肯定必须从形象开始，任何艺术都离不开形象塑造，任何艺术形象都不可能是现实物象的翻版。摄影艺术形象的构成难点就在如何摆脱物象的常规性，从而把创作融入镜头的记录属性中。在此我无法阐述尹欣完成这个过程的技术手段，但我可以肯定地说，这一过程他是成功地完成了的。否则他不可能在众多作品里展现如此鲜明的艺术形象，从而造成强烈的视觉效果。

这些形象首先吸引我的是它们的质感，作者无论拍摄建筑、人像还是山水都十分完美地呈现了它们独特的质地。当然任何自然物都有自己的质地，但是，当你要把它们从纷繁的现象中突出出来，用沉默的方式诉说内在意蕴时，就绝对需要创造的气度和敏锐的想象才能完成，因为它肯定涉及了构图、角度、色相、明暗、增删显隐等复杂的造型因素。所以摄影作品的深邃意境完全可能靠这种鲜明的质感来构成。正是在这意义上俄国形式主义理论家什克洛夫基才说，“艺术的价值就在于为了使人恢复对生活的感觉，使石头显出石头的质感，艺术的目的是要使人感觉到事物，因为感觉本身就是审美目的。”可以说，尹欣是深谙此道的，因此，他才能通过质感语汇使寻常事物在无语中升华为意蕴深远的艺术形象.

与此相适应，尹欣还善于通过瞬间情景的捕捉来传达时间和空间的神秘同构，春光秋韵，寒来暑往，万物皆是敏锐的承载者。那么，我们的生命将在如是变化中经受何种震颤？尹欣总是用镜头小心地搜寻着这一切，从而使他的一些作品最终超越了题材的规约而上升到一种普遍的艺术精神中。我们知道，时空是事物的存在形式，也是生命的存在形式，对它的任何追索都会使作品获得哲学上的开阔和深邃，这在康德的著作中早有定论。应该说尹欣的作品缺少外在的动性，但它们却依赖上述意念的拓展而获得了内在的动性，从而达到宁静中有张弛，无语中有深意这样的境界。可以肯定地说，这才是一种更有价值的艺术品质。

（六）

在匆忙的生活中，我们常常忽视了那些重要但却潜在无形的关怀。饮水，但有多少人真正去理解水的源头？置身灯火阑珊的夜晚，究竟又有多少人真正领悟了光明的份量？但忽视并不能彻底取代事物的真相，美好的生活要靠艰苦的劳动来支撑，美好的品德要靠感恩来提升，这是人人明白的道理。问题的关键在于，我们必须感谢什么？我们将靠什么来完善充实我们的心灵与良知？

1997年春节，在曲靖地区文联与地区水电局联合举办的“水电之歌”大型摄影作品展览中，从一个侧面，我们无疑可以找到正确的答案。这确实是一曲滇东大地上水电建设的雄壮的颂歌，创造者的颂歌，一曲智慧与热汗、力量与美交织的乐章。

从147幅来自水电建设第一线的作品中，我们可以充分领略到它的多重价值。这既是艰苦劳动与无私奉献的真实写照，又富有艺术的启迪与美的感染，既展示了我们曲靖走向光明的历史，又使我们看到它更加光彩动人的未来。在这一系列劳动的画卷中，我们处处可见“水随人意，电从心起”的神奇的创造，看到劳动的人群在从事伟大的建设。他们开山凿渠，筑坝架线，与顽石和洪水搏斗，用劳动的热汗在滇东大地上描绘出一幅幅高峡平湖，鱼肥鸭美的图景；描绘出电，这无形而巨大的力量，它把动力和光明源源不断地送进城市和乡村，使现代化的车轮在高原的大山峡谷中有力地朝前滚动。

镜头的内部，是这样一群令人崇敬而难忘的人——他们中间有省委书记和各级领导，有朴实的农民，有智慧的学者、工程师，有勤奋的工人。从宁静的珠江源头，到秀丽的多依河谷，从偏远的会泽乡村，到喧闹的曲靖坝子，他们足迹所至，劳动所及，便有奇迹纷呈，山河变样，便有创造的伟力激动着我们的心灵。沧海桑田，万家灯火，这是一份幸福与祥和，但只有创造者才能真正理解这份幸福，也只有真正理解了创造者的人才能品味到这种幸福。因此，我们要真诚地感谢他们——水电事业的建设者，平凡而伟大的人们，他们的魅力在于用行动显示了幸福与劳动、享受与付出之间的真相与价值。

当然，作为一次大型摄影展，它所体现的道德力量和社会意义无疑与另一群创造者——作者密不可分。正是他们敏锐的观察、捕捉和创造，才使平凡的劳动凝固成永恒的艺术境界，从而构成了一种礼赞和思念，一种理想与追索，才使我们在新春佳节的喜庆氛围里，得以借助其镜头，放眼有限空间之外，看到广阔的生活场景和细腻的心灵画卷，看到那些与我们息息相关却似乎又相隔遥远的水坝、电厂和源源不断的流水。

时光如水，在辽阔的大地上，劳动的人群仍在劳动。我们这些劳动成果的承受者，将以怎样的心情来礼赞这种劳动和创造呢？那一幅幅凝聚着情感的照片已经作出了回答。我们所要做的只能是，仔细地品味和怀想——关于创造者的风采，关于水与电，这神奇的造物，给予我们热爱的艺术、生活以及生命的滋养和心灵的提升。

第六编

我与滇东文学

从我的写作角度看，甚至可以说从我的文学理论研究的角度看，我绝对是在滇东文学的整体氛围里成长的。换句话说，我的诗歌写作，我对滇东一部分作家的关注与评论，我所进行的文学理论研究，都与我所置身的滇东的自然与人文环境不可分离，与滇东文学的总体追求不可分离。许多时候，正是我身边的文学朋友的催促，正是发生在我周围的文学活动的吸引，才使我写出了某些作品。我知道，写作是心灵化的活动，是情感世界里个人与上帝的对话……其动因尽管神秘，总会有一些可以解释的外在理由引发这一切。于我，可以肯定，这种外在的力量大部分来自于我对曲靖的热爱，来自于我对滇东文学发展的期望。我在写作方面所做的一切，使我成为滇东文学群体之中的一员，但我始终提醒自己，我对滇东文学贡献甚少，我只是一个滇东文学的受益者。无论何时，我都必须以感恩之心对待我所热爱并景仰的滇东文学，以及我的家乡曲靖，曲靖最美丽的地方罗平。

这就是我与滇东文学关系的基本点。

一　写作：生活中的期望与感激

(一)

当滇东的河流再次萦绕我的笔触，我深深感到这片土地对我的写作乃至生命的滋育是多么强大而有力。

1961 年，我出生于罗平，这是一个美丽的地方，它的地貌和风景，它的河流，清丽中蕴含刚性，开阔里充满柔媚。多年来我呼吸着它的气息，沐浴着整个滇东浓厚的高原氛围，它们不断激发我的想象和写作冲动。

80 年代中期，我们一大群走出大学校门不久的年轻人，其中有高文翔、许泰权、陈锦琳、秦梅、李建平、马石林、邓仕才、毕然、唐宝友等，在麒麟文学社这个活跃的组织里，开始了关于滇东文学的积极思考探索。我们的创作宗旨就是展现滇东高原的壮丽与深厚。那时我所写下的高原诗里，排列着苍茫的大山，流动着野性的河流，几乎所有入诗的高原生物都被外加了灵性或象征意味，在情感的宣泄中流露出粗糙的硬度。幸运的是我们那些幼稚而热情的追求，在滇东文学的发展中显示了积极意义。

后来，我尝试寻找升华自己诗歌的途径，我开始力求传达个体生命对世界的融会、体察和愿望，我相信心灵的疲惫和无可奈何可以照见存在的贫乏，心灵的充实和永恒趋前可以使我们触及诗性，真正的艺术精神是一种人类精神。因此在1993年出版的诗集《永远的朋友》中，我试图以一种亲切的方式靠近我所置身的生活与人群，用朋友的亲切口吻表达我所体验的欢乐和痛苦，我所追求的信念与幻想。我感到，在强大的生活之流面前，显赫者与卑微者一样都是微不足道的，都无可避免地要经受盼望与等待的磨砺，才能获得心灵与情感的平和宁静，才能靠近或者触及欢乐的光环。

这种观念的变化使我格外注重诗作的主体色彩，但这并不意味我对高原地貌和高原文化的疏远。相反，正是滇东高原的内在魅力才使我悟到了作为生活自为者和文学自为者所应领悟的生存本相及其变异、贫乏的存在和诗性的渊源等因素。因此，以心灵去融会高原，让诗歌在自然流动的节奏中呈现心态高原的人格个性，成为我所追求的另一种诗歌境界。我感到，在创作的版图上，无论走得多么远，其实都难以离开那片心灵的故土，我们所能做的不过是让诗歌因自然而获得博大，让自然因诗歌而闪现更多灵性的火光，从而照亮我们平凡的生命与生活。我认为，这也正是90年代中国地域诗再度勃兴的原因之一。

我以“河流滇东”为主题的那些诗歌，我书写家乡罗平的那些诗歌，便是在这种心态中完成的。它是我试图写作的关于滇东的一个较大创作构想中的一个部分。无论对于我的诗歌还是我的故乡，这都是又一个新的开始。我相信，在滇东这片美丽的土地上，任何认真的写作都将获得它的恩赐与提升。

（二）

诗歌是一种什么方式？这是在经过了多年的写作之后，我向自己提出的一个疑问。

当然，我并不是想说，写作，特别是诗歌的写作是一个需要不断进行自我否定以求得升华的历程。对个体来说，随着年龄的增长，写作的外在理由会越来越暗淡，诗歌，甚至整个文学的写作其实并不是构成我们生活的唯一方式。在生活中你已经有了更多的更为实在的选择，你内心的激情正在被岁月逐步收拾，你的笔开始变得更为凝重……但写作仍在进行。那么，为什么写作，诗歌到底是一种什么方式？

在文学原理中，这是一些十分深奥的问题。多年来，我徘徊在文学理论的理性世界与文学创作的感性世界之间，我感到这两个世界为我们提供的答案竟如此不同。我们当然没有理由否认在文化深处寻求写作动力的理论方式，我甚至说过，由于人类的审美能力与精神创造能力总是以某种神奇的难以理喻的方式支配着作家个体心灵，才使个体心灵中有了超越自我的神奇成分，才使作家在创造真有价值的作品时，仿佛在“代神立言”，当然这个“神”并不是宗教之神，而正是那种人类整体审美能力、创造能力的隐秘化身。[①] 关键是，在具体的写作过程中，作为作者，我们到底是如何呼应、展示了这一切？几乎没有一个写作者愿意对此作明晰的界定。许多时候，精彩的写作，一句漂亮的诗句，甚至一个使自己得意的词，总是在含混的、迷狂的思维之中出现，

① 董学文，张永刚著．文学原理．北京大学出版社，2001

仿佛天幕上偶然划过的流星，转瞬即逝。它对理性的对抗（至少是表面上的对抗）会使一个作家获得言说写作的更为潇洒的可能，因此，它被最大限度地保持在秘而不宣的状态。然而，当文学进入到历史格局的时候，或者说，写作业已完成，理性强大的整合力量便开始释放。人们总是力求将写作理解为合乎或者制造了一种历史趋向的深刻追求。在这种“格式化”的思维中，诗人对他心灵的坚守又被定位为庞大历史整体的组成部分，似乎任何一首诗都是历史的碎片，从中随时可以读出原型意味与文化情结。诗人言说的个体理由再次被遮蔽，或者取消。

我们正是在这样一种看似完美但却并不确切的文化构建方式中从事诗歌写作的。一些人为的事端与争执由此产生。20 世纪以来的诗歌所表现出来的多样格局与不断转化，正是诗人心灵服从于历史幻象的佐证。我们因此对写作有种种限定与解释，甚至误解，我们常常为了这些限定与解释而写作，形成一个周而复始的旅程。幸运的是这个周而复始的旅程，将充满悖论的写作的内部与外部关系有效整合起来，将我们敏感的内心紧紧系在时代的脚步之上从而获得冠冕堂皇的理由，将诗歌的本质、功能与言说方式不断改变，拓展出绵延的诗意时空……在此意义上，诗歌成为时代与历史的心灵，是社会后院中低声吟唱的一只百灵，它从诗人的手里飞出之后就不再属于诗人。对于诗人而言，这种诗歌，仅只证明了诗人的曾经存在。

这个结局令许多人倍感欣慰，也左右了他们的写作，当然，最终也要使他们忽视了心灵和精神本身。这是功利主义的灾难性结果。在这条道路上，内容与形式、题材与言语、起点与归属这些不断触动诗歌内涵的因素，一般都要倚重世俗价值来获得自身价值。因此，对于威廉·布莱克、T·S·艾略特这些诗人，我们往往只看到他们对所谓“现代社会”的对抗性选择，而忽视了他们超越现代性乃至整个时间意义的精神索求。事实是《荒原》中的宗教灵光在最后的诗行里闪耀的时候，艾略特的伟大才具有了心灵意义。

说到这里，诗歌作为诗人心灵与精神生活主要方式的重要性必然显现出来。这是可以为诗人个体追求提供更多理由的因素。诗歌的写作行为许多时候是无法控制的，包括写与不写在内。在诗人的写作现场，决定一首诗歌优劣的理性判断往往是无效的。因此我更相信桑塔耶纳所说：诗歌“价值发乎我们情不自禁的直接性或莫名其妙性的反应，也发乎我们本性中的难以理喻的成份。”[①] 尽管这句话看上去似乎并没有说出什么具体的东西，但它将心灵的重要性作了突出，这已经足够。

服从于心灵的写作对于写作者本人而言并不挑剔，甚至人为的选择都是多余的，因为生活对于心灵的支配力量消减了。相反心灵使诗具有了新的力量，“它把世界包含在自身之中时，使我理解了世界。同时，正是通过它的媒介，我在认识世界之前就认出了世界，在我存在于世界之前，我又回到了世界。”[②] 这是杜夫海纳的思想，换成王尔德的话来表述，那就是“人生模仿艺术”。可见，在一个自由的心灵世界里，你所感受的，你所书写的，它所构成的境界，绝对会超越你所生存的时空，绝对要为你的现实居所镀上一层精神的阳光。

我就是这样理解岁月深处发生的事情。在 2006 年我出版的诗集《岁月深处》中，收集了我近年断断续续写下那些诗作，

① 桑塔耶纳著．美感．中国社会科学出版社，1982

② 美学与哲学．中国社会科学出版社，1985

与其说我对我置身的时间与空间发生了兴趣，不如说它们本来就在我的心里存活。那些风中的花朵，遍布滇东的河流，高原深处的往事以及穿透一切的时光，总是在我心灵的视野里熠熠生辉，使我不能够释怀，使我必须用我热衷的方式记录这些幻象，而不是记录它们的真实状态。在今天这个物质的社会里，为什么写作，诗歌到底是一种什么方式？我想借用荷尔德林的诗句来表达：

待英雄们在铁铸的摇篮中成长，
勇敢的心像从前一样，
去造访万能的神祇。
而在这之前，我却常常感到，
与其孤身独涉，不如安然沉睡。
何苦如此等待，沉默无言，茫然失措。
在这贫困的时代，诗人何为？
可是，你却说，诗人是酒神的神圣祭师，
在神圣的黑夜中，他走遍大地。

这样的诗歌方式与流行可能缺少联系，但一定会与作者的心灵紧紧相连。我深信这才是诗歌固有的价值本源，或者说，是诗歌更为本真的方式。

（三）

在我的写作历程中，许多人、事对我产生过难忘的影响，我内心深处充满感激之情。2001 年，《珠江源》刊印百期，我为它写过一篇短文，这是长久以来萦绕我内心深处的上述情感的流露。我再次提到了那些难忘的往事，提到了我们的“麒麟文学社”等等。

我的思路从一个问题开始，“我们为什么需要这本刊物”，我认为这是一个反思性题目，严格地说，它缺少轻松与亲近，似乎与纪念主题无关。然而，这确实是我由来已久，对这一本生长于滇东群峰之间，与我的文学之旅不可分离的小小刊物的关注起点。在现象世界里，许多东西自然而然存在，与我们形影相随，并不需要我们去思考它的内在意义，就像这无限的天空与大地，就像这无尽的时光与河流，轻轻就笼罩一切，穿透一切，只把巨大的惊异与感叹，留给我们，却并不在意我们作何感想。

但在我的理解中，这本名叫《珠江源》的刊物，却有着我不能忽视的意义。我们为什么需要这本刊物？我最直接的回答是，它与我们的精神世界密切联系着，它已经内化为一种回味与怀想，使我不时会因为它而感到幸运与充实。在人们的文学记忆里，20 世纪 80 年代，那时一个激情荡漾的时代，文学以少见的力量，创造着理想与奇迹，使复苏的时光倏然获得了更为绚烂的色彩。就在这种激情荡漾的氛围里，我和一群年轻的朋友，在许多难忘的关怀与关注里，组成了曲靖地区文联麒麟青年文学社。这是一个真正富有朝气与活力的文学社团。我们冲动的写作，聚会，交流，将文学视为生命中最亮丽的景致。我们渴望自己的作品，能够不断变为铅字，出现在不同的刊物中。我们还办了一个社刊，名字就叫《珠江源》，这个秀丽而大气的名称，后来为地区文联相中，取“石林”而代之，成为一直延续至今，已刊印百期的这份文学刊物的名称，同时也成了具有更大的内在魅力，广泛联系着包括我在内的更多的滇东作家的一条纽带，一个园地。巴尔扎克曾说，小说是一个民族的心灵秘史，其实何止小说，任何创作都具有这种心灵的力量，而且它的意义首先必然会体现在作家个体之上。夜阑人静之时，回想自己的写作历程，那许多发自内心的诗歌，总会复现一段时光，一种景致，此时，我知道，生命正在以一种难以言说的心灵化状态重新开始。我的眼睛穿过暗夜，看到那些曾经深交的朋友，或者一个偶然相识的陌生的文学爱好者，他们都带着那个时代的特征：热情、执著，充满了信仰的力量……时光轻轻滑过，聚散依依，留下的是多么鲜明的亲切与诚挚，多么难忘的激动与惆怅，我再次深深感到：

搏动我们心脏的目光
因为诗歌
在忧伤的时候被轻轻擦亮
因此我们用笔
随便就可以开垦苦难
种植欢乐
让那些灿烂的果子
高悬于头顶
笼罩我们的生命
我们用诗歌为它命名
诗歌使我们的禾苗
变为谷粒
变为一种永恒的精神
当我们再次走入荒草的时候
照亮我们漫长的一生

这是我写于80年代后期的一首诗中的句子，但它给予我的，却是多么亲近的感觉。我常常以这种方式，回溯到80年代那种我们亲历的文学追求里，应该说，它的精神色彩是时代赋予的，与90年代以来商业社会气氛中的文学作为大相异趣。在那种文学追求里，文学不是一种手段，它简直就是一种生活或生命的方式，我庆幸我拥有过这样一种经历，它已经升华为我的一种精神资源。当我不断从这个资源里有所收获的时候，我当然十分清醒地认识到，其中有多少成份，是《珠江源》这个刊物所给予的。

时光毕竟在不断地流动，像源泉中永不止息的水，无论我个人的写作还是整个滇东文学都在发生着变化。我常常会想，到底有没有可以在实质上以“滇东”冠名的文学？我们长期的写作是否已经形成了自己的风格？我们需不需要某些共同的东西来支撑我们不同的追求？……这都是一些大问题，我无法找到完整的解答，但我知道，对于文学，有些东西确实是作家无法离开的，比如我们写作的根，比如不断生发并维系着热爱的自然和人文的存在……我们有幸生活在滇东，一条大江从这里出发，亘古的群峰以坚毅的目光傲视纷纭时光，这一切现象的深处肯定具有理性的提升之力，它会使我们的写作超越平淡与困窘，因此，我认为，对于我们写作的过去与未来，“珠江源”，无论是作为一个刊物的名称还是作为一条初生大河的象征，它永远都是一种提醒，一种召唤，一种指引。我们为什么需要这本刊物？那是因为我们需要一个心灵的出发与皈依之地。

相信我的这些想法，不会给这个生长着的刊物太多的责任与沉重，相信《珠江源》永远是一汪明澈的活水，它长久滋润我们写作的笔，使滇东的群峰之上，不断生长出属于滇东文学的小草、鲜花和树林。

（四）

因此我曾以同样的心情和眼光，观察那些比我更为年轻的生命，为他们的文学理想和追求而激动。我甚至将壮大我们滇东文学的希望，寄寓在他们稚嫩的写作里。在曲靖师范学院的前身——曲靖师范专科学校中文系，90年代有一个文学社，叫做百花文学社，我为他们做过许多事。文学社有一个刊物，叫做《溪流》，为它的出刊我写过两篇导言，虽短，但却是真实感受的流露。现录于此，在又一次表达内心情感的同时，也为那个时代滇东文学所具有的激情状态提供一点印证。

倾听溪流

屈指算来，我做学校百花文学社的指导老师已经七、八年。其间看稿改稿，讲创作讲座，参加作品讨论会，似乎也做过不少琐屑的工作，然而却从来未给文学社写过一点文字的东西。最近，几年来在困难中时断时续，最终几乎自然消失的社刊《溪流》，在几个颇有上进心和责任心的同学的艰苦努力下，居然又很工整地刊出一期，并且接着又有第二期即将付印。这使我感到巨大的惊奇和敬佩。文学的价值是超功利的，它不能给创造者以物的报偿，却要耗费他们大量的心血和气力。这对于一个小小的文学社团刊物的编辑来说尤其突出。然而正是这种得与失的反差和不同指向才使对文学的追求成为高尚和可贵的行为。

因此我要用这简短的文字，鼓吹这种积极的追求。在我们置身的这个飞速发展的时代，生活不断提供着新的选择，我们也许有众多的理由忽视文学，但这并不能改变文学作为人类精神之花的实质。人永远无法远离幻想和渴望，也就永远无法远离艺术。现代文明的负效应往往会造成无限的孤独感与怀旧情绪，因而物质世界的繁华景致绝不可能消弭精神家园的光辉。等到我们疲惫已极，蓦然回首之时，心灵和情感定会被我们曾经拥有的文学信仰再次激活。

虽然对于我们校园中众多的文学作者来说，这种文学信念及其实践还显得非常幼稚弱小，但它流露的纯真热情，却直逼人们的心灵和艺术深处。艺术的可贵品格在于它能够不断地以真纯的幻想超越现实，从而使我们保持在心灵和情感深处的美显示出无穷魅力。当我们用单纯的眼睛看世界，世界便会被这双眼睛净化。因此我们没有必要过多地遗憾于他们的稚拙和缺少博大气度。这正如一条弱小的溪流，只要它不停地流动，不停地奏鸣它清亮的音符，我们便没有什么理由怀疑它的价值。说不定在某个灿烂的时刻，它会突然成为一条大河，把一片辽阔而明亮的水域展现在我们面前。

当然，这种振奋人心的壮大有赖于它自身执著的追求，更有赖于领导、老师的精心呵护培育。在今天校园文化建设的热潮中，我们已经感受到了来自各个方面的关心与厚爱。溪流正在流淌，百花将会盛开。相信校园的知识与理性必然会给正在生长着的文学幼苗以提升，相信文学创作活动定会像所有崇高的追求一样，使我们的学习生活与心灵世界更为充实美好，使我们美丽的校园更富于精神春天的气质。

《溪流》前言

1995年，深秋。高远的蓝天和校园中仍然盛开的花朵，使我深深感到时光的静谧和深邃。这是一个收获的季节，田野已经捧出丰硕的果实，而我的手里，是一大沓即将付印的手稿，它出自百花文学社90多名作者之手，这些精心挑选的不同时期的作品，真实的写照了文学社十年成长的历程。

十年，并不短暂的时光，需要信仰的力量才能支撑。在这个躁动的时代里，许多急功近利的欲望常使人们的精神追求昙花一现，难以久继。然而《溪流》却始终如一、源源不断地向我们流来，一届又一届不甘平庸和寂寞的同学，用稚嫩但却执著的笔，开垦文学厚土，播种理想、热情和智慧，使我们得以在这秋风渐凉的时节，透过这期纪念专号，窥见另一种心灵的风景，它明澈纯净，充满青春的自信和朴素的美；使我们得以沉浸于回忆，溯时间之流而上，置身于那些早已毕业远走以及仍在校园辛勤笔耕的同学中间，被他们欢快的笑语和妮娓的诉说再次打动。

这不能不说是价值的一种体现。时光之水长流，生命之树常青，只有艺术才能不断唤起我们生命的豪情，只有艺术的境界里才有美的篇章给予我们永久的激动，使我们超越世俗的困惑与迷惘，走向辽阔的精神之域。因此我崇拜艺术，敬佩任何层次上的创作——包括这本纪念刊物中所有质朴的作品。艺术的精神取向终将用时间的喉咙说明这种追求的纯粹与可贵。

何况百花文学社，这个我熟悉的组织，曾经拥有与整个文学大背景和谐的步调，透过这滴小小的水珠，我们依然可以展开追索的思绪，去窥见新时期文学格局的内蕴。十年前，在不断觉醒的中国新时期文学创作中，校园文学像一匹矫健的黑马，在理性的召唤和驱策下，以其青春品格和先锋意念，创造了令人振奋的显赫与辉煌。这是一个新的文学造山期，它鼓舞着众多年轻的心灵去追求艺术的奇迹和美。诞生于这个时期的百花文学社，犹如沧海之一粟，它从一个小小的角度印证了时代召唤的伟力。我们身处高原，但良知和责任并不能被任何客观的借口所阻隔。今天，中国躁动的文学潮流正在趋于平静，人们的文学思考正在面临商业巨浪的一次次冲击。众多世俗的举动正在消解艺术精神的华光。那么，艺术何为？我的耳边常常想着海德格尔的如是疑问。

因此我也就在商业化的浮躁中悟出了简朴和单纯的价值。写作，只要它真诚，它就有心灵的力量凭附。它就能远离世故与做作，远离庸俗，最终使人们无法借助“技巧”、“手法”等高深的标尺，对它进行过分的责难。我正是在这种意义上读完手里这些活泼的作品。它们在展示初涉人生的激动和惆怅之时不乏灵感和悟性。我惊喜于他们对故乡、父辈、师长以及校园生活的独到体察和深挚的爱，对社会不合理现象的大胆不满和具有审美意义的否定。这是心灵和个性的直率袒露，其字里行间荡漾着的生命的活水使我真正理解了“溪流”的象征内蕴，理解了以此作为十周年纪念的价值分量，并且我以为，任何对过去的纪念，如果归结于行动，那么它的意义就会指向未来，而未来，百川归海，如果你艰苦跋涉，那么你必将到达。

可以说，在滇东文学的成长历程中，这样的小小的文学社代表了一种方式，体现了一种向往，包含着坚定而坚强的对文学的信仰与追求。无论是谁，对它们的关注、关心与帮助，都将有利于它们融入滇东文学的整体建构中，成为值得长久回味的记忆。

二 诗歌：人生与事业中的阳光①

记者王琴：张老师，我不知道事隔多年以后您是否还记得在20世纪80年代早期和中期的时候，自己进行诗歌创作的那些情景？

张永刚：当然可以记起，应该说那一段时间是我生命当中比较有亮色的一段时间。80年代，整个时代都是有激情的时代。回想起来，我自己的写作活动应该说是从那个时候开始才正式地进入了一种状态。我今天能对文学有较深刻的理解和体验，我想跟我那段时间的创作是分不开的。

王：您是1982年从昆明师院毕业以后到国防科委去工作，后来又调进曲靖师专来任教。那么，在科委工作的那段时间您主要做些什么呢？

张：那段时间，可以说是我思想转型的一个重要时期。转型体现在我怎样去"适应"，从学校生活去适应社会生活，去适应

① 这是曲靖人民广播电台"百味人生"栏目记者王琴对我的访谈，2002年10月11日播出。我的学生张诚等将之整理成稿

我要从事的工作。那段时间应该说思想有很多的苦闷，一个原因就是现实跟自己的理想的状态不是非常吻合。从学校到社会每个人都肯定会经历这样一种不适应感，我用了三年的时间来完成了这种心理上的转型。当我 1984 年底到了曲靖，新的环境要求我用一种新的方式、新的状态来投入工作。80 年代的中期，从全国的形势来看，大家都充满了理想，充满着进取的精神；在文学上也是一个非常活跃非常热烈的时代，大的时代环境这时影响了我。在具体方面，曲靖这个地方作为生我养我的故乡，她对我的影响也非常大。回到这片土地上我有一种比较亲切的感觉，觉得应该用笔来表达一点什么东西。在这个时期，很多青年都有文学上的向往和要求，大家很容易就聚集在一起。正是这样一个小环境，进一步促使我拿起笔来开始进行诗歌创作。

我之所以会写诗，而且以后我一直都写诗，很少写其他东西，我认为跟我的个性和情感可能有很大关系。就是说，像我这样的性格，像我这种心理构成的人，可能更需要用诗歌这种方式来展示自己的心理。那个时期的外在环境促使我找到了自己言说的一种方式，所以当我拿起笔来写诗的时候，我能很快地进入状态，而且所写下的东西，应该说不像一些初学写作的人一直处于较为幼稚的状态，我感觉到我能用自己的笔把我生活过的滇东这块土地表现得更为充分。所以，在那个时候，我写下了很多粗犷的诗，用今天的话来说叫做高原诗，或者地域诗、红土诗，那些诗都非常有力度。

王：我记得国内有一位著名的音乐人高晓松，他说过这样的话，他说，80 年代早期和中期的时候，是一个白衣盛雪的年代，那个时候写一首诗比现在唱红一首歌还要受到人们的普遍尊重。作为一个诗人你当时感受到这一点了吗？

张：我觉得我还是感受到了的。当你找到了一种非常好的表达方式，当你把自己内心的这种情感，对我们自己的生活、对我们自身的这种情感和理解表达出来之后，我发现，它可以得到很多人的认可。在那个时代人们特别容易因文学而产生一种情感上的共鸣。所以，那个时代的文学都充满着一种激情，充满着信念，有一种非常外显的感人力度，能形成一个整体的氛围，写诗的人和接受的人都能够找到更多的共同语言。我觉得，这是那个时代非常可贵的地方。

王：我觉得很多人在写诗的时候，终生的诗人有那么一些，但更多的人是在他们生命中一些特殊的几年来写诗，那个时候感情特别丰富，特别想要表达出来那么一种情绪和感觉，你是否也是属于那种状态，是为写而写，还是自己想要去写？

张：诗歌永远都属于年轻的心灵，我想这一点恐怕是最普遍的。在80年代，应该说我的年龄使我更适合用诗歌的形式来表达自己内心的感受。诗歌创作，我觉得在我虽然也有年龄阶段上的这种特征，那个时代我写得比较多，也发表了一些作品，但诗歌我今天一直都在写，只不过我的工作重心使我将精力分到另外一些事情上去了，写得似乎少了一点。即便是如此，我也仍然认为，诗歌是我对世界言说我内心的一种最好方式。

王：1993年您出版了您的个人诗集《永远的朋友》，当时是怎么想着自己要出个人诗集的，还是一直有这个愿望？

张：诗歌作品写得多以后，就自然想要把它收集成一个集子，这也算是自己的一个成就吧。当然这个集子之所以能够出版，要感谢我们曲靖文化界的一些领导。但更为重要的是，每一个创作者，当自己的创作达到一定状态的时候，就有一种愿望把他自己的作品收集成一个集子整体表达出来。我觉得这些直接的原因倒不是很重要，重要的是我自己在选编这个集子的时候有一些考虑，今天看来，它对反映我自己的创作道路可能有一定的价值的。比如说，在我这本集子里面，我选择的诗歌大多是些生活化的东西，像我刚开始写诗时的那种对于高原、对于我们生活的这块土地上有明显地域特征的作品我把它减少了，更多地选择了一些生活化的平易化的作品。从诗歌创作的艺术特征角度来说，我觉得这更艺术化。虽然以前我对生活的感受应该说是比较全面的，但更多的是停留在它的外观，作为诗歌创作来说，一个很重要的东西就是要把外部的感受转化为一种心灵的东西。在我的另外一类诗里面，就是从生活的小的现象等等这些出发来写成的作品中，我感觉到更能体现我对艺术的理解，所以我选编作品的时候，就选择了更多的这样的诗。诗集叫作《永远的朋友》，其中没有我刚开始写诗的时候那种以地域特征为主的特点。

王：就像您刚才所说的，您是从 1985 年开始进行诗歌创作，直到目前也还在写诗，但是最巅峰的状态应该是在哪段时间呢？

张：我自己感觉到写诗最好的状态应该是在 80 年代中、后期和 90 年代初期这段时间，后来随着我年龄的增长和我所从事的教学工作的需要有了一些变化。在高校教学，老师在理论上必须有更深的造诣，理论研究逐渐成为我自己学习、生活、工作的最主要的方面，诗歌创作自然在数量上就有所减少，大多数精力都放在了理论研究和教学工作之上。

王：应该说这也是一种比较现实的选择。好像很多诗人都逐渐走过一个巅峰的状态之后，逐渐地朝另一条路走着过去。那么事隔多年，您来总结一下当时的这种状态，特别是自己付出很大的心力去进行诗歌创作的那个时候，您觉得那是一种什么样的状态呢？

张：我觉得那一种状态是更合乎人的个性，更合乎人的情感的一种状态。每个人在生活当中，他应该去承担一种责任，去把他所从事的工作做好；但这些责任，这种想法，应该说是更多的来自于社会对人个体的一种要求；而文学创作是一种纯粹心灵化的、比较自由的一种状态，你心里面对生活有什么感受你可以拿起笔来表达。一个人的性格，一个人的心灵可以在他的文学创作中得到最为充分的展示。所以，我感觉到如果再有机会让我能够花更多的精力来从事写作，我还是愿意做这样一种选择。但是，我在工作中首先必须承担一定的责任，还得做那些更理性化一点的事情，这可能对自己的自由与创作选择都会产生影响。

王：刚才听您介绍的时候，人生好像是分为了不同的阶段和过程，在某个阶段哪些东西占了主要的地位，在另一个阶段内另外一些东西又凸现了出来。可能诗歌也是一个人生命当中的一个阶段，在那样一些特殊的阶段当中它是最为突出的。但是随着时间的进行，随着生命或者说工作历程的进行，它会逐渐退居到一个稍微弱一些层次；但对于每个人来说他都在追求一个自由的，特别是对于进行创作的人来说，他追求一种自由的状态，但这种自由的状态又有一个“话又说回来”……

在经历过写诗的高峰之后，张老师，在进行教学的同时，您还更多地从事理论研究；它和诗歌的距离，我们觉得它们仿佛是对立的一种状态？

张：我不这样认为，我觉得这种说法是一种表面上的说法。文学的理论研究是理性化的东西，好像跟感性化的文学创作是不相干的；实际上作为一个理论的研究者，如果他有感性的艺术创作的经验，那么他对文学作品的理解就能够达到一种比较深入的、微妙的状态，这对他的理论研究是会有很大的帮助的。我自已在我的理论研究中就有这种感受。我今天能够对一些文学理论问题有较深入的、独特的理解，就得益于我以前所从事的那些诗歌创作。一个人人生当中他可能这一段时间主要精力在从事某种事情，另外一段时间他在从事另外一种事情，外表上好像有很明显的分界，实际上这些事情是会连成一个整体的，就像一个已经适应了或者说已经比较热爱文学创作的人，那么，这样的一种精神，这样的一种情感体验，我相信会一直影响他从事任何一种工作。虽然我现在从事的更多是管理上的一些工作，从事的研究可能更多的是理论研究，但我时时都会感觉到在我内心深处，还是都躁动着艺术的感受。这对于促使我在我的这些工作当中保持一种激情、保持一种活力，特别是保持思想上的一种活跃，我觉得帮助是非常之大的。

王：其实您研究的范围也比较宽广，文学理论、文艺评论是一个比较宽阔的范畴，您出版了《美学新论》《文学概论》《文学原理》这些教材，这些都是对文学有深入的探讨之后把它上升到理论化的一些东西？

张：对，这些就很需要一个研究者有文学创作的体验，所以我感激那个时代对我的影响。现在我能把自己的理论视野拓展得较为开阔，跟我对文学的热爱是分不开的。人们在从事文学理论研究的时候，如果他的动力仅仅是工作上的需要、发展自己个人的需要，由这种外在的需要来促使他，他可能会在从事这些工作的时候感觉到非常困难，但是如果这种需要是出自一种内心的冲动，无论这种冲动导致的是文学创作还是文学的研究，我感觉到它的力量都是巨大的。

王：在2000年曲靖师院成立之后，您从师院的一个教师成为中文系的系主任，应该说您的角色又有了一个变化，您觉得您是否还有精力来从事您刚才所表达的那种自由的选择？

张：我担任中文系的主任，这对于我来说是一个巨大的挑战。曲靖师范学院成立把我推到了这样一个位置之上，工作选择了我，我自己感觉到我应该首先把这个工作做好，应该勇敢地面对这样的挑战，我也有这样的自信通过自己的努力来把这样的工作做好。但在做这些工作的时候必然要分出很大的精力，从而会影响到自己对文学创作的喜好，影响到自己的一些理论研究，确实是这样。所以，在近期的工作中，我感到非常的繁忙，非常的累，一个人的精力当然是有限的，要把很多工作都做好，这不容易。在这个时候，我想到的是怎样把这些工作理出它的头绪，更理性化来处置它，让工作进行到一个比较规律化的状态，这样就可以从中分出更多的精力从事其他的一些更有价值的事情。

王：我觉得在您很多的角色转化当中有一个词是非常适合的，就是在您做什么事情的时候，无论多少的事情您都能有一种游刃有余的感觉，您是如何来做到游刃有余的呢？

张：说游刃有余，这是对我一种过分的夸赞，谢谢！实际上我感觉到我在处理这些事情的时候还是非常费心力的，动了很多脑子，也不能说是游刃有余，只是在众多的压力面前，你必须去面对它，必须努力去把它做好，在这样的心态之下促使自己努力去思考。所以，我现在一个是把中文系的管理工作这一块作一个整体化的设计，作一个有规律的组织。我管理中文系的一个指导思想就是，中文系作为一个以中国语言文学专业为主的系，它在一个大学的构成中应该是占据着一个很重要的位置，它应该形成自己的特点。所以，在管理中文系的时候，我提出了一个理念，我要求我们中文系形成自己的系风，这个系风包含四个方面，我把它叫做“四有”，即：有开阔的人文情怀，有深入的钻研精神，有活跃的思想心灵，有独特的读写能力。把这个作为我们中文系发展的一个长远目标，也是形成我们中文系良好系风的一个核心。目标明确了，理念明确了，其他工作就可以在这个理念之下找到一种更有序、更有效的方式。

王：对于您个人来说，您是更加偏爱于进行一些自己在书斋里面的研究和创作呢，还是更愿意自己来进行一些实实在在的管理？比如说您刚才讲的，您觉得中文系应该形成自己的系风，而且这些系风我们听了都非常的精彩，而且中文系它应该使一些国学的、传统的东西逐渐得到一些恢复。那么，在两者之间您觉得您更偏爱谁的呢？

张：当然，能够把一个学院的中文系建设好，让它有一个良好发展状态，并且在培养人才、学术建设、科研方面取得成绩，这是一件不容易的工作。如果我能在这方面做出自己的一点建树，我觉得这也是人生价值的一种体现。这个工作可能会泽被后人，让很多人能够在其中获益。所以，我觉得我应该喜爱这个工作，实际上我也正在尽量培养自己的这种心理，即使为此要付出自己更大的代价，我也愿意去这么做。但当我回到了我自己的学术领域里面，应该说我现在有我自己的学术领域，那么我在从事我的学术研究的时候，我感觉到我人生价值的另外一种状态。就是说我不但能从事一些外在的管理，把那些很具体、很繁琐的事情处理好，我还能够在理论的王国里去追寻另外一种价值。比如说在理论研究上，如果有所建树，这样对社会也是一种贡献，对自己的价值又是另外一种确证。所以，我把它们看成是人生价值的两种不同的取向。在自己的追求中，如果能将两者比较好地结合在一起，这当然是一种理想的状态；但有时候会出现鱼和熊掌不可得兼的情况，有时候顾此失彼，工作繁忙就影响了自己的理论研究，这个矛盾我也是非常强烈地感觉到了。所以，我最近在理论上的研究，比如说一些课题，没有按照原来设想的那种状态很迅速地完成，这跟我付出了很多精力去从事管理工作是有关系的。正因为如此，我才感受到生活的一种压力，一种紧迫感，有这种压力，这种紧迫感，反过来又会促使人更加用功地去想些办法，不断地努力。我想如果我能够这样地继续下去，我也可能会有更多的收获。

王：其实，用你们的专业行话来说，人生它不是一个单一的选择，而是一个多元的选择；那么，在这些多元的选择当中您都让自己想方设法尽量地抽出多余的时间来实现这种多元的选择，都能够做到这种“双赢”的状态？

张：当然，说“双赢”那是一种理想的说法，实际上要把这种理想真的转化为一种现实，那确实要在生活中、在工作中付出更多的努力，这些努力也许是一些不从事那些复杂工作的人所没有体验到的。我自己是感觉到了一种强烈的矛盾和一种巨大的压力，所以，我现在在不断地调适自己的心情，怎样来适应比较多的工作，是常去思考的问题。

王：我们时常会有这么一种感觉，一个人他涉足的领域越宽泛、越广泛，也许他知道的事情就越多；但如果往高深处发展可能就越少一些，特别是作为一个学者型的人，当您涉及的面越宽时，您自己往金字塔的塔顶攀的过程，您觉得他这个过程可能会更容易呢，还是会更难一点？

张：如果一个人的知识面比较广博，有利于他往深入的方面发展的，但当你在获得这种广博的知识的同时，你的精力可能就不是很集中了，反过来又会造成一种影响。在这二者之间，我感觉到关键是看一个人他怎样调整他自己，广博的知识的培养可能是在生活当中一点一滴地积累的，可能是在不知不觉中完成的；如果一个人理性化的学术方向不明确，他的收获可能就会很小；所以在确定学术目标的时候他一定要有一个明确的方向感，一定要建立自己学术的基地，选准这个方向后朝这个方向不断地努力，不断地加深研究的程度，这样他才可能做出成果。他不能在做理性选择的时候，一会儿选择这个一会儿选择那个；一个人知识的积累是在生活中自然而然地完成的；我觉得如果这两者结合得好，倒不一定会造成很大的矛盾。

王：我觉得他付出的代价就是属于自己个人的时间就会少一些。

张：那是。我现在尽量地来协调我们刚才所说的这两方面，一个是工作，一个是研究。这协调起来是非常困难的。当然，能够在某种程度上达成他们相互的平衡，我觉得还是可以。但是因此就把自己更多的时间付出去了，私人空间应该说是被压缩了，这是非常肯定的。在近几年的工作中我就强烈地感觉到自己的私人空间被大大地挤压了。

王：这是一种矛盾。这种矛盾您觉得有没有一些解决的方式，或者说自己是怎样来处理这种矛盾的？

张：这个我感觉到恐怕比较困难。生活中如果你不从事那么多的工作，你不去从事那些研究，你在生活中可能是一个比较自由的人，你想干什么就干什么；现在你把大量的精力投入到那些方面去了，你生活的个人选择自然就要减少，把大量的精力投入到工作中去了，对自己的私事顾及得就比较少了。

王：跟您接触，我有一个非常强烈的感觉，您态度始终特别乐观，而且是以一种比较积极的态度来应对着生活中所出现的各种纷繁复杂的事情。我特别想知道，您原来是这样的吗？

张：应该说我是一个非常情感化的人，从我开始文学创作以后我就逐渐发现，我喜欢从事任何一种事情都以一种饱满的热情，一种比较投入的心态去做它，可能给人这样一种感觉吧！但实际上我内心当中还是有很多思考，有时也有很多忧虑。这些东西只不过在我工作的时候流露得比较少。比如在教学中，我特别看重在学生面前作为一个老师，你一定得有一个良好的形象。这个良好形象的起点就是你对生活、对学业、对学术要有一种非常明确的理想，要用你的热情去感染学生，在学生面前你始终要保持一种热情奔放的形象；但并不意味着个人的内心要一直都是这样的。我自己也感觉到，在我的内心深处无论是对学术，对什么都有自己的思考，这些思考有时候让我感到一种痛苦，有时候感到一种艰难；但是尽管如此，特别是在我们的学生面前我一定还是要树立起一个对学生、对学术、对我们所从事的教师行业的一种热爱的形象。

王：像这样的话，自己的一些深刻的想法和外在的精神的状态，它们会不会在时间中长期积淀然后两者相撞而一下子爆发出来？

张：看你如何调适自己的心理。我觉得心理虽然是一种对人的行为产生潜在影响的东西，但人应该始终都是自己的一个主宰、一个主人。你要能够想办法随时保持一种健康的心态，你感受到痛苦但你不一定要被痛苦所支配、所战胜；你感受到欢乐你也不一定要被欢乐所淹没。我觉得一个健康的或者说一个理性上比较成熟的人就应该达到这个境界。我不是说我自己达到了这样的境界，我把它作为我自己一个努力的目标。所以，我相信我自己不会因为你说的这种性格的两极分化产生一种尴尬的状态。

王：您 1982 年从昆明师院毕业之后，您到国防科委去工作。

在这三年的时间里，用您的话说，这三年您是在完成一种痛苦的转型，那么您是如何来完成这个转型的呢？

张：这种转型对于一个人来说，首先是不可避免的，你必须正面去面对它。当你在学校里面学习时你是一个学生，很多东西有别人替你考虑，学校也是一个相对单纯的环境。但是当你一旦走入社会后，什么事情你都必须自己去承担，自己来面对。这时候社会的复杂性往往会使一个没有准备的人心理上产生一种不适、不愉快。在当时我也是强烈地感受到这一点的。但是，这种转折是必然的，无论您愿不愿意承受它，它都必然来到；所以，在这个时候，你马上要有意识地调适自己的心情，要在你现在所感受的这个不适应的新的生活中去发现它的美。当然，这个发现可能一个是针对事业的，比如你要教书，你要面对那么多的孩子，你可以从他们身上感到一种乐趣，你可以从你的同事身上感到一种乐趣；虽然他们形式不同，但是他们都是生活当中的值得热爱的一些群体，一些人；你只要变换你的姿态，你可以发现他们身上很可贵的，原来你不能接受的东西。这样，陌生的生活对于你来说就会成为一种自然而然所培养出来的生活状态。

王：是一种潜移默化自然而然所培养出来的状态？

张：但是，人对这种心态的调适是很重要的，虽然它是在不知不觉中完成的，你怎样来支配自己的这种心理，怎样不断地来提醒自己，要在新的生活中去发现它的价值，发现它的美，然后怎样来理解你原来认为不合理的东西，其实它是多么的合理；这就需要一个人还是必须有理性。所以，我现在总结一下人生，我发现，我是个情感很丰富的人，在很多时候我的很多行为是受我这种情感和情绪所支配的，但是，同时我又发现我是一个有一定的理性能力或理性精神的人；这两者也许在有的人身上它不大好统一。我自己也私下悄悄地想，在我身上我发现我确实有这两方面的能力的，不然从外在表现来看我不可能写出那么多的文学作品，我可能不会觉得文学的表达是比较适合我自己的表达，一首诗写出来后会觉得内心比较愉快，觉得你已经对这个世界说了些什么，在言说的过程中很多价值已经得到了体现。另外一方面如果我没有一定的理性能力，我发现我可能没有持久的耐心来做好这些学术研究。今天我也写了一些文章，也有一些著作，应该说在某些理论问题的探讨上，我力求达到一定的深度，有的我还是比较满意的；我感觉这也就是得力于这些理性的东西。我在讲课的时候也是这样，也体现了这两者的结合，一方面一种饱满的热情，包括表达、语调等等之类的，要对学生形成一种强烈的感染，然后在你所传授的内容中又要有一种理性的深度，我觉得我在现在的教学中做到了这两个方面。

王：我觉得您是始终精神饱满，用您的话说是一种以积极的态度来面对种种事务。那么，是什么让您有一种积极的态度呢？

张：积极的态度，这个问题说起来也应该说是比较复杂的，可能跟一个人的个性有关系，可能跟个人的生活目标有关系。如果单说个性，那么人受个性的支配可能他就很被动了，所以我还是宁愿强调一个人的生活目标和人生理想。在对中文系的学生的讲课中，在对中文系的学生的教育工作当中，我非常强调这一点。作为一个大学生，我们一定要有一种人文姿态、人文理想。如果你建立好了这样一个高层次的人文姿态和人文理想，那么你的行为就可能跟它相适应，就会有更多的主动积极的追求。这个人文姿态、人文理想最核心的一点，就像我在开学的时候给新生的讲话中所强调的，一个人你要去爱你的国家、爱你的生活、爱你周围的人，这时你的姿态可能就比较高了，你的行为就不会俗气，就会体现出一种气宇轩昂的意味。当然，理想的东西不一定随时在每一个细节当中体现出来，但它一定会成为一种潜移默化的东西，让你的行为显示一种特别的风度出来。所以我感觉到一个人就是要有这样一种人文选择、人文姿态，才能使他的人生显得非常有价值和有意义，作为学习中文的人我是特别强调这一点的。我在学生中作这样的强调，我自己当然也是努力地这样要求自己的。

王：刚才您讲了您觉得中文系应该培养出四点学风，那么你们所培养的中文系学生未来是成为中学教师，对于他们的培养，我想在一些基础学科方面可能也要不断地进行一些新的探索和新的尝试。

张：是的，我刚才所讲的系风的四个方面是作为一个整体的宏观的目标来要求的。作为一个大学生，特别是作为一个中文系的大学生，你必须在这几个方面体现出你独特的状态，人文姿态啊，钻研精神啊，特别是独特的读写能力这方面一定要体现出来。但是，具体到以后要从事的工作，我们要通过具体的训练来达成。现在我们中文系在课程的开设、学术讲座的安排方面对学生都有一些新的要求，都采取了一些新的做法，我相信通过这些做法培养出来的学生会具有更强的对社会的适应性，对他们以后的工作，比如说当一个中学教师这样的工作，会有更多的实际价值。

王：您觉得作为中文系的学生，他和别的系的学生的区别在哪里呢？

张：一般人看可能看他的外在区别，因为他是学中文的就跟学理科的自然是不同的，但我觉得仅仅是这样认识就太表浅化了。中文系的学生最应该有这样的素质，因为他学的就是中国语言和文化，他应该形成中国传统文化中的独特的精神韵味。所以我经常强调，我们学中文的人就是要有一种独特的格调，要有一种独特的气象，要有独特的胸襟；要有一种作为人文知识分子的姿态，这是最为重要的，有了这一点他才可以同其他专业的同学有较大的区别，不然他仅只是一种知识、能力、技巧上的差别，我觉得这种差别就太表浅化了。

王：那您觉得这种独特它应该是一种什么样的外在表现方式和内在的一些东西呢？

张：我所说的独特，首先是一种层次上的状态。你必须理解要深，你对中国的文化、你自己所学的专业，必须理解要深，你不是把它作为一般的知识来掌握的。知识仅是一个方面的，知识它要进一步促成一个人的气质，当你接受了这些知识，受到这种熏陶之后，最好要能形成你自己的一种气质。你是学文学的，你站出来以后你的气质、你的表达、你的言行举止自然地就跟其他人不同。人都会表达，学理科的也好，学其他专业的也好，他也会表达；但是你是一个学文学的人，因为你理解得深入了，你就带有这种独特的韵味。我特别地强调这些，但在具体的操作中它肯定是一些与众不同的东西，我想可能大家也有感受。比如同是学中文专业的，一个学得很一般的人和一个学得非常好的人，他用笔来表达也好，用口头来表达也好，他一定会显示出比其他同学有更高的层次，看得更深入，表达得更独特更有吸引力这些特点。

王：是不是作为中文系出来的人，他身上都应该有那么一种责任，一种使用好咱们祖国的语言的责任和传承几千年文明的责任？

张：应该有这样一种责任，但是责任在每一个人的身上有不同的理解和体验方式。有的人是一种自觉的选择，有的人是一种被动的获得，有的人即便是经过几年的训练他还是不愿去承担这种责任，他可能有更多的其他的选择。我觉得我们作为管理者、作为老师要求他这样做，表现了我们的一种意向，但是也有可能有的同学达不到这一点，也有可能其他同学有另外的追求和选择；我觉得在这种情况下，也应该理解他、宽容他。

王：据了解，目前国家教材编委在中小学的语文课本中加大了古文的比例，而把现代白话文的比例逐渐缩小。这是不是就要求中文系学生古代文学的功底要更加深厚，也对中文系的老师也提出了更高的要求？

张：那是。既然是中文系，你对祖国传统的文化和文学要学得比较好、比较深入、比较扎实，但并不是说通过这样的学习方式我们就一味地沉浸在古代当中去，我感觉到中国的传统文化在我们今天融入世界整个经济格局的过程当中，在走向现代化的过程当中，我们还要对它有一种新的处置。因此，你要有思考地去学它，要有一个反思的基点。接受新的哲学思想、接受新的科学研究的方法，我觉得这个也是同样重要的。有了这些你才能够把你对中国古代文学、文化的理解加深。但是如果你事先不打好基础，那么，这种深入的思考研究就不大可能实现，就成为空中楼阁。所以这两方面应该是结合起来的，既有传统的功底，又有一种比较活跃的、新颖的思想，特别是一种心灵的状态。这样中文系才能够保持住它的活力，否则就可能显得太老气横秋，死气沉沉的，就不能体现出人文知识分子或者人文学者应有的一种活跃的状态。

王：您刚才提出来的在中文系中形成的四点学风，这是您所致力要在您任中文系主任这几年中所创造出来的一种传统？

张：我是作为一种理想提出来的，能够实现它最好，我觉得一种学风的形成可能需要一个比较漫长的过程，也许几年，也许几十年，最后才能形成你这个系的风格，然后才能形成一个学院的风格。风格这种东西因为比较潜在，各种各样的因素可能都起作用，但各种各样的东西可能都不起作用。所以它需要一个很漫长的过程，我是把它作为一种理想的目标来追求的。

王：感谢您今天来到我们节目当中，说了那么多对大家非常有启发和启示的观点。谢谢您！

张：谢谢！

三　评论：关于我的诗歌

硬汉·强者·人

——张永刚和他的诗

南　云

这是1988年仲秋一日，我说张永刚是个硬汉。

我曾仰着头注视他。那时他正很自如地将虚化的诗格和实化的人格之类的东西一样一样地讲给我们听。因为他的挥洒，我们没有感觉到理论的艰深。但我分明从低沉而略含嘶哑的声调里听出了他自己的沉重，他的手势是为他的身体所束缚的，他的理论会束缚他不同于理论的其他么？有趣的是，在我的疑问隐隐约约萌生的同时，他开始提笔写诗。本来是老师的他就从讲台上踱到了我的面前，我也就开始认识他了。

他像狩猎刚归，使穹远的群山大幅度向我推进：我听见他叫了一声“我的红土高原”。这声脱口而出的呼唤对于他自己来说是孩子气十足的，就像婴儿一睁开眼就看见母亲，而没想过老把自己搂在怀里的喂养者是什么人。这一声的结果，是他源源不断的构想：

在天与地之间在痛苦的震颤之后
海汹涌地冲向太阳
红潮滚滚轰鸣
创世神话激荡而为壮烈之波

——《海的传说》

在他艺术化的溯源里，体现出来的是单纯。因为单纯，所以高尚，好比一件充满力度的雕塑，作者本想尽可能地隐藏自己，却在无意间把自己按捺不住的躁动注入了本身没有生命的形体里，有了这座雕塑，说作者是“硬汉”就开始有根据了。在“注入”这个貌似简单实则漫长的过程中，作者百分之百地受着激情指使，以至于失去了统治自己的能力：

灾难注定随狂叫的群鸦而来
思绪被匆匆啄尽如狼藉的牺牲

——《山祭·山祭之始》

而红土自然红成皮肤
而岩石自然硬成筋骨
而飞瀑自撞成血潮
山道蛇行而去绕成图腾

——《高原小城》

既像颂歌，又像祭歌，这就是张永刚的诗。我曾跟人讲过：读了他的诗，你会说不出滋味。

这里，我只好先说个没多少人认为是故事的故事了。我在一首诗里讲过，说是山里有个呆孩子，就爱蹲在山顶把脊背对自家的门，没人知道他看什么，没人知道他想什么。当爹的恨铁不成钢，巴掌打疼了仍没办法，就骂。孩子听见骂声，身子就转过来了，依旧呆呆的，看炊烟，看光脚板留在路上的红脚印。结果是，他梦游般爬上房顶，失落在自家的烟囱里。

张永刚的诗不是那孩子，却又有点像那孩子。他是高原养大的，他是高原宽厚的肩膀托起来的，他每时每刻都看见高原的存在，这种血缘关系在他的诗中具化为：他不但发现了红土高原内在的生命力，还自豪于这块土地与黄土高坡与草原大漠相比的独特，最终拧成一种常生活在这块土地中的人所不常有的崇高：

不可濯足之水在你们足下卷激
裸露之脚被涤为褐色岩群

——《十八连山》

但是，莫以为张永刚就是高原的好儿子了，他对高原的了解，恰好铸成了他潜在的野心。他自称“名副其实的高原的儿子”（《古墓群》），时时在自己的精神世界中注入阳性，为的是占有高原；他又把自己打扮成“敢接受虎牙做成的项链”（《古墓群》）的女人，于“柔情的春天走来时”“在青草地上焦躁地寻寻觅觅”（《古墓群》）。这种投靠式的手段，为的也是掌握高原。所以，一旦发觉企图几乎等于空想时，他毫不费力就把自己曾寄厚望的血性汉子之窘困和愚昧找出来了，反叛和无从反叛几乎同时成了事实，独我先悟的孤独也就随之而来：

“浓雾如黑色悲歌
自我们洞开之喉飘出
……
心灵骤然变得荒凉
成为流放憧憬的蛮野”

——《横断·横断之魂》

这样，巨大的痛苦就不可避免地出现了：在诗里，作者一方面掌握不了又摆脱不掉赖以生存的土地和生来就受之熏陶的传统，一方面又不愿像故事中的孩子那样在无奈的痛苦中等死。两重压迫使他沉重、迷茫并固执地躁动不安：

夕阳血红且阴险
捉弄我们碰撞于群山的阴影里
为找一条源一条扭动之魂
我们裸露驼峰般耸起的脊梁

——《珠江·珠江之源》

我的冲动如红土之浪
无边无际漫延

——《高原死海》

由崇尚开始，交织着对高原的把握与把握不了的痛苦、反叛和反叛不了的不安，这就是张永刚高原诗里体现出来的大形象。这个形象并非完全来自土地本身，因为我们的高原尚未觉醒到这个高度，这个形象是折磨着作者自己的那个精灵，作者付诸于诗的目的是有疼大家分担。《遥远的星》是一首较长的诗，它颇能代表张永刚高原诗的精神。在诗中，“星”是个象征。第一节，它体现出“超越冰川/超越蕨类疯狂的绞杀”的伟力；第二、三节，人的出现使它的“伟力”有了内容，它有了“配偶”，野性得到洗涤。诗行到此，也仅是到此，恰像庄稼正在拔节。当“传说的味道越来越淡”，“你泰斗的光辉黯然失色”时，作者的情绪反差令人震惊，你可能还没想到收获，就莫名其妙地被“另一种饥饿”所“折磨”而“流浪于心灵的小巷”里。读完全诗，你说不出“在即将消逝的时候”，“闪着熠熠痛苦”的“星”究竟是何物，你只好惨笑，象没有醉但确实喝了不少酒，所有沉重的心事若隐若现。如果你偶尔回顾题记，你就会明白那颗“星”为什么在“天尚未出现”时就“闪着熠熠希望”

且"发射黑光"了。显然，这首诗的诗容要比张永刚的其他高原诗宽阔得多。但我要说的是，这些诗既为张永刚所写，本身就是虚假的，真实者是操作诗的那个目光已楔入土地深处的高原人的灵魂。

不明智的人才会写诗，这是残酷而近于真理的事实。张永刚可以不写诗，他有已不轻松的工作和生活。但张永刚写了，什么驱使他写他并不一定知道。他写高原，他就得以高原的冷暖为自己的冷暖，他还得担着自己，担着生活中的柴米油盐。自找的苦果，是他无法摆脱的沉重，高原诗已沉重，其他诗亦然且更复杂：

注定有诗人以忧愤
掀开雨帘
于惆怅深处翻找句子
可是我的季节长满句号
长满洪水的齿痕

——《失落》

这是自寻烦恼，有意为难自己。

为逃避灯的重围
你交错一个个身影
在街头如鬼潜行
……
楔入城的缝隙
在所有舒适的梦里
狠狠捅一百个狰狞的窟窿

——《思想》

这是凶相毕露。生活得满足，对自己没有歹意的人绝对不会有这样的形象，也不会写这样的诗。这分明是自己不敢合眼，还想用自己的危机感警醒别人。

但你又妖冶而来
左手举一盏血红的风灯
右手提一串干脆的日子
我不知该迎你而上
还是仓皇逃跑

——《岁月》

这是重写老掉牙的岁月，但我们读来不俗。此效果正是另辟蹊径，有感受不可不出的缘故。由此可见，对于诗人，题材本身并不重要，重要的是主体赋予客体什么样的精神。

可我忽然忘了自己的模样
音乐如杂乱的蝌蚪
游弋于汹涌的人潮
阳台上水藻迎风飘动
珊瑚花开成单调的面孔
在街道交织的网里
我变成无腮的鱼

——《安全岛》

这是个现代人敏感的自揭。自揭是需要勇气的。恰恰是别人不敢正视的，被他清晰地感觉到并且说出来了，因此，他展示的实际是含“我”的背景，是大世界。

有人说张永刚从来不写爱情诗。其实，他不但写爱情，而且写得男儿的柔情十足，例如《雨夜过后》：

雨后回望那两行脚印
平行如过去的心情
和你分离之后它们开始积水

你的风没有吹来
水像石头一样沉默

当然，这里说的爱情诗，是指写男女之情的诗。我却认为，纯粹的爱情诗是不存在的，一首诗总是一个复杂情绪的结合体。我们何不把作者所有的诗——因爱高原而恨高原、因向往未来而苛求现在的诗都当作爱情诗呢？这样你就会发觉作者对世界、人生、诗歌是多么深情。

如果你稍微注意了张永刚的诗，你就会发觉，他的诗基本上都是成组出现的。我说张永刚是条硬汉，还在于他这种主体对客体的大手大脚，好比一个自信的木匠，他只管把手上的气力贯注到斧头上，因为心中有底，他不必担心砍出废品。那么实际效果呢？我不想过多陈列我的感觉。但有一点我可以肯定，那就是张永刚没有在开始之时就背离脚下的土地，没有在开始之后背离那个热烈而孤寂的人类灵魂世界，这是他带优势的前提。在他笔下出现的，是一个强者形象，这个“强者”同它的主人一样是有骨有肉之人，向上之力与迷茫、局限同在，无论是面对土地，还是面对人生，都能释放出恋情；因爱而恨而躁动，因执著而疑惑而不安。它活跃在张永刚通过土地和自身灵魂的契合建立起来的诗的敏感区里，具化为无数敏感点，像同一片天空中的星。这些星不仅极亮，还有很高的温度，它那雄性的阳刚让你亢奋，但它也不容许你轻松。它让你不廉价地沉重，直至你把沉重从心头移上肩膀。可以这样说，张永刚塑造的是一尊目光有隐情的力士雕像，就在人们对之评头论足时，他自己的企图已悄悄实现。

当然，这尊雕像的展出也得力于语言。诗作为诗，在付诸语言以前就存在，严格地说，诗与书面语言无关，但是，诗人必须运用语言而且为之大伤脑筋。语言以强制的方式靠近诗人，可能成其朋友，也可能成其敌人。张永刚与语言，没有亲密到天衣无缝的程度，但基本上是没有冲突的。作为工具，语言体现出了主人的内心表情，或亢奋："我发疯地生长犹如热带雨林"；或悲沉："在漆黑的胡同里我走不出习惯的引力"；或恬淡："雨后回望那两行脚印/平行如过去的心情"；或痴顽："沿着一条弯曲的思绪/我渴望走出你重重包围"。而由于二者的和谐，所运用的手法也就自然地蕴含于诗篇之中，不至让人感到那种在运用象征或比喻的被动。有些诗句，如：

阳台上水藻迎风飘动
珊瑚花开成单调的面孔
在街道交织的网里
我变成无腮的鱼

——《安全岛》

太阳死死盯着那群粘满红土的孩子
他们正为一朵蘑菇的干死而忧郁

——《走向雨季》

在圆满地体现出作者意念的同时，还具有欲穿透作者胸膛的力度，让你震撼，让你感到夺人而非强人所难。

总的说来，张永刚的诗一开始就是以厚实的内在和外表出现在曲靖的，而且来得那么及时。1986 年，中国诗坛已越过十年坎坷，开始趋向出硕果的状态，可曲靖诗坛仍旧很寂静。张永刚在这种情况下执笔写诗，无疑充满艰难。值得欣喜的是，他的险并没有白冒。在无需旗手的今天，他和高文翔等人从理论到创作的实践，为曲靖诗坛的兴建作出了起始性的贡献。如果说，他之前在曲靖已有人在顽强地写诗，并且用自己的诗打破了曲靖诗域的禁锢不假的话，那么他的出现，无疑又开了一条高原诗作者的可由之途。两年后的今天，曲靖诗歌作者已基本汇集成群，不可遏止地站上了曲靖文坛。这个时候，要显示群体得充分发挥个体，个体的探索和总结因此尤为重要。

话说回来，实实在在面对张永刚的诗后，我一开始那关于“理论束缚他的诗”的疑虑消失了。但我发觉，他完全能摆脱理论，却又似乎没有完全摆脱束缚。那根隐隐约约的绳子，正是他赖以成诗的那种对于土地对于人生的强烈感情。他的情（或称诗的原动力），使他在面对稿纸时过于专注，急于把心灵的躁动注入情绪之中，注入语言里，忘了回顾促使自己铺开诗行的那个细小的动程，忘了情与诗之间那段细小但确实存在的间隙。他的诗成诗了，一些没来得及化小的情感结果也进入了诗里。我们读他的诗，就像看一个丰腴的人间美女，她吸引我们，但她站在舞台上而不是我们身边的人流里，我们于是感觉到她有点高高在上，而且不太自然、亲切。客观地说，这不是作者有意的，要克服也就有些困难了。但我相信，作者一旦意识到并且正视了它，这个问题也就会迎刃而解了。尔后，作者就能踏着现有的展示世界以展示隐我的诗，进入到展示小我以展示隐在小我身上和背后的世界的新天地里。这种转换，是时候了，转换之后，他将会感到既往没有的轻松。而据张永刚自己谈，他最近已隐约体会到了这种轻松。那么剩余的问题就是坚持了。

前路遥遥。张永刚有过一个不可磨灭的过去，毕竟是过去了。在曲靖诗坛上，张永刚不是单枪匹马，但在“街道密集的网里”，依旧要背负孤独，既孤独，又不能老徘徊在曲靖乃至云南的天空下。好在我深知他未窘困到混稿费的地步。这就足以保证他对我的苛刻的理解，保证他纵永远沉重也不会浅薄的人格和诗格。在这里，在本文结束之际，我突然想起这样几句话：不管有没有帆，我们也得闯下去。路消失时，才有走下去的必要。一个张永刚走下去，也就鼓动了别人，诸如他的诗友，他的学生。在生活着高山、石头、森林和人的红土高原上，我们爬过一坡必长一岁。

一九八八年九月二十四日于春城

（原载《珠江源》1990·5）

在诗的版图上

蔡 焱

在80年代的曲靖诗坛上，随高文翔而起的是被称为“强者”、“硬汉”的张永刚。

张永刚1985年开始写诗，作为生于斯长于斯的高原人，写于斯似乎成了一种别无选择。张永刚最初的高原诗，“排列着苍茫的大山，流动着野性的河流”，充满了神奇、怪诞和对雄奇峻峭的崇尚和礼赞。观照张永刚的组诗《倾斜的南高原》，我们可以看出诗人的一种对生命的战栗和对高原充满的激动。而且张永刚的高原诗，从外部形式上看，也是以一种大板块的形式出现，从某种意义上说，这显示了诗人的意图：把握高原。

但我认为，诗人在高原面前是显得多么的痛苦不安和无可奈何。“由崇尚开始，交织着对高原的把握与把握不了的痛苦，反叛和反叛不了的不安，这就是张永刚高原诗里体观出来的大形象”①，于是，张永刚的创作题材和诗风开始转变，开始对高原带有挑剔的批判锋芒。“1988年发表于《飞天》的组诗《多少年过年之后》就是这种转变的标志，在以后《诗歌报》《大西南

① 南云．硬汉·强者·人．载《珠江源》1990．5

文学》《山花》等刊物发表的作品里，我努力传达的是个体生命对世界的融汇、体察和愿望”（张永刚《诗意地居住》）。于是便有人说一般读者难以进入张永刚的诗。在张永刚诗歌的阅读中，普遍的困难是遭遇了习惯语言和抒情逻辑的阻碍，而且，诗人又拒绝给我们提供精辟的解析的捷径。

远离村庄和树林的传说
使我们笃信预兆
笃信手掌翻覆的细节
无法合拢的手指
适宜种子降落
生根是重要环节
我们的根须
顺着小路
消失在庄稼深情的盼望中

季节自古就给我们机会
吮吸土地的意蕴
我们有足够的理由
不注意风尘仆仆的远景
就像不注意
我们在乡间默默消失的方式

——《乡村道路》

与诸多现代诗一样，类似《乡村道路》的张永刚的许多诗作，都不是明明白白的让人一眼看上去就知道表达了“什么”的诗，这些诗，从旧的思维方式转到了新的思维方式，运用反常规的思维、通感、变形营造诗美，意象时而重重叠叠，时而似断似离，造成一种全新的艺术氛围。它故意违反逻辑，情感流动多向度、多层次，增添神秘色彩刺激读者感官。难怪有人说张永刚的诗“失之于意象繁复，掩塞了思想的出路”[①]。如果说人生是一种流动的过程，那么这类诗便是诗人生命的流动过程。

张永刚的诗，不是简单地感受对象，而是一种主体性创造，倾注了主体的情感，这种情感逻辑是一种生命逻辑。生于高原写于高原超越高原，张永刚完成了一次成功的三级跳。

另外，张永刚在诗歌理论上也颇有成就，他的《也谈诗歌精神》[②] 是一篇有较高理论水准的文章，有一定新意和深度。

张永刚曾借用荷尔多林的诗句“诗意地居住”表达自己对最高境界的追求，现在，让我也借用张永刚的一句话作为结尾：“作为短暂者，诗人，我们已经知道他应该做什么。”

（原载《珠江源》1991 年 2 期）

① 永甫．生命的绿荫．载《文学界》1990．3

② 载《诗歌报》1990．3

痛苦和宁静守望的年代

——读张永刚诗集《永远的朋友》

高文翔

诗人在性格上如果不是一个矛盾的组合体，就很难成为一个诗人。不管诗人在生活中的真实形状是一种什么样子，至少在众多的诗歌作品中，很多诗人都是这样向我们展示自己的。这使我想到了撑持着诗人不停地进行诗歌写作的真正缘由——由真实的不能如愿的现实走向涂抹的现实，走向一个纯粹属于精神的诗性的世界。大多数的诗人，自觉或者不自觉地都必然要尊崇幻想和想象的力量，因为这是他们切入想象世界的必然的中介，是他们调和现实矛盾步入未来的必然桥梁。由此我深切感到，在诗人的灵魂深处，其实掩藏着多少难以辨明的复杂因素，行走着多少无法言喻的欢悦和痛苦。从滇东高原走出来的青年诗人张永刚，最近出版了他的第一部诗集《永远的朋友》（德宏民族出版社 1993 年 8 月版），使我们得以详尽地感受他对种种不同的人生情境的处理方式，显示了诗人在艺术和人生精神二者的契合方面所作出的种种努力。这是一本有价值的诗集，它的价值正在于这种努力本身。

张永刚在诗里这样描述自己的生活情景：“绕过街心花园/

左转进入单位大门/不要拐弯/直走就到我们温暖的家/这是一条走熟的路……/下班上班上厕所/无需思想脚步自然跨出/绝对不会误入歧途”（《宁静的岁月》）。虽然以宁静活脱的语言道出，貌似平和自足，内质里却是一种说不出的无奈。现代生存比起旧式的家居方式究竟多出些什么，又缺少了一些什么呢？这个问题对很多诗人都是一个巨大的折磨，张永刚自然也不例外。“没有声息的山是痛苦的山/痛苦的山上/宁静不是宁静”（《宁静》）。那么就让我们去寻找一种变动，寻找静寂的人生中突然爆发的声响。作为一个现代人，尤其是作为一个敏感的现代诗人，张永刚在诗集《永远的朋友》里，较为充分地展示了这种现代的生存困厄。按人的本能的愿望，人的生存空间应该是宽阔博大的，犹如大鹏腾空，扶摇可达千里万里。然而实际上，一个人的生存空间是相当有限的，特别是作为一个在高山大川的缝隙中求生存的高原子民，抬头是有形无形的山，低头亦是有形无形的山，要想活得不受一点束缚，无疑是难上加难，远望唯有迷途。“我们属于痛苦的见证/在大树被伐倒的时候/眼里充满了光明/同时又感到空洞”（《遥望幸福》）；“不能登高而望/不能登高而望远处之远处/你在山里成为石头/风和岁月剥蚀之后/你深含隐喻的面庞/默默沙化”（《山里》）。超越的苦恼和深陷困厄的苦恼相互交织着，点燃了个体生存的宽泛意义。应该承认，张永刚在这里揭示和描述的现代生存的苦恼，是具有普遍性的，只不过张永刚更多地带着高原色彩罢了。我想到时下人们时常谈论的“内陆意识”对人的观念的阻隔，就生存的空间和生存方式看，这种阻隔和封闭是何其悲惨地折磨和控制着我们。“一条街就是一种心情/一种心情尚未成熟/就常常被红灯绿灯打断/使你每次走过街口总碰见/几个塑像或蹲或站/永恒的姿势令人惊叹”（《一条街》）；

“开头是门结尾仍然是门/进去之后我们小心翼翼//避免顶撞影响邻居/把过头的情绪咖啡一样咽进肚里”(《打开电视》)。无可奈何的生存状态是无可奈何的，现代生存的困惑其实正是我们当今生存的一种实质。

现代生存困惑是衡量一个诗人是否真能置身于五光十色的现代生活之中，去敏锐地感受现代社会的一种尺度。张永刚在他的诗里充分地展示了这种彷徨无定的生存情境，体现出对现实生活的执著审视和选择。“语言已尽/我们的笔/滞留在寒冷地带/我们十指所向/草根和石头/隐入蹄印深处/在马尾飘拂的天空/闪烁着村庄/草人的双手/发出河流的声响”(《平凡岁月》)；“弥漫的雾障使你无法举步/二十多年过去你仍是一个孩子/仍要在精心布置的宴会上/被一杯果汁醉倒”(《雾季》)。也许我们会觉得这样去把握现代人的生存状态是不无偏颇的，但是如果我们反过来看待对这种生存的不甘与不满，那么这无疑也是一种剔除，一种不甘沉沦的挣扎和呼喊。

然而生命在深陷困惑的同时，也注定必然要去寻求挣脱和创造，要去寻找抚慰伤痛的理想的家园，去寻找美和爱，去寻找大胆的创造。对此，诗人张永刚是这样呈现自己的：

小镇位于记忆之南
诗歌最明亮的地带
草芽在野火中等待春雨和民谣
执鞭而过
我们的情人
牛群被你的笛音牵进白云

——《秋天》

在深冬的远方遥想故乡

这落雪的日子
疏落的树木被宁静怀抱
风中的鸟群
自在的精灵
心灵的上空掠过它们低翔的身影
——《怀念》

张永刚将追寻的目光投向故乡——那一座浸泡出无数幻想的童年的家园，答案似乎是无需寻求的。然而仔细阅读完诗集《永远的朋友》之后，我发现张永刚对“家园”这一精神归宿的处理是相当微妙的：“把禾苗植入渴望/我们的一生/碧绿之后金黄/然后枯萎/然后/诗歌把我们轻轻点燃/……真正的家园/远离六月/寒风中飘来羊群/谷种/和诗歌的绿叶”（《家园》）。在这里，“家园”的具体性并非一味是美丽与平和的，它也包含着寒冷和凌厉。这说明张永刚更多的是一个自觉的诗人，而并非自欺的诗人。由此，我感到诗人张永刚在用幻想和想象这两剂诗歌的药方时，并不是一味地要去贴复人生的创痛，相反却要使之更加醒目地展示。自觉的诗人同时也是矛盾的诗人，因为他清醒，故而就只能徘徊在这两极之间。这一创作过程本身体现出来的诗人对诗歌精神的驾驭，某种程度地显示了一个时代的诗歌背景，隐藏着丰富的诗歌话题。

与此同时，我们还看到了诗人张永刚寻求精神归宿的另外一种方式——对爱和美的渴求。爱和美历来就是虚幻的和抽象的，任何具体的附着都必然使之黯然失色。同时，真正的爱历来也是永不可求的，你得到了，你也就失去了。这是一个悲剧性母题。张永刚在诗集《永远的朋友》里，首先表达的便是这种爱恋的失败：

我知道你居住的地方
近在咫尺
但河把我们分开
永远的朋友
你的声音如静夜的流水
渗透漫漫青草和我无边的思念
使我因为爱你而必须远离爱情
仿佛鲜花
热爱春天
就必在春天凋零

——《永远的朋友》

于是这便只能是“千年古树一样苍老的伫望”（《音乐之声》）；岁月如梭，到最终就“只有那个源头澄澈如梦”（《远河》）；“你的窗帘印着远山和远树/落日在远处望它们/如同我在远处望你”（《忧郁而歌》）。忧伤的格调再也无法用欢快来调和，孤独和痛苦早已注定。但是惟其如此，思念和期待也就越发显得急切：

你的声音来自春天深处
一路鲜花盛开
寒冷的岁月影子渐渐零乱
新绿的杨树
我一生的好时光

——《永远的朋友》

在诗集《永远的朋友》中，张永刚是带着一种怀旧的心境来编织情爱之梦的。这虽然减轻了诗人精神受难的程度，削弱了这类诗歌的震撼力量，但我们却无法否认其中的真诚性。怀旧的，忧伤的，却又是明亮的，这就是诗人张永刚所寻求的美与爱的格调。这又是一种努力，又是一个过程。

在写法上，《永远的朋友》显示了张永刚对诗歌营造方式的种种思考。张永刚努力清除诗歌写作中诗人对诗的操纵痕迹，因此他的一些诗写得很是通脱豁达。“阳光下我们看到一只鸟/通体透明/来自遥远的高山/它的叫声使我们获得了语言/它飞翔的姿势/使我们知道了流水的走向”（《一只鸟》）。几乎可以说是不着痕迹，不露声色，在宁静和婉中展开笔触，在自然中达到张扬。诗歌形式的圆熟就犹如一尊完美的瓷，是没有一个终极的极限的，张永刚将自己毫不客气地放置进来，是自己对自己有意识的挑战。也正是因为有了这种挑战，张永刚才写出不少诗艺圆熟的好作品。例如《大楼和灯》：

我们用眼睛写作
目睹了夜色和许多事物深化的过程
煞尾之处发现
最高的灯
总是在最高的地方闪烁

大楼浮现的时候
我们就看见了大楼
灯和我们都在一瞬间
熄灭了

诗的意味通脱醇厚，显示了深厚的笔力。此外类似于《大楼和灯》这样诗艺圆熟的作品还有《歌声》《家园》等。张永刚是一位有着丰厚诗歌修养的诗人，透过《永远的朋友》里的多数诗作，我们看到诗人站立在那棵诗艺的大树下。

阅读完诗集《永远的朋友》，有一个困惑提出来与作者商榷，即如果对形式的追求最终仍然要落到形式上的话，这条本来宽敞的路还会宽敞下去吗？过程本身是有意义的，但结局同时似乎更具吸引力。在感觉到张永刚的诗可以显示出更多大气凌厉境界的同时，作为读者，我们再次怀着异常急切的期待。

（原载《云南文艺评论》1994．4）

诗歌美学精神创塑的望天树

——写给张永刚的诗作和它们的读者

方 然

无所牵挂的直觉，在寂静的夜里撞入张永刚诗作的迷津，很有几分炼狱孤旅的体味。无边的隐痛潜滋暗长，编成一片雾状的丛林，沉霾中透出坚硬的光柱，冰雪般冷峻却能深深地灼痛你的感应，象执著的根系触近熔岩的滚烫，使你获得一种久已期盼而又无法摆脱的痛苦，阵痛的战栗之后，你像一条醉汉矗立荒野，浑身像一团红色的雾，抑制不住地弥漫，生于黑暗而背离黑暗，沉于痛苦而超越痛苦，渐渐地如同一株硕大的望天树，于焦火劫后的丛林中拔地而起！你拥有一种痛苦煎熬出来的骄傲，拥有一种黑暗磨砺过后的清醒，拥有一种借以蔑视外部世界的自信。你会觉得自己便是这株望天巨树的实体；花岗岩巨柱般的树干标示着坚韧超绝的气概；墨色的绿叶饱蕴对爱情的渴求与企盼；叶脉中翻卷生命不息的冲动，向深邃的夜空诉说高原历史沉积的苦痛；每一次绿叶的闪动都仿佛在凝结无数星光般的智慧之果，跌落在心弦上又都是一颗颗冰冷的泪珠……

当你渐渐清醒过来，叮叮当当地洗碗炒菜的时候，你才意识到这棵神奇的望天树，是诗人的全部诗作在你直觉世界中幻化的整体意象。说得更精确一点，它是诗人苦苦追求和营造的诗歌实体。

“进入一首真正的诗有如一次涅槃。”① 起初，我曾把诗人的如许理论当作一种艺术的夸张，当我从张永刚诗作的藤萝荫翳中游历挣扎出来之后，我获得了同一种感受：读他的诗，分明要受一遭炼狱之苦！

想要触及张永刚诗作情怀的初始冲动不能不首先提及组诗《八月的断章》：

树影摇曳如栗
红色微笑
溶入夜之眼
……
凄惶之声起于天际
于山之齿尖
飞溅一轮思念
黑色之月妖娆而来
……
在幻想快要熄灭的时候
你晶莹的眼睛冉冉升起
我夜空中所有低垂的湿旗
纷纷狂乱地飘舞起来

——《我的八月》

正是寻着这条爱情的小路，一颗执著的艺术心灵开始了天涯浪迹。紧接着，诗人踏过“安全岛”上僵硬的“白色的栅栏”，

① 张永刚．也谈诗歌精神．载《诗歌报》1990．3

勇敢地去“召唤一场洗礼”(《安全岛》)。

仿佛正是在这一瞬间，“神秘的鼓声缓缓敲响/在绿潮汹涌的地方/一场寻找开始于生之冲动”，在作者急剧萌生的诗情里，“锐利的凝视如阴阳之电/如利刃/刻灵感于心/刻艺术于危崖/刻妖娆的理性/于历史扭动之躯”。诗人以他那敞亮的胸怀，昭示我们：“生命之船从这里出发/沿虚构的航标从容而进”(《遥远的星·题记》)。

张永刚凭借自己所衷情的美学精神，凭借自己独特的理性目光，开始审视高原和人生的一切，在他的眼里，“高原河悲恸的呻吟自深谷飘出/如歌如泣如永不盛开的黑色旋律”(《红高原》)，诗人以自己的沉思为舵，驾一叶满负痛苦的方舟，荡开一路神异的天地，淋漓展示出高原精神的重重内涵；《高原，我的红土高原》《倾斜的南高原》《遥远的星》《红高原》《黄泥河·高原岁月》……这些高原组诗连绵而出，一些评论者因此将张永刚称作“硬汉”、“强者”，可以说这一形象是对上述诗作中自然凸现的精神风貌的恰当概括。

本文将从另一个角度，探讨创作主体在高原诗创塑过程中执著追求的美学精神。依我的审美感受，张永刚诗作中并没有一般高原诗人的“天真的孩子气”，诗人并不凭藉所谓“触目惊心”的偶发之念来把握外部世界的浮光掠影，在诗人的艺术审视中，高原即“自我”，高原的一切即“我之一切”，诗人用自己全部的诗情和爱意，用自己的整个心灵去触摸高原，去感受高原的一切（它的现实，它的历史，它在历史变异中丰富而又痛苦的精神内涵），而诗人的“自我”，在这种审视和感应中超越了诗人本身，成了高原人世世代代感受生活的脉搏与神经。在这种艺术审视和情绪体验中，诗人极有层次地建造着诗美的艺术殿堂。张永刚从“凝固了一切渴望和仇恨”的高原群峰中，触摸到“躁动的浪峰狰狞而坚毅”，听到“有飓风呼啸奔撞如泣如嚎”。在诗人的心中，这高原本是“坚硬的海”，是“执拗的海之魂”；在诗人的眼里，“高原仍在汹涌/汹涌更加壮阔的海魂”（《海的传说》）。我不想用“沧海桑田”和山那边河谷中成堆的海生物化石来给张永刚的诗篇做毫无生命的注脚，因为诗人的审美判断本是一种创造，一种自我心灵与物我相应的艺术创造，它所表现的是诗人主动的美学精神，而非外部世界的自然描摹。

在张永刚的高原组诗系列中，抒情主人公自由通脱地同高原对话：“那条属于你的河/后来/毫不含蓄地涌入我的血管/使我发疯地生长犹如热带雨林”（《古墓群》）。在高原历史岁月的沉积之中，“心和心之间长满鬼怪的岩石”，“流星雨迅捷敲响崖的鼓面”（《乌蒙》）；“而红土自然红成皮肤/而岩石自然硬成筋骨/而飞瀑自然撞成血潮……”（《高原小城》）这种深沉的艺术感应和美学审视，显示了诗人挚爱之情的不屈不挠的追踪和扩展，它与一代诗坛新人面对人生和历史这一伟大谜底的如痴如醉的探索是同步的：

寒月如钩钓着潮湿的视线
钓着一条又一条传说
太阳狂热地烧红点点泣血之心
又放到夜之潭里冷凝
九万九千次涅槃……

——《乌蒙》

正是这样，诗人的痴情同高原之魂魄凝为一体，人生的痛苦和高原的伤痕血肉相连。读着它们，你如同触摸到高原人历史曲折中痛苦抽搐的神经，让你在江河般诗情的震颤中获得一种山崖般坚韧的理性厚度，使你柔弱的心灵有如一次淬火——这，便是张永刚高原组诗留给读者最为突出的情境特征。

作为诗美的追求者与创造者，张永刚在他的高原组诗创作中还刻意构建着一种博大的形式美。

高原诗须有高原的气象——磅礴超拔，重峦叠嶂。张永刚的高原组诗，无疑也在着意展示具有这种意蕴和气度的创作形式。这种形式在《倾斜的南高原》中展示得尤为出色，且看组诗的四个标题："山祭·山祭之始"；"珠江·珠江之源"；"横断·横断之魂"；"乌蒙·乌蒙之巅"。严密的排列组合中，显示了一种整体构想，表现出超拔峻峭的高原气象和深邃的历史容量。

值得一提的是，张永刚的高原组诗，大都具有相对固定的格式和容量：每组诗几乎都由四个章节组成，四个章节又并行不悖地锲入了各自的历史深度。

审美直觉告诉我，无论就诗歌情境的构建讲，还是从情感生发的趋向看,《八月的断章》无疑启动了高原组诗系列的博大情怀，后者的确是前者赤烈情感的扩张与升华。然而，经历了长诗《安全岛》《遥远的星》和《红高原》之后，诗人张永刚不但告别了"高原诗"的历史命意，也弃置了对博喻式排列组合的形式追求。

从内心痛苦的展露，到对高原生态与历史的美学审视，这是张永刚诗歌创作历程中的第一次飞跃，而这一飞跃的极顶是《遥远的星》与《南部·红土之渴》（之后的《红高原》《黄泥河·高原岁月》，其实不过是高原诗创作意念的反复和回声）。在《遥远的星》中，作者写到：

向往化石的人群
在想象的遗风中徘徊

梦中温情的五色鹿
沉浮于楼群的牧场里
啮尽音乐的牧草
……
在天即将消逝的时候
岁月迷失于人为的黑夜里
那闪着熠熠痛苦的
是你么

仿佛一颗流星，在徜徉太空、历览沧桑之后，又在更高的层次上回归它的起始，诗人的情思，通过高原磅礴气势与深邃历史的洗礼，又飞鸟还巢般归于自我之心灵情怀。几乎是与此同时，诗人在《南部·红土之渴》的末章，发出如此惊叹——

“没法穿透红土就没法穿透自己!”我以为，这便是张永刚高原组诗创作的深刻视点和最为本质的美学总结。

正是如此，诗人在对高原所进行的历史与美学合一的审视中，内心的情感冲突得到了洗礼和升华。这种洗礼与升华，促使诗人在此后的创作中，去寻求并专注于对诗本体的更为自由的把握。开始用自己淬火之后的心灵去透视红土高原上的“每一个细节”。在这个层次上，诗人笔下的第一个细节便是那首九曲回肠的《远河》：

穿越你守望已久的视野
你匆匆而过
来不及留下一汪宁静
凝视岸树微微颤动
枝头兀立季节之鸟
从风的弦上传来情感低鸣

……

透过弥漫的水雾和思绪

你衷情的太阳花晃动盛开的太阳

映照我七色情愫为梦幻之虹……

诗人自己与评论家们已不再把这类弥漫着情恋痛苦和逍幻情绪的诗作称为“高原诗”了，而我却以为它们仍然属于高原诗的亲族。无论是《远河》，还是接踵面世的《侯鸟》《宁静》《幻觉》《等待》《这个季节没有叶子》等等，其艺术内涵多属张永刚高原组诗中若干细部的扩展，不少内容甚至与高原组诗弹吟着相同的诗题。因此，概括得贴切一点，这些诗几乎都包孕在同一个母题之中，那便是“高原细节”。

在体现“高原细节”的诗作中，张永刚彻底抛弃的是对高原气象与高原历史的“再现”。诗人在《论诗的艺术变形》一文中，借用克乃夫·贝尔（Clive Bell）的话来表达自己的主张：“再现是艺术家低能的标志。”他认为，“诗人必须具有进行升华的能力，具体地说就是对纷繁物象进行情感判断，透过现象深入本质，最后形成艺术形象的能力。归根到底，所谓主体意识就是这种创造意识。”① 很明显，主动寻求对诗本体有效把握的充分自由度，成了诗人体察观照高原细节的审美趋向。

没有声息的山是痛苦的山

痛苦的山上

宁静不是宁静

……

我以绷紧的神经临风

① 张永刚．论诗的艺术变形．见《曲靖师专学报》1987年第2期

在危崖上感应你遥远的律动
我们就默然相向
互为永恒……

——《宁静》

拧亮台灯/让一种痛苦
在夜的隐秘处绽开
……
你的桌面依旧冰凉
伏在上面
皮肤如同感触
那些遥远的诺言

——《夜晚》

在黑色背景之下
回想黄昏裂痕
闭上眼睛
眼睛就特别明亮

——《不眠之夜》

远离了高原组诗的磅礴与深邃，张永刚的“高原细节”越来越显得流光摇曳，静谧之中有一股深沉逼人的透射力，使你的激情随之冷却、沉淀，沉淀得如同冰水中一动不动的一弯新月。

如果我们承认，从《八月的断章》到“高原组诗”体现了诗人因情感辐射而沉入高原历史深处，那么“高原细节”则无疑代表着诗人对人生美学观照的超脱。从沉入到超脱的转化，一方面给予诗人艺术创塑的自由度；另一方面也将诗人的执著之情导向新的回归。二者的合力，为张永刚的诗作增添了一种若即若离的神采：

自己的屋檐下
目光被屋檐碰弯
回忆湿草一样软绵绵
你想靠近什么
你难以靠近什么

——《夏天》

过别人的日子是另一种幽默
你摸遍所有不眠之夜
摸不着那双
无处不在的手

——《分手之后》

诗笔的畅达自如和诗情冷凝沉静如此分明，构成了诗作臻于成熟的青黄错综。

诗人毕竟不是哲人，当他从历史沉积中走出来的时候，无法（也无心）用精切的字眼对历史作某种概括；诗人自然也有异于画家，无意用斑斓的色彩去涂饰自己的情感。诗人用独立的美学审视去醇化自己的感情，使审美者感受到它的沉痛，享受到它的炽烈，领悟到它的真挚。而真情和痛苦却永远掩不住自身的脆弱，这正是诗美夕毗而感物动人的天然因素。

若即若离的主体情绪，自然导致若即若离的欣赏与感悟，诗人与读者的心灵才能肩并肩地出神入化。这是张永刚诗歌创作道路上审美追求的第二季成果，他的诗作从自我心灵的情结发端，步入历史审视以造成强大的艺术张力，再以此返照高原人生的种种细节，获得了更为诱人的奕奕神采。

随着文学创造精神的日益自觉，读者的审美感知也渐渐敏锐，并开始厌倦那种美丽而又单调的诱惑，因为它的不断重复使审美趋向混沌和麻木。人们越来越要求自主地凭直觉去感受艺术，从丰富的意象中去选择自己情愿的领悟。诗人有责任满足读者的渴求，以诚挚的情怀开通艺术的感应。张永刚主动地意识到这种责任，并且不局限于这种责任。善于凭借历史积淀和美学精神透视人生的他，已不再满足于“把自己的感觉升华为普遍的人类感受”。他明确地要求自己：要“内化具象，构建起主体和世界的诗化联系”，努力实现“对地域的超越”。[①] 在“置诗于民族生存发展的背景下是诗人应有的一种品德”的自觉意识支配下，张永刚进一步阐明了自己的诗歌美学见解：

“心灵的疲惫和无可奈何可以照见存在的贫乏，心灵的充实和永恒趋前可以使我们触及诗性。真正的艺术精神是人类精神，它潜在于有悖常规的遐思之中……个体的有限孕育了整体的无限和永恒，诗性的存在预示着生存的希望”（《诗意地居住》）。于是，诗人张永刚又开始了诗美创造的新跋涉，他立意要寻求真正的“诗意地居住”，用理性的砥砺去消减情感的灼痛，用主动的哲学意识去沟通主体和世界的诗化联系，以求最终完成自己的精神浪迹。也就是说他渴望在更高的层次上观照现象的本质，体悟人生的痛苦，步入艺术的永恒。

因此，张永刚开始用自己的诗作，向人们展示诗歌内在的艺术质地，一再表明自己充溢理性的美学精神。他写到：

诗歌使我们的禾苗
变为谷粒
变为一种永恒的精神
　　当我们再次走入荒草的时候

① 张永刚. 诗意地居住. 见《文学界》1990 年第 3 期

照亮我们漫长的一生

——《营造家园·诗歌》

把禾苗植入渴望

我们的一生

碧绿之后金黄

然后枯萎

然后诗歌把我们轻轻点燃

——《营造家园·家园》

这种对诗美的坦率而又自然的崇尚，表明了一种透彻的理性领悟和潇洒的精神解脱。这种领悟与解脱，使诗人对世界所进行的观照呈现出一种辐射的状态，诗人的创作随之进入了游刃有余的境界。

于无声处，我们开始听到张永刚超乎于情境之外的平静呼吸：

潮涨潮落的细节

溶在一杯黑色咖啡里

喝下去

导致天气变化

……

把过头的情绪咖啡一样

咽进肚里

这时我们就想起燕子

……

此时想起这些黑色的精灵

我们打开电视

默默收看

拳击和季风消息

——《打开电视》

……

临行前

就记牢了那首歌曲的气味

歌声的内部是柔软的眼神

火炉

在这一年的最深处

映红了我们渴望的旋律

再往前走

就到了冬天的边缘

就到了果子说熟就熟的地步

——《歌声》

精湛的剪接显豁了诗的容量，放松的挚情畅流于通达的襟怀，拥有一种无孔不入的渗透力。我敢说一百个读者从中可以得到一百种收获，并且要多轻松有多轻松，要多沉重便有多沉重。审美空间充分的自由度，有力地证明了理性精神对于文学具象和作家情怀的超越。

在这个季节里，张永刚诗作的取材因而显示出不同以往的平凡与丰富。《乡村道路》《大楼和灯》《手相》《平凡岁月》《雨季的道路》《镰刀》…这些作品都力求以轻松增强诱惑，以平凡的具象显豁精神。最终让理性的灵光促使朴素的生命闪出熠熠光华。

细致考察张永刚的整体创作，我们不难发现：诗人的创作历程，处处充溢着他对诗美创塑的主动精神。如果我们将诗人内心真挚深切的情感冲动比作诗心的萌芽，那么他的高原组诗便是拔地而起的树干，那些“高原细节”诗章便是繁茂的枝叶，而近年来潇洒于平凡选材中的理性灵光，则是摇曳在这棵高树上的碧绿的生命！

然而这种追求似乎并没有停止。不是么，早在1990年3月发表的《手相》中，他已经预言：

透过纷繁的现象
我们看到生命的前锋
超出了手掌
在肉体之外
深不可测

最后，让我们来讨论一下这棵望天树上被称为有违于“美的规律”的枝节吧。

先让我们将以往评论者为张永刚诗作指明的瑕疵一一列出，以求得更为深入的理解。南云同志以为，“他的情（或称诗的原动力），使他在面对稿纸时过于专注，急于把心灵的躁动注入情绪之中，注入语言里，忘了回顾促使自己铺开诗行的那个细小的动程，忘了情与诗之间那段细小但确实存在的间隙。”① 我想，率直而专注的挚情表露，有时的确使诗人忘记了选择更为含蓄的意象来表达，但若一味含而不露，温文尔雅起来，使人觅不出真情的踪迹，也便没有了诗人张永刚最为诱人的执著（执著的爱，执著的追求，执著的超越）。应当说，如何表露挚爱并不取决于诗人的个人意愿，更主要地是取决于他周围一切诗心以外的因素。诗人的率直并没有错，而使他的诗作别扭的倒是那种令人无法潇洒的情的窒息。我以为这万万怪不得诗人自己。正是因为这

① 南云. 硬汉 · 强者 · 人. 见《珠江源》1990年第5期

冲动的窒息与率直的追求之间无法调和的矛盾，才使张永刚的诗作迭出不穷，别样诱人。总之，在现代诗歌中，情的原生态是十分可贵的。张永刚诗歌创作的崭新收获恰恰在于理性并没有强夺真情，而是在与真情的交融中分外生辉。

永甫先生则认为，“张永刚的诗人生体味深刻，写的厚实洒脱，失之于意象繁复掩塞了思想的出路。”① 居于相近的认识，蔡焱君觉得，“在张永刚诗歌的阅读中，普遍的困难是遭遇了习惯语言和抒情逻辑的阻碍”。② 这实在是一对无法摆脱的矛盾，试想，诗创作之所以“深刻”而“厚实”，大多是建立在意象的“繁复”和“超绝”基础之上；而要构成意象的繁复和超绝，诚如张永刚所言：“……诗在表现现实时，大幅度的艺术变形远远超过任何一种文学样式，而这正是它独特的美感之源。”（《论诗的艺术变形》）诗人大胆的“艺术变形”手法，理所当然要导致“习惯语言和抒情逻辑的崩溃”。

对这一问题探讨的结论是：或者是张永刚拾起“习惯语言和抒情逻辑”退出他诗美创造的艺术殿堂；或者是我们以同样的创造意识走入张永刚的创作世界。我想，任何一个并不太懒惰的读者都会从容地选择后者。

我以为，理性精神的趋前和语言方式的滞后，才是张永刚诗歌创作中应当进一步处理好的矛盾。文艺理论的丰厚储备和美学精神的大胆探求，是张永刚突出的优势，这种优势使他的诗歌创作呈现出超拔的气度，实现一次又一次对自我的超越。但是，当他借助语言的艺术变异来锲入理性深度的时候，一些脱不开理论

① 永甫．生命的绿荫．见《文学界》1990 年第 3 期

② 蔡焱．在诗的版图上．见《珠江源》1991 年第 2 期

表述模式的语言方式，便成为一种羁绊。诗人曾叙述过这种烦恼：

在华丽的纸上世界
作为普通者
凡人
我入乡随俗
已经穿进了高大的城门
而一些意外的文字
流落荒野
胡作非为
成为难以驾驭的草寇

——《游离》

诗人的感受是实在的，但诸如“纸上世界”“作为普通者”“凡人”“已经”“而”“成为”一类的文字，却有点过于书卷气，免不了会削弱诗的意味。其实语言的艺术变形，今天也并非只在诗人笔下，街谈巷议自古就远离书本。倘如诗人真立意“入乡随俗”，多留心采集一些“流落荒野”的活套话，凭它们天然的雏形，也许倒能增添些使读者更为亲近的艺术渗透力。

在结束一个读者对张永刚诗作的感悟之际，我又想到他那首《旅途》的尾声：

你渴望一条小路
一条无头无尾的小路
从你脚下
伸进命运与命运相逐的原野……

我想，只要每一位读者都以同样的渴望，随诗人一道跋跋那条“无头无尾的小路”，我们便不难在南高原诗歌创作的丛林深处，发现一棵又一棵超然的望天树。当然还有它们周围整个茂密而又和谐的生物圈。

（原载《珠江源》1994 年 6 期）

一个诗人的双重情怀

——读张永刚的《岁月深处》

胡廷武

今天上午，天一直阴沉着。我在元旦那天曾写诗说“旭旦重帷启，霞飞众鸟鸣”，但是现在，太阳应该是升到天顶了，云雾的重帷却一直没人去拉开。我沮丧地给远方的朋友发了一条短信：“昆明今年的冬天特别漫长。”在阴天，我是不大写作的，我愿意随便在案头拿起一本书来看，谁知今天这本书，却给了我特别的温暖与享受，就像一束阳光穿透云层，照亮我的心扉，这就是新近寄到的张永刚的《岁月深处》。我以前就在报刊上读过张永刚的诗，虽然那是零星的，但它们的深邃和技巧，让我记住了这个诗人，这本诗集能很快从他的岁月深处，进入到我的情感深处，大概与此有关吧？

这部诗集给我的最深刻的印象，是诗人的双重情怀，这种情怀使诗人既陶醉于歌吟自己的生活，歌吟那些绵长的小路上的回忆，对于故乡的青涩的眷念，在一个下午绿荫中的初恋，看落叶而悲秋，见飞雪而思美人……另一方面，又以满腔的热忱解读社会，像一只夏天的不倦的蝉一样，高亢地发表自己的声音。古往今来，真正的诗人大抵都是这样的。诗仙李太白，一生写过近百首古风，这些气势磅礴的咏叹，淋漓尽致地表达了诗人的政治和文化见解，他还有像《战城南》那样的反对战争的杰作；而他更多的诗篇，则像《将进酒》《静夜思》《赠汪伦》那样，是歌吟个人情怀的。他的诗歌常与酒有关，自从杜甫在诗里说过“李白一斗诗百篇”之后，人们就把诗和酒牢不可破地联系在一起了。忧愤诗人杜甫有著名的“三吏”“三别”，也有“今夜鄜州月，闺中只独看”，“香雾云鬟湿，清辉玉臂寒”（《月夜》）这样的儿女情怀。至于写有《长恨歌》和《琵琶行》的白居易，我是既感佩于他在《卖炭翁》中那样的对世事的悲悯，也感佩于他“停车坐爱枫林晚，霜叶红于二月花”那样的闲情逸致。毋需乎再举更多的例子。我认为如果我们现代的诗人愿称自己为中国诗歌传统的继承者的话，那他们也应该同时关注社会与人生，这样他们才可能在诗歌的道路上走得更坚实、更远。

张永刚肯定和我有着同一样爱好：独自散步，这在他的诗里可以看得出来。他有一次走在一条熟悉的路上，突然发现“树在很高的地方/伸出手臂”，将他“熟悉的大路引向暗处”。这对于诗人讲，是一种再现的场景，这种再现“晃动”了他“平静的记忆。”于是他想起多年以前，在这同一种场景下发生的事，他深情地回味起了“那时”：

那时多么清晰的绿色
从春天的枝头
长出一对对明亮的翅膀
蝴蝶一样轻轻煽动
那时哗哗的声音
进入我年轻的内心

我热爱的一首歌曲
被一个少女第一次唱出
在一条布满台阶的路上
我被柔和的枝条
和更为柔和的眼神
轻轻打击

结果，诗人的“额头与想象深处/留下了永恒的春意”。这是春天里发生的一个小小的浪漫故事。而到了夏天，在一个“静谧的夜晚”，张永刚看到“一棵自言自语的小树/倏然倒映在/平静的水面”，同时他看到大河中“深藏着星星”和“背负着果实的/鱼群”（《夏天》），看到了曙光一样的成功的诱惑。但是诗人对自己说，“必须学会等待”，因为“冲动像我们脚下的草/由青变黄/最后是一个悲凉的季节”。也许是在经过漫长的等待之后，诗人自己说：“我们闻到坚果的气息/此时诱惑我们动情的事物/其实不是/我们深爱的情人。”（《必须学会等待》）那么诗人认为诱惑着他的事物是什么呢？是坚果，是经过千辛万苦的努力而将获得的成功，是男人永远都摆脱不了的这个魔咒。尽管诗不能达诂，但我认为张永刚的意思在这里是清楚明白的，不过我对他的这样一种屈从于成功的决心，还是表示怀疑。我不能忘记他在这作品开头那几行动情的、催人泪下的诗句：

我们知道远处的山坡
开着花
开着我们的情人
她们用最动听的声音
喊我们的小名

我还不能忘记他在《小镇》等一些篇章里表达的、缠绵悱恻的思乡情绪。中国的诗人都这样，他们随时骑在入世和出世的门槛上，入世则声称忘记女人，出世则像晋代的官僚张翰那样大发思乡的议论。而外人很难判断，莼菜炖鲈鱼和那与我们的小名联系在一起的、动听的乡音，哪一样更能吸引我们离开喧闹的尘世，回到清静的地方去。

我们就是这样地在张永刚的诗里，读出了一个热爱着生活、同时奋斗着、矛盾着的人生，一个真实的人生，一个真正诗人的人生。

我们都知道郑板桥是深爱竹子的清减雅致的，但是有一天晚上，当他在衙斋里卧听竹子在风中发出的潇潇之声时，竟然联想到了老百姓呼号疾苦的声音。一个真正的诗人就是这样，他会随时随地关注着世事，因此蓝天，白云，朝晖，残阳，甚至石头、鸟雀，都会触发他对社会的思考或忧思。张永刚在《关于圆明园》一诗里，这样来写他对于中国人的耻辱的感受：

这个近代中国的大词
它的外延漫出时间的栅栏
使我迎风展开的想象
浸透广大而绵长的忧伤

这几句诗我以为是写得很好的。但是如果说这样的诗句，容易因为具有相同的感受而与别的诗人的诗互相淹没的话，那么诗人在《傍晚》里对于毁灭美的刽子手的批判则是十分个性化的，它使我想象到在一个美丽的傍晚，一群麻雀在高高的树上歌唱，但是无情的射杀像“一阵意料之外的风/将它们的声音/吹落”，这首小诗带给我的是多么美丽的忧伤！我以为在《岁月深处》中写得最具韵味的是《树》《夏天》《必须学会等待》《小镇》《秋天的黄叶》《春天》，还有《傍晚》等这样一些短小的、像古诗中的绝句一样的小品，而最具分量的，则是收在书的后半部分的《乌蒙山之巅》《山祭之始》《珠江之源》等等，写滇东北高原的篇章，这些是汹涌澎湃的“古风”。张永刚笔下的高原雄伟壮丽，同时又偏远而贫瘠。诗人深爱着这片土地，他的情感像这些山中常见的老树的根一样，深深地扎进泥土里，而他的魂魄却像高悬的“一轮冰凉的白月”（《乌蒙山之巅》），忠实地守望着苍茫的、巨澜一般起伏连绵的群山，这是诗人对他所生存的这个世界的、崇高责任感的自然流露。

但是我不想隐瞒我的一个真实的想法，这就是，同这些气魄宏大的“古风”相比，我更喜欢张永刚那些抒发个人感情的“绝句”，因为它们更具独立的个性，这些诗虽然常用隐喻和象征，但在总体上却是明快的，充满活力的，读着它们，数次使我感受到青年海涅的韵味。很多年前，我曾经深爱海涅的诗，现在读张永刚的《春天》一类篇章，就像是在阅读自己的青春。这些诗还有一个倾向是格律化，它们大体上是押韵的，同时体现着一种较整齐的节奏，这也是我十分赞赏的。新诗，也就是白话诗，自由的时间太久了，像一匹野马一样，它需要一个恰当的笼头套起来，使它跑起来更美、更优雅。

2007年1月9日

（原载《云南日报》2007年2月1日）

高原诗性：从古典到当代

——读张永刚的诗集《岁月深处》

孔泠水

大约十年前，我读中学，对文学发生了兴趣，最喜欢每期都装帧精致的小册子《散文诗》。乍读张先生的诗作，仿佛时光回溯了十年，又感觉到了《散文诗》带给我的山风般清凉山雨般淋漓的诗意。但是，细致品味后，觉得他诗作中的时代感如普洱茶的回甜，在口中弥漫。几十年的岁月历练和高原生活，造就了张先生独特的诗歌表达特色。岁月如流水，诗人将积淀下来的五彩石收集起来，分装在了不同的箩筐里，就是现在的《岁月深处》(云南大学出版社，2006 年版)。

《岁月深处》第一辑的标题是《风中的花朵》，就像标题诗展现给人的意象一样，这一辑诗歌风格明丽而潇洒，抒情者如一位深情的歌者，手拿一把六弦琴，低吟岁月、理想和爱情。一棵树，一场大雪，一次晚会，在诗人心里留下了或深或浅的记忆和诗情，时过境迁，再将往日情景拈来，恍如隔世。另一些诗歌，意象明朗流丽，时光如阳光下的河流一样明澈永恒，抒情者在回忆那“跳荡的发夹”时变得温情似水。当诗人把对岁月的感激和咏叹凝聚在一滴水中的时候，“水滴中的世界”变成了有限与无限，有形与无形的复杂载体。在诗作中，诗人的理想象一群小鸟飞翔又消逝，爱情像小鱼一样游来又从指缝中滑走。诗人如一棵热情而孤独的“棕榈”，守望理想。在五月的天空下种下“清寂而冷艳”的菊，揣着憧憬，祈愿“把鲜花开放的结局，稍稍提前”。

他的这部分诗作与其说是些情爱与理想之作，倒不如说是写经过岁月积淀后，对往日激情、爱情和梦想的再关照。正如他在《必须学会等待》里写到的：

站在生命和血的边缘
遥望寒冷中的火焰
我们闻到坚果的气息
此时诱惑我们动情的事物
其实不是
我们深爱的情人

不是情人是什么？那是岁月留给我们的诗情和理想之光。

总体而言，《风中的花朵》一辑写得平静、内敛、含蓄，瞬间的激情与悸动，在诗人经过岁月洗礼的心灵里，变得波澜不惊，温和又从容。这是一种古典诗歌的审美特点。实际上，《风中的花朵》中的许多诗作写得颇有蒹葭之风。如《静水》：

谁能理解这种宁静
以及
宁静中萌芽的心绪
谁能一眼看透静水深处隐秘的往昔
一朵莲蓬无语眺望
一座人工的岛屿被久久围困
如此清浅的水

使我无法靠近
你含笑静坐的树林

诗歌写得情深而蕴藉，意象的选择和意境的营造，体现着一种古典追求。相比《诗经》的《蒹葭》，此诗的境界要宁静、明丽些，少了《蒹葭》的哀怨和惆怅。

比起《风中的花朵》，《时光》一辑思想较杂，风格多样，时代气息很浓。前一部分诗歌是作者北大访学时的作品。在北大听着摇滚，想到了遥远的南方是否同样经受了音乐的打击；看到北方秋天的黄叶，想到南方“一场难得见到的大雪”。诗人寄游北方，却思念南方，不经意的联想，自然地表达了诗人对南方故乡的思念和眷恋，诗歌写得一点都不做作。

《关于圆明园》，创作很有特色。在未到圆明园的时候，诗人对它满怀想象：

圆明园
这个近代中国的大词
它的外延漫出时间的栅栏
使我迎风展开的想象
浸透广大而绵长的忧伤

但是，当他大清早去瞻仰它时，眼前看到的景象和想象中的圆明园反差太大：

更多的石头睡在地上
它们巨大的重量
它们纷乱的姿势
突然拦住
我要通过的地方
以及

我早已准备的某些思想

我想起了韩东的《大雁塔》。面对承载了历史和诗意的名胜古迹，诗人们再也提不起敬意与诗情。这首诗歌没有《大雁塔》解构诗性那么彻底，但确实又异曲同工。《水族》、《被门拒绝》《傍晚》延续了这一创作风格。在这些作品中，诗人抛弃了诗性建构，也没有刻意解构，更多的是描述事实，诗作意象鲜明且平直，诗情淡化，哲理意味浓了。如《傍晚》：

白墙倏然发黄
我们站在墙前
我们的影子站在墙上
一群麻雀站在更高的地方
一阵意料之外的风
将它们的声音
吹落
一个人应声而来
在拐角的地方
扭了一下腰

这首诗歌的当代气息很浓，即使一直从事当代诗风建设的诗人们，也不一定写出这么好的诗。

诗人身居曲靖，中国西南一座不大不小的城市，在他笔下，这座城市一半温情，一半拒绝；一半诗意，一半叛逆。《被门拒绝》写自己身边的生活：

门
长期的沉默者
偶然的言说
被风利用

风度翩翩的客人

错过机会

被门拒绝

表现城里人与人的隔膜，构思很好，写得友善、风趣。在《拥有生活》中，这样表现城市欲望：

时间深处驶来船队

白帆张开的欲望

使屋顶上的鸽子

回来又飞去

彩旗翻卷飓风

城市在摇晃的楼顶

搁浅

拥挤的港口

在变形的灯影里

搁浅

不熟悉空气的水手

在烟雾和命运里

搁浅

没有大都市的红灯绿酒和横飞的欲望，诗人笔下的小城市欲望与诗意并存，但诗情又总是被城市欲望淡化。小城市正渐渐成为一座充满欲望的“安全岛”，人们则成了岛上“无鳃的鱼”。

《时光》是一篇分量很重的作品。诗歌构思精巧，分四部分：分别隐喻一年中的春、夏、秋、冬四个季节和一天中的黑夜、早晨、中午和晚上。时光是一道道的年轮，它既是整个人类的时光，也是个人成长的时光。从懵懂，到激情四射，再到沉落成熟，最后以宁静和安详作结，隐喻着人类成长的不同岁月。人类文明在时光中前行，伴随着希望和痛楚，愚昧和欲望，激情和理想，苍桑和磨难。诗歌传达着对历史和生命的热爱与追问，营造了一种大气磅礴之势。

其实，张先生的一些小诗写得很棒，看他的小诗《寻找》：

寻找自己的人
一直往前
寻找别人的人
在回忆的缝隙里
徘徊

读后令人深思。

应该说，《时光》一辑是诗人真实生活的记录。他随性而作，无意为当代诗歌冠名。但是从这一辑里可以看出诗人在当代诗歌建设中的潜力。

第二辑《河流滇东》和最后一辑《高原往事》是诗人对滇东高原的抒写。相比之下，《河流滇东》比《高原往事》要细腻、明朗，世俗气息更浓一些，细腻与粗犷并存。《三江口》《金鸡峰》《岩羊》等作品选取了滇东的特色景象，作品很见功力，富有画面感，如《岩羊》：

山顶
有胡须迎风飘动
高原虹一样展开的思绪
弯向生命之水
犄角此时旋出
斜指蓝天
在岩石狰狞的敌意里

收听水的节奏

诗歌动静统一，虚实结合，诗中有画，刚健质朴，是很有意境的诗句，颇具古风。

《梯田》《小镇》《罗平的雾》烟火气很浓，诗人捧着一颗赤子之心抒写自己的故乡滇东。梯田是滇东高原“低矮而平凡的生灵”，但是它们站在高原“高处”，“俯瞰众山”，一旦与自然状态的下的高原融合，作为人文景观的梯田便成了“神的造物”；高原小镇在诗人的记忆下变得细腻又凉爽；故乡罗平的雾萦绕在高原的田野上，也萦绕在诗人的心头，湿润、温和又平静。在这部分诗作中，最好的是《多依河》，诗歌风格明快、优美，多依河在诗人的笔下，是一个欢乐的歌者：多情、妩媚、刚健、灿烂。

一地野菊转动滇东的水车
两朵浪花撑开多依的伞
七只水鸟迎风指路
八个节日被水养活
……
水边的白马匹
奔跑中遇到
外省的三朵云
本省的四场雨
……

——《多依河》

这些句子机灵、活泼，抛弃了诗人较常使用的欧化长句，既有古诗的对仗，又有口语的亲切自然，是张先生诗作中语言表现最好的。

这是多依河的特点，也是滇东的特色。总之，诗人给我们勾勒了滇东独特的自然和人文景观。滇东高原，灵秀雄阔，旖旎粗犷，山与水共存，梯田与雾相融。

《高原往事》一辑虽也写西部高原，但一改前面作品的温婉与平和，笔锋凌厉泼辣起来。诗人努力建构一种神秘原始的高原诗性，它原始、粗犷、神秘又雄壮。《山祭之始》与《祈舞》中，抒情者不像一个祭山的巫师，倒像雄壮的高原汉子和南方崎岖岁月中悲壮的殉道者。《珠江之源》《横断之魂》等作品，高原意象闪烁起伏，应接不暇：危岩、深谷，山蛇、雄鹰，炽日、寒月、浓雾、野花，林妖、女巫，而且，欲望和希冀，野性和叛逆的高原精神隐藏在红高原深处。诗歌极尽表现高原特有诗性之能事，甚至要把这种诗性变成神性。但是最后两首《高山》和《路过大海梁子》露出诗人激情背后的力不从心和厌倦。《高山》本可以写成《横断之魂》一样的作品，但诗人用两节结束了。前一段写得还有些激情，后段就再也不能把这种激情引向神性，相反，却回到了平白描述：

平平凡凡的日子
我们用想像
以及长久的仰视
完成一次超越
在高山之下
生活中充满了许多简单的
但却难以改变的事实

——《高山》

从自然景观的抒写回到内心直白的表达，高原诗性淡化，时代感凸显出来。这种创作上的转变仿佛是一种必然。私下曾与张先生交流，他告诉我《高原往事》好多是他早期的作品，出版时一并收集在了集子里，我们可以读出《高原往事》中的历史气息，这也是为什么我读张先生的诗集忽然有时光回溯之感的原因。“高原往事”把“岁月深处”的历史感拉长。

如张先生自己所说，他的诗歌写作更多的是为了满足个人表达的需要，外在理由很淡。在这种创作动机下的作品要随意些。有一次和张先生交谈，聊到时下诗歌后现代倾向的泛滥时，他很不赞成中国已经进入后现代的看法，“你看看城区以外的农村，那么广阔的一片，他们还生活在工业和前工业阶段。诗歌不能只表现后工业的症候。”张先生的诗风体现了他的创作主张和对时代精神的思考。多样化的时代精神和个性特点，催生着多样的诗歌作品，也许是张先生的生活环境造就了他的诗歌。在岁月的洗礼下，我们期待并相信张先生有更精粹的诗作问世，以慰藉那些在生活中跋涉的同时，热爱生活并感谢生活的人们。

（原载《珠江源》2007 年第 2 期）

澄明的心语

——评张永刚诗集《岁月深处》

夏文仙

第一次接触张永刚老师，是读他在北京大学出版的那本《文学原理》，感觉中，他应该是那种很逻辑、很理性的人。后来在云南大学听他的一个讲座，讲文学理论的发展现状与困境，强调的还是“理论的深度，逻辑自身的力量”。听说他出过一本诗集叫做《永远的朋友》，但没有太在意，习惯的力量使我不自觉地认为他只是一个做理论研究的人，直到真正读他的第二本诗集，那些写在《岁月深处》的思绪与情感，我才真正感受到他作为一个诗人的存在。

张老师是曲靖罗平人，从 20 世纪 80 年代后期开始在《星星》诗刊、《当代诗歌报》《飞天》《绿风》《大西南文学》《滇池》等刊物上发表诗作。滇东的山河与高原风情是他心中永不褪色的风景。高大壮阔的乌蒙山系给予了他男儿的豪情，高原的神秘与原始培育了他细腻的触觉和悠远的情思，秀丽多姿的河流滋润了他明朗的心灵。在《高原往事》中，诗人以一颗豪健的男儿之心展开了对高原奇异热烈的怀想，《河流滇东》则以清新生动的语言描述故乡的山水风情，营构了一个诗意的滇东。很多出生于这一地区或对这一地区有了解的人对他这一类诗作很有同感，评价很高。也许是我对滇东地区并不了解，我个人最喜欢的还是他《风中的花朵》和《时光》中那些于日常生活中渗满了诗味感悟的作品。

《风中的花朵》和《时光》分别是《岁月深处》里面的第一辑和第三辑，里面的每一首诗的情怀都是明朗而纯净的。诗人最常用的语词是“少女”、“阳光”、“鲜花”、“春”、“歌声”、“小鸟”等，色彩明朗，充满了生气。整个世界是静而动的，在这静而动的世界里，只有一个人、只有一颗心，一颗澄澈明朗的心，沉浸在“落花无言，人淡如菊”的宁静、和谐里。这不是少年时代的单纯和浪漫，而是看过世事后的返本归源，是“山还是山，水还是水”的明澈境界。在自然人性未被异化和扭曲的本然状态里，有着人类精神清澈而纯净的源头，谁能沉潜到生命的深处，谁就能洞见生命明朗、澄澈、和谐、圆满的底蕴。这里没有少年时代的表达冲动，有的只是诗人心灵的低语。是独语、是呢喃、是一个人面对整个生生不息的世界时，那种油然而升起于内心的生命感受。

诗人是一个生活的感悟者，一片云，一棵树，一张照片，都能引起作者对生活的回想与感悟。从某方面来说，诗人是怀旧的，然而这怀旧决不是消极，决不是在现实面前的退避。在诗人的想象深处，是“永恒的春意”，“那时的居所，一段明亮的岁月”。在前进的路上，诗人也曾感到“泥土的黑暗捂住了锋刃的光芒”、“是谁在云头之上/驾驭风的翅膀/让我经受回忆/之后又经受无穷的/期盼”，渴望“把鲜花开放的结局/沿我憧憬的路线/稍稍提前”。但是，诗人并不躁动，因为他深知“路是一种可能”——

必需学会等待
必需学会
让他们穿过自己的体内
……
冲动像我们脚下的草
由青变黄
最后是一个悲凉的季节
有人看见深藏的黄金
那是阳光为我们的代价
涂抹的颜色
……
站在生命和血的边缘
遥望寒冷中的火焰
我们闻到坚果的气息

——《必须学会等待》

在躁动中沉潜、在繁芜中澄清，在生命的深处，只有流水在缓缓流淌，只有鸟儿在微风中轻轻吟唱。用一颗明朗、充满希望的心灵来感悟生活，所有的岁月都将变得明亮、充满生气。于是，诗人发现了《水滴中的世界》，“一滴水中躲藏了一个世界/它在凝视中发出声音”，它的美，“比东边吹来的风/更为清纯、明亮”；在《夏天》中，在许多静谧的夜晚，诗人甚至听到生长的声音，来自夏天的草地；生命的花朵在风中摇曳，“隔着玻璃怅望空旷无际的时光”，诗人感受到的是自然那无可言说的美与盎然生机，禁不住感叹“谁在记忆深处打开美的容颜/谁梳洗已毕/临风一笑/以明丽的花朵照亮/又一个带露的早晨”！

所有这些诗，都不是依附时代与历史而获得自身的价值，甚至连具体的现实生活的影子都很淡很淡。它并不告诉我们世界是什么样子，而是把我们带入世界，让我们随诗人的心灵去感悟他所感悟到的意境。

谁能理解这种宁静
以及
宁静中萌芽的心绪
凝视和沉思
……
歌声穿过连绵的岁月
穿过心灵的静水
在起风的日子使我倍感安宁

——《静水》

空潭泻影如见道心，诗人的心灵正如这一潭《静水》，明澈、透亮、宁静而充满生意。这样的诗，如潭中之清水，自然地由内而往外流淌。在和谐、圆融的意境里，生命其实就是一首诗。而诗，就是诗人心灵和精神本身存在的方式。

（原载《曲靖日报》2006 年 11 月 21 日）

后　记

“文章千古事，得失寸心知”，这是杜甫的诗句，它道出写作在写作者心灵中投映的难以言说的复杂感受。一本书稿的完成、付印，然后带着清新的气息呈现在面前，所有思考的艰难、写作的辛劳都将退隐到时间深处，逐渐淡化。但有的东西与此相反，譬如关怀，那些从不同层面、不同意义上支撑和影响过你写作的物质与精神因素，往往历久弥鲜，每每回想起来，总会使你倍感亲切，心存感激，并顿生敬意。再如遗憾，那些因为各种原因无法表达的思想，无法顾及的人事，甚至败笔，书成之时，已永远外在或固化于文本，即使你万分懊恼也于事无补。这是写作者必须经历的心路历程，许多时候，我真不知道该如何表达这些独属作者心灵的东西，它们是如此丰富而充盈，基本不属于文字所能穷尽的范畴。但感恩之心具有更为深重的力量，我必须尽已所能，借这简短的后记，言明我内心深处深厚的谢忱。

《滇东文学：历史与个案》书稿的整理、完善、付印，本该在2006年底完成，但是2007年6月，曲靖师范学院要迎接教育部本科教学工作水平评估，这是学校发展的大事，我作为学校教务处处长，必须全身心投入，在学校领导的总体部署下，积极开展迎评促建工作，个人的事理应搁置。事后反思，参与和经历这些重大事情，会使人获得更多的收获，因为你是整体中的一员，许多事，譬如科研一类，只有在集体的前提之下才有动力和意义。对此我有深切体会。2005、2006年之间，曲靖师范学院的发展为学校的每一个人提供了机会，我所负责的文艺学学科，在此时段中由省级重点建设备选学科成为省级二类重点建设学科，所上的文学概论课程成为省级精品课程，此外，我还获得云南省优秀教学成果奖一等奖。《滇东文学：历史与个案》一书的出版动议，正产生在这些教学建设和学科建设活动中。我们为了进一步强化文艺学重点学科建设，把对地方文学和文化活动的研究增加为该学科的研究方向之一，力图通过滇东文学、文化的特色与丰富意蕴研究，为曲靖师范学院文艺学学科提供更为明显的特色与丰富意蕴。在此意义上，可以说《滇东文学：历史与个案》的出版，既得益于文艺学学科建设工作，又是该学科建设的一项成果。

为此，我必须首先感谢为学科建设提供条件与引导的学校领导，特别是施洪甲书记和张英杰校长，正是他们将学科建设纳入学校发展总体格局之中，才使文艺学学科得以不断前进。同时我还必须感谢北京大学的董学文教授，华东师范大学的朱国华教授，上海师范大学的陈伟教授，云南大学的段炳昌教授、谭君强教授、罗江文教授、王卫东教授、张国庆教授，云南师范大学的骆小所教授、王兴中教授，云南省教育厅科研处余达林处长，等等，诸位先生无私的指导与帮助，不断增强了我们进行学科建设的信心，使我本人以及曲靖师范学院整个文艺学学科团队在观念和方法上获益匪浅。

在本书的写作与完善过程中，曲靖师范学院副校长高小和教授给予了大力支持，著名作家、原云南人民出版社社长胡廷武先生在出版方面悉心指导，著名作家、曲靖市作家协会主席蒋吉成先生以富有特色的书法为本书书写了书名（扉页），曲靖师范学院美术系副主任傅保中副教授为本书设计了精美的封面，中文系副主任王炜副教授和马继明副教授、包娜老师等，以及改革发展研究中心朱谷生教授为我做了大量具体工作，云南人民出版社历史编辑部赵石定主任和编辑陈粤梅女士为本书的出版作了总体策划和具体安排；还有曲靖市文联、曲靖市作家协会、曲靖师范学院科技处的各位领导、朋友，以及教务处我的许多同事都给与了充分的理解和帮助；在文字校对方面，去年毕业到我校的研究生夏文仙、陈志刚、孔莲莲、杨锐玲，以及我正指导的云南大学文艺学硕士研究生和丽春、李辉、杨凡佳，曲靖师范学院中文系的本科生沈凌云、肖梦玲等，还有现已毕业、正在罗平第二中学从教的张诚等同学，他们做了许多细致而辛苦的事情。

对于以上各位的帮助，我谨致以真诚感谢！

我还要感谢我的家人，没有他们的理解、鼓励和支持，我绝不可能将大量精力投入工作、研究和写作之中。我的妻子黄英因我的繁忙而作了较多承担，她对我的支持是丰富而具体的；我在重庆工商大学设计艺术学院读大二的女儿张婷，富有个性并善解人意，对本书封面设计等提出了许多建议，对我的鼓励极大；在罗平老家有我许多亲人，他们将我故乡的意义具体化、细腻化，特别是我的父亲母亲，可以说，他们是我关于故乡的情感之源；我的父亲近年身体欠佳，但他在与疾病的搏斗中体现了顽强毅力，使我对于故乡有了更多的牵挂与敬意！

这是一本关于滇东文学的著作，我相信，无论是我还是我所研究的那些作者，对这块土地和这块土地上生活着的自己的亲人、朋友，甚至所有的人，我们内心都深藏热爱和感恩之心，这正是我们写作、研究并获得成就的真正动力，当然，也正是滇东文学充满内蕴与魅力的深层原因。

因此，我必须再次说一声：我将牢记在心，所有予我以支持和鼓励的人。你们的关怀永远照耀着我，谢谢你们！

2008 年 2 月 13 日于罗平板桥

图书在版编目(CIP)数据

滇东文学：历史与个案/ 张永刚著.—昆明：云南人民出版社，2008

ISBN 978-7-222-05397-7

Ⅰ.滇… Ⅱ.张… Ⅲ.文学史—研究—云南省 Ⅳ.I209.974

中国版本图书馆 CIP 数据核字（2008）第 057945 号

责任编辑：陈粤梅
装帧设计：张力山
责任印制：施建国

书　名	滇东文学：历史与个案
作　者	张永刚 著
出　版	云南人民出版社
发　行	云南人民出版社
社　址	昆明市环城西路 609 号
邮　编	650034
网　址	www.ynpph.com.cn
E-mail	rmszbs@public.km.yn.cn
开　本	889×1194 1/32
印　张	9.875
字　数	230 千
版　次	2008 年 4 月第 1 版第 1 次印刷
印　刷	云南新华印刷一厂
书　号	ISBN 978-7-222-05397-7
定　价	28.00 元